文艺家

文学之家

那些被经典小说创造的
传奇建筑

Christina Hardyment

Novel Houses

Twenty Famous Fictional Dwellings

〔英〕克里斯蒂娜·哈迪曼特 —————— 著

齐彦婧 —————— 译

海峡出版发行集团 | 海峡文艺出版社

序言

房屋作为主角

在暴风骤雨凶残的敌意面前，房屋能遮风挡雨、抵挡侵袭，这样的能力被转换为人类的美德。房屋被赋予了属于人类的体力与道德力量。它领首抱头去承受瓢泼大雨，它扎起腰带[①]蓄势待发……这样的房屋把人类的英雄主义放大到宇宙尺度。这是人类面对宇宙的一种手段。

——加斯东·巴什拉，《空间的诗学》，1958年[②]

房屋令我着迷。我指的不是那些被现代开发商强行塞进逼仄空间的小方格子，而是历史悠久的房屋，那种在数十年、数百年时光里形成自己独特"个性"的建筑。当大多数我这个年龄的女性忙着挣脱延续了千百年之久的家庭桎梏时，我却忙着生儿育女、收集缝纫机，并撰写了一本关于家用电器发展史的书。我曾认真定居过三次，终于在现在这个家彻底安定下来，来过我家的人或许会说，这里留存了太多来自之前几个家的东西，尤其是书。我住的这栋爱德华时期的独立别墅坐落于牛津一个不大时髦的街区。尽管我并不认为它具备"属于人类的体力与道德力量"，不过每当我小酌几杯，步入幽暗的花园，仰望漫天的星光，都会深刻感受到它的确是"人类面对宇宙的一种手段"。重要的是，由于我从父亲身上继承了不少北欧人对旅行的狂热，所以每当我旅行归来，这个家也成了我最温暖的怀抱、一个安全而熟悉的避风港。坚实稳固的房屋成了我们的另一重外壳，是我们抵御世界的防线和安乐的小窝。

自然而然地，我总被那种把房屋塑造得独具个性的小说吸引。小时候，我喜欢的书中的家园，是像《柳林风声》中的鼹鼠居、伊丽莎白·古吉的《小白马》中的月亮坪庄园、劳拉·英格尔斯·怀德笔下的草原上的小屋、L.M.蒙哥马利的绿山墙、露西·波士顿的格林诺威，还有《长袜子皮皮》里的维拉·维洛古拉别墅那样的。如果把"家"的定义稍做拓展，还可以加上亚瑟·兰塞姆在《燕子号与亚马逊号》中创造的野猫岛。在特威克纳姆镇那座宏伟的卡内基图书馆，我初次走进成年人阅读区是为了寻找J.R.R.托尔金的《霍比特人》续集，看到自己心中最富魅力的书中家园之一——"袋底洞"，频频出现在《魔戒》三部曲中，我喜不自胜。到了能随意出入图书馆主馆那扇红木大门的年纪，我发现许多为成年人写作的作家，也像我一样对房屋着迷，从此，我陷入了对这类小说一生的痴迷。

过去三十年间，我曾写过许多的书和文章来讲述作家对房屋的痴迷。但我绝不敢以文学评论家自居。我只是效仿弗吉尼亚·伍尔夫在《普通读者》中使用的那种言之有物又不失热情的写作方式，为那些"读书只为愉悦自己，不为传道授业或纠正他人看法"的爱书之人写了一系列文章。因此，一得知自己有机会用二十篇文章向这样的读者介绍那些把房屋视作重要角色的小说时，我便毫不犹豫地答应了。对我而言，要把数量控制在二十部小说之内是十分困难的——文学作品浩瀚如烟海，值得写一写的小说不计其数，一想到必须舍弃自己的心头好，像是鲁默·戈登的《中国宫廷》和伊丽莎白·古吉的《格蕾丝的草药》，我的心就隐隐作痛。不过，把选择对象限定在近两百年来最知名的英、美小说，能确保时间与文学上的连贯性。每个人都多多少少读过其中几部作品，有人甚至全部读过。这本《文学之家》的写作目的，就是向读者介绍或帮助他们重温我挑选的这些小说。

这些塑造了非凡房屋的小说各不相同，这既因为它们创作于不同年代，也因为作者抱有不同的写作目的。有些创作只为消遣，有些则是为了抨击政敌。它们有的说教，有的温暖，有的惊悚，有的浪漫，有的讽刺。它们唯一的共同点，就是那栋作为故事背景的虚构建筑都久负盛名。必须承认，为这篇序言起名为《房屋作为主角》或许有夸大之嫌，不过，这个标题的确是我的第一反应，因为它简单明了地概括了我对那些虚构建筑的感受：它们既是书中人物的守护神与跳板，也是他们灵感的源泉、心灵的依靠。家是这些小说反复书写的主题：童年的家、饱受威胁的家、失去的家、失而复得的家。

单从住所这个维度去解读这些小说，意味着我的视角必然是单一的。不过，我相信这种写法能清晰地揭示作者的创作意图。这些主导小说情节的建筑往往有另一重隐喻。内部构造错综复杂的歌门鬼城，饱含作家对萨克岛的深情回忆。在《曼斯菲尔德庄园》中，简·奥斯丁既是在为女主角安排一处理想的家，也是在向自己的兄弟提出忠告。初读《故园风雨后》时，我丝毫没看出它的内核会像伊夫林·沃在给南希·米特福德写信时提到的那样——"与上帝有关"。同样，我也没意识到贺拉斯·沃波尔创作《奥特兰多城堡》是为了批判托利党独揽大权，更没意识到哈丽雅特·比彻·斯托夫人是何等明智地预见到"美国的妇女，国家命运真正的掌握者"将把《汤姆叔叔的小屋》化作反对奴隶制的行动力量，因为她们对汤姆叔叔简朴的家惨遭摧毁的遭遇深感震惊。由此可见，重温这些名著或许会收获意想不到的惊喜。

我为本书挑选的作品都是文学界的里程碑，是闪亮的彗星，身后都拖着由数不清的评论组成的长长彗尾。这些作品都被评论家从无数角度解读过，有些解读发人深省，有些只能一笑置之。弗吉尼亚·伍尔夫曾在《奥兰多》中不无讽刺地评论道：

> 作家灵魂的每一个秘密，作家生活的每一段经历，作家思想的每一个特征，都栩栩如生地表现在他的著作中，而我们却需要评论家来说明，传记作家来阐述。时间多得让人百无聊赖是对这种令人难以忍受的倾向的唯一解释。[③]

我谨记这句教诲,所以在写作过程中更依赖直接引文和作者的书信,而不是文学评论,不过,本书的注释依然能将有心之人引向更具学术色彩的知识。为了唤起老读者的回忆、激发新读者的兴趣,我会简要介绍小说故事情节,并始终把叙写重点放在故事发生的地点上。我还会挖掘作者生平,推测他们塑造这些房屋的灵感从何而来。

这二十栋书中的房子大都有现实原型。贺拉斯·沃波尔在一幅意大利地图上选中了奥特兰多这个"响亮"的名字,但这座嘎吱作响的鬼堡、这栋启发了无数恐怖小说的建筑,其实是为纪念草莓山庄而建,那是特威克纳姆境内泰晤士河畔一栋漂亮的"小玩意儿"、一位古玩爱好者向中世纪致敬的献礼。曼斯菲尔德庄园酷似简·奥斯丁的兄长继承的一处宅第。纳撒尼尔·霍桑曾在姑妈那栋位于塞勒姆的带有七个尖角顶的阁楼边徘徊。约翰·高尔斯华绥难以忘怀金斯顿山高坡上的童年时光,于是把《有产业的人》中那栋至关重要的房屋放在那里。E.M.福斯特的《霍华德庄园》是一封写给儿时故居鲁克斯巢的情书,弗吉尼亚·伍尔夫用《奥兰多》纪念薇塔·萨克维尔-韦斯特的祖宅诺尔庄园。多迪·史密斯1934年游历萨福克郡时发现了温菲尔德堡,十五年后,史密斯以它为原型塑造了"天赐",即《我的秘密城堡》中贫民莫特梅恩一家的住宅。J.R.R.托尔金始终没有忘记萨利洞这个乡间天堂。

文学地理学十分有趣,我也在书后的地名词典中罗列了一些可供参观的地点,不过,揭示虚构住宅的现实原型并非本书的宗旨。我写这本书，是为了探究这二十位凭借经验与想象，虚构建筑、表达思想的作家为何会对"文学建筑"产生兴趣。主题明晰：这些作品可以归为许多类型——恐怖之宅、理想之家、儿时的家园、用于炫耀的豪宅、陷阱、精心打造的"符号"、规模庞大的迷宫，还有最迷人的心灵家园。最终，我决定按时间顺序书写，因为我喜欢揭示作家之间的关联。

简·奥斯丁曾嘲讽过那些在沃波尔作品《奥特兰多城堡》启发下大量涌现的恐怖小说。沃尔特·司各特称赞她"能把愚人写活，绝非等闲之辈"。艾米莉·勃朗特把司各特奉为偶像。狄更斯欣赏霍桑笔下的"黑暗传奇"，也在《荒凉山庄》中呼应了他的创作。亨利·詹姆斯是塑造灵性建筑的大师，但奇怪的是，他却刻薄地将狄更斯斥为"最浅薄的小说家"，批评《荒凉山庄》"牵强附会"。马尔文·皮克借黑暗笼罩的歌门鬼城向《荒凉山庄》开头浓雾弥漫的场景致敬。斯黛拉·吉本斯在好几部小说的题词中都引用了奥斯丁，又在《令人难以宽慰的农庄》中诙谐地提到了她。达芙妮·杜穆里埃曾前往哈沃斯瞻仰勃朗特姐妹的故居，并为1955年版的《呼啸山庄》题写了序言。J.K.罗琳满怀景仰地向简·奥斯丁致敬，给阿格斯·费尔奇的猫起名为诺里斯太太，还把《爱玛》称作指路明灯。

将本书的写作对象限定为英、美小说，意味着不得不舍弃维克多·雨果的《巴黎圣母院》、阿兰-傅尼耶的《失落的领域》、托马斯·曼的《巴登布鲁克》、弗兰茨·卡夫卡的《城堡》、翁贝托·埃科的《玫瑰的名字》、伊莎贝尔·阿连德的

《幽灵之家》等一系列作品。即便如此，本书依然存在明显的缺漏，譬如为什么没有《厄舍府的崩塌》？的确，它或许是虚构作品中为房屋赋予灵性的最佳范例，但总体而言，我还是认为它太过粗糙，太刻意追求某种单一效果。况且，它只是短篇小说，不是血肉丰盈的长篇。《小妇人》也曾在我的考虑之列，不过我最终认定马奇一家比他们的住宅更有个性。《飘》也曾是我的选项之一，但我还是断定瑞德和斯嘉丽的光彩盖过了塔拉庄园。

近几十年来，人们把房产视为获取资本的捷径，房屋也越来越容易让人联想到敛财而非安居乐业。人们一心只想从房产经纪人那里赚取超额利润，"个性"独特的房屋可悲地骤减。在21世纪初，石黑一雄（《长日将尽》）和伊恩·麦克尤恩（《赎罪》）等作家曾把宏伟的乡间大宅塑造成高尚生活的象征，含蓄地悲叹文明的衰落，短暂地激起了公众对老宅的热情。但如今，这些房屋早已丧失了文学的魅力，沦为国家信托基金会旗下千篇一律的博物馆，抑或超级富豪名下关门闭户的世外桃源。当代文学作品中的建筑大都带有恐怖色彩。作家们以讽刺的笔调刻画噩梦般的住宅区和阴沉灰暗的郊区生活，包括J.G.巴拉德的《高楼大厦》、安东尼·伯吉斯的《发条橙》、朱利安·巴恩斯的《伦敦郊区》和约翰·兰卡斯特的《首都》。J.P.德拉尼在《之前的女孩》中描绘了切尔西区的一栋超现代的概念住宅，它能以高科技手段调节人类的身心状况，操纵日益胆战心惊的住客。

我不想以这类小说悲观的预言来结束这份建筑名录，于是决定转向当代文学中一个相对通俗并且也是我本人偏爱的流派。在为豪尔赫·路易斯·博尔赫斯编纂的《幻想之书》题写的序言中,厄休拉·勒古恩认为我们有理由相信:

> 多年来,叙事小说一直以缓慢的速度在发展,这变化令人难以察觉而又规模庞大,没有潮流或风尚那种排山倒海之势,却像深海的洋流那样不断涌向一方——要再次汇入那片"故事的海洋",亦即幻想。④

因此,在最后几篇文章中,我会介绍三处令人难忘的奇幻建筑,它们分别是歌门鬼城、袋底洞和霍格沃茨魔法学校。

目录

逼真的幻象
奥特兰多城堡与贺拉斯·沃波尔（1764）   1

迷惘之屋
曼斯菲尔德庄园与简·奥斯丁（1814）   14

连通两个世界
图里-维奥兰城堡与沃尔特·司各特（1814）   29

两家人的灾祸
呼啸山庄与艾米莉·勃朗特（1847）   45

黑暗传奇
七个尖角顶的宅第与纳撒尼尔·霍桑（1851）   59

活人的坟墓
荒凉山庄与查尔斯·狄更斯（1852—1853）   72

灶台社团
汤姆叔叔的小屋与哈丽雅特·比彻·斯托（1852）   84

单身汉之家
贝克街221号B与阿瑟·柯南·道尔(1887—1927) 97

镇宅之神
波因顿庄园与亨利·詹姆斯(1896) 107

产业
罗宾山庄与约翰·高尔斯华绥(1906—1921) 120

心灵的依靠
霍华德庄园与E.M.福斯特(1910) 134

宏大的幻梦
西卵与F.斯科特·菲茨杰拉德(1925) 148

最奇异的回响
诺尔庄园与弗吉尼亚·伍尔夫、
薇塔·萨克维尔-韦斯特(1928、1930) 162

纯粹的呓语
令人难以宽慰的农庄与斯黛拉·吉本斯(1932) 177

秘密之宅
曼陀丽与达芙妮·杜穆里埃(1938) 190

虔信之家
布赖兹赫德庄园与伊夫林·沃(1945) 202

巫师的塔楼
我的秘密城堡与多迪·史密斯(1948) 217

庞大的废墟
歌门鬼城与马尔文·皮克（1947—1959） 230

深深扎根
袋底洞与J.R.R.托尔金（1954—1955） 243

古老魔法的堡垒
霍格沃茨魔法学院与J.K.罗琳（1997—2007） 258

后记 270
地名录 272
注释 278
延伸阅读 307
致谢 315
图片及引文来源 316

逼真的幻象

奥特兰多城堡与贺拉斯·沃波尔

(1764)

去年6月初我做了个梦,醒来什么都忘了,只记得自己身在一座城堡中(我满脑子都是哥特故事,会做这样的梦毫不稀奇),看见一只戴铠甲的巨手出现在一段宽阔的楼梯顶端的扶手上。

——贺拉斯·沃波尔致理查德·科尔的信,1765年3月9日

这座有血有肉的城堡不单是反派迫害少女的地点,它还拥有自己的身体和思想。它会回应曼弗雷德淫邪的暴行……仿佛是有生机的僵尸……

——费德里科·S.弗兰克,2003年[①]

贺拉斯·沃波尔笔下极富新意与开创性的传奇小说《奥特兰多城堡》创作于1764年夏天,并于当年平安夜出版。它令伦敦文学界为之振奋,堪称超自然"恐怖"幻想小说的鼻祖(也是其中最诙谐的一部),简·奥斯丁后来在《诺桑觉寺》中对这类小说做了活泼的戏仿。《奥特兰多城堡》充满精心设计的浮夸情节,既像一场耶鲁节的趣味游戏,又如一份节日的礼物,不

动声色地赞颂了贺拉斯在特威克纳姆附近的泰晤士河畔修建的"哥特小城堡"——草莓山庄。不过,这部小说还暗含一个严肃的目的。沃波尔出身于政治世家,所以,尽管《奥特兰多城堡》在一定程度上是一部轻松诙谐的虚构作品,但它也是对独裁统治的一次抨击,书中那座积极推动情节发展的阴森古堡,即是独裁统治的象征。

这部小说情节紧凑。一天早晨,美丽富有的伊莎贝拉正准备跟奥特兰多的继承人康兰举行婚礼,一顶带羽毛的巨型头盔突然从天而降,坠入城堡后院,砸死了康兰。康兰冷酷无情的父亲曼弗雷德伯爵求嗣心切,竟决定抛弃无法生育的妻子希波吕忒,自己代替儿子与伊莎结婚。经过一段地下通道,伊莎最终逃入圣尼古拉斯教堂的圣所(圣尼古拉斯是圣诞守护神,也守护落难女子与孩童)。路上,她得到了西奥多的帮助,这位年轻的农夫酷似画廊上那幅肖像画上的奥特兰多前任领主阿尔芬索伯爵。西奥多险些被曼弗雷德"刺伤"。他们晕头转向地辗转于回廊、城堡与地窖之间。善良的落难少女几度落泪,邪恶的曼弗雷德失手杀死了亲生女儿。在经历了这一切之后,超自然力量接管了剧情:

> 这时一声霹雳把城堡摇塌。地面开始摇晃,那件神一般的甲胄的铿锵声又从后面传来……阿尔芬索的形象出现在废墟中间,越来越大。
>
> 看看西奥多吧,他是阿尔芬索的真正后嗣!幻影说完

巨剑骑士来到奥特兰多城堡与篡位者曼弗雷德对峙,"他全副武装,长枪在侧,整张脸完全被面罩遮住,头顶插着硕大的红黑色羽毛"。

后,随着一声巨响升上天空。空中云层裂开之处,可以看见尼古拉斯的形象,阿尔芬索的幽灵进入云霄后,他们在一阵耀眼的光芒中从凡人的眼里消失。[②]

许多当代学者都对《奥特兰多城堡》抱有浓厚的兴趣。"这座城堡能像鬼魂(沃波尔的)一样附身。"安吉拉·莱特宣称。菲奥娜·罗伯逊把小说中迷宫般的密道看作对大脑的模仿。伊丽莎白·麦克安德鲁认为这座城堡"正逐渐成为一个不灭的符号,象征着自我被潜意识禁锢的痛苦"[③]。我认为这些都属于过度解读,这座充满生命力的城堡固然令人胆寒,但沃波尔笔下那些超自然事件在恐怖之余也喜感十足,因为书中出现的物品不少为沃波尔的客人熟知。那只巨大的铠甲手套来自沃波尔收藏的一副铠甲,被它砸毁的楼梯有着与草莓山庄相同的装饰纹章。阿尔芬索的幽灵形象从马库斯·海拉特为弗兰克爵士亨利·加里作的一幅肖像中走出,画上的爵士身着一袭白衣,这幅画当时就挂在草莓山庄[④]。除此之外,故事中许多的波谲云诡也都源于这栋建筑的构造与布置。

贺拉斯为什么要建造草莓山庄?他是第一任奥福德伯爵罗伯特·沃波尔爵士最小的儿子,其父曾在1721—1742年间叱咤英国政坛。贺拉斯一点儿也不喜欢霍顿府,那是罗伯特爵士在18世纪30年代建造的一座不伦不类的新古典主义建筑,注定要成为一副欠债累累的重担,压在他两位兄长的肩头。所以他在特威克纳姆一带的泰晤士河沿岸找到一块占地约二公顷的地皮,买下一栋"玩具小屋"。"它是我见过的最美的小东西,矗立在苍翠欲滴的草坪上,掩映在枝繁叶茂的灌木间。"[⑤]他决定把它改造成一处小小的乡间居所,以显示他对一切中世纪事物的热爱。最终,他成功地打造出一个"黑暗蒙昧时代的逼真幻象"[⑥]。室内挂满了精美的画作,散发着浓厚的文化气息,带有浓郁的个人色彩。沃波尔深受约瑟夫·艾迪生1712年写下的散文《论想象力》影响。在文中,艾迪生建议世人多读史书和寓言,多去领略自然风光,多欣赏伟大的艺术作品,从而抚慰心灵、愉悦心情。沃波尔十分赞同艾迪生那句格言:

贺拉斯·沃波尔借着模仿哥特小说《奥特兰多城堡》(1767)向自己漂亮的仿哥特式宅第草莓山庄致敬。山庄拥有城垛、山墙、回廊和演讲厅，还有一座带雉堞的迷你温莎堡圆塔和一个装满武器与铠甲的军械库。

> 伟大的建筑风格……能深刻地作用于人的想象，即使建筑本身体量不大，也远比那些比它庞大二十倍却平淡无奇、乏善可陈的建筑更能唤起人们心中崇高的情感。⑦

那是考古与地形勘探流行的年代，饱读诗书的男男女女遍游英格兰，他们背着装有钢笔、蜡笔、纸张和水彩颜料的背包，四处搜罗如画的美景和纹章谱系。沃波尔有好几个夏天都跟他那帮"鉴赏力委员会"的朋友结伴游历乡间，美其名曰"寻访哥特时代"。他们沿途搜罗可买的中世纪古玩，参观小教堂和墓地，走进倾颓的中世纪城堡和15世纪庄园，从中寻找能用来装点草莓山庄的灵感。贺拉斯对任何与自己先祖有关的东西都格外感兴趣。正是在这些旅途中,他发明了"意外收获"(serendipity)一词来形容与某些奇珍异宝邂逅的感觉:他过去对它们的存在一无所知,却一眼看出它们与自己的改造计划珠联璧合。1754年1月,他在写给贺拉斯·曼的信中解释说这个词出自一则名为《三个瑟伦蒂普王子》的波斯神话,讲述三位王子在旅途中"不断凭运气与智慧取得意想不到的收获"的故事。

草莓山庄很快就有了城垛、山墙、回廊和讲堂,还有了一座带雉堞的迷你温莎堡圆塔和一个装满武器与铠甲的军械库。室内的镶板、壁炉的炉膛,还有窗户和书架,都仿照真正的中世纪墓穴与扇形拱顶建造。1762年,沃波尔曾邀请牛津大学诗学教授托马斯·沃顿(1728—1790)来山庄参观:

> 您会看到一些打造哥特风格的尝试,一些我乐见您喜欢的小小景观——回廊、屏风、圆塔,还有一间印刷厂,尺寸都小得可爱,大概会让您想到卡克斯顿和韦肯的时代。您可以想象自己是在斯宾塞笔下的那些城堡中。[⑧]

客人在主人的带领下四处参观,穿过一连串布置浮夸的空间,里面摆满尺寸不一、形态各异的物件,足以引发出观者尤其是沃波尔本人无限的遐想。这正应了马里昂·夏尼那句精辟的评价:草莓山庄"本质上是一座自带自传气质的建筑"[⑨]。现在一切都已备齐,它只缺属于自己的传奇故事了。于是,沃波尔决定为它写下《奥特兰多城堡》。这部小说的表现形式受表演夸张的意大利哑剧影响，这类剧目在当时的伦敦剧院中十分盛行。为了让小说夸张的情节显得合情合理，他在序言中宣称自己效仿的是"莎士比亚，模仿自然的大师"[①]。他认为自己书中的"乡巴佬"相当于《哈姆雷特》中的掘墓人，还指出这位英格兰国民诗人也像他一样，喜欢运用鬼魂、精怪、女巫这类超自然元素。

为隐瞒自己的作者身份，沃波尔没有使用草莓山庄里自家的印刷厂，而是把《奥特兰多城堡》交给伦敦的一家印刷厂付印。他在前言中称：本书是一部意大利小说的英译本，原著创作于11—13世纪，作者名叫"奥努弗里奥·穆拉尔托"（Onuphrio Muralto，他本人姓名的密文变体），本书于1529年在那不勒斯以"哥特体"[①]印刷，直到最近才在"英格兰北部一个信奉天主教的古老家族"祖宅的图书室里被重新发现。沃波尔半开玩笑地称赞作者"文笔优美""激情洋溢""眼光独到"。"恐怖元素——作者最重要的创作引擎——让故事从头到尾充满活力；与此同时，它又常常与悲悯之情形成对比，让读者始终心潮起伏、兴致盎然。"最后，大概是在环视自己那间仿中世纪风格的图书室时笑出了声，他宣称：

> 尽管书中情节纯属想象，人物姓名也均属编造，但我不得不认为这个故事源于现实。书中场景无疑来自某座真实的古堡。作者似乎经常无意识地反复描绘某些局部细节——"右侧的卧房""左侧的房门""从小教堂到康拉德

逼真的幻象　7

卧房的距离"，这些语句与另一些内容显然在暗示作者是在照着某座建筑描摹。[10]

这自然是事实，正如他1765年3月在致理查德·科尔的信中所言：

> 但愿你对我和"草莓"的厚爱能让你原谅这故事的不着边际。书中的某些细节说不定还会让你想起这里。画中人走出画布的那段文字是否让你想起了我画廊中那幅弗兰克爵士身着白衣的肖像？[11]

这封信揭示了草莓山庄与奥特兰多城堡之间亲密的血缘关系。沃波尔有句话很能说明问题："小说在我手中一点点成型，我也渐渐爱上了它（注：只要不必思考政治，让我思考什么都行）。"这句话指向《奥特兰多城堡》常被忽视的一面，那就是其中的政治元素。贺拉斯完全有理由把注意力从政治上移开。他的政见与其父类似，亲辉格党、反对专制、拥护宪法，但当时辉格党已经失势：1745年爆发的詹姆斯党人起义让政府滑向极端保守主义。广受爱戴的亨利·西摩·康威将军是沃波尔的表亲，沃波尔总是一有机会就宣扬他的主张，但在1764年4月，这位表亲却被革除军职，受到托利宫廷党人的慢待，这些人思想保守僵化，终日围绕在乳臭未干的新任国王乔治三世周围。康威和沃波尔都不赞成政府仅凭一份合法性存疑的"普通搜捕令"就逮捕激进的新闻记者约翰·威尔克斯，此人当时深受民众拥戴,他的名字已然成了自由的代名词。

心灰意冷、身心俱疲的沃波尔离开政坛,退隐草莓山庄,开始着手创作《奥特兰多城堡》,而推翻独裁暴政正是这部小说的核心:曼弗雷德专横地囚禁他人,扬言要处死西奥多,还杀害了自己的亲生女儿。第二版小说的副标题"一个哥特故事",强调了这层严肃的隐含意义,这一次,小说在沃波尔自己名下的出版社出版:草莓山庄的阿尔布特安纳出版社。当时"哥特"一词还不具备今天的含义。沃波尔尽管动辄自称"哥特人",但他显然并不喜欢穿一身黑衣,也不想与吸血鬼共眠。他自称"哥特",是因为他坚决捍卫《大宪章》所维护的古典自由。沃波尔对中世纪的痴迷与他对英格兰古典律法的信仰密不可分。小说出版两年后,传奇法学家威廉·布莱斯通(1723—1780)在他的《英国法释义》(1766)中形容这套古典律法如同"一座始建于骑士时代亦适于今人居住的哥特古堡"[13]。沃波尔的写作目标之一就是提醒世人警惕当时路易十五在法国施行的愚民专制。奥特兰多城堡的崩塌,象征着专制统治的崩溃。在1781年的舞台剧版本中,这个故事反专制的内涵得到了强化,剧本由罗伯特·詹福森为伦敦各大剧院改编,他把故事的发生地搬到了法国,更名为《纳博讷伯爵》。

沃波尔起初为何隐瞒作者身份?这或许是因为他对承认本书就是自己的作品感到不安。如果《奥特兰多城堡》风评不佳,他的声誉必然进一步受损。他的声誉经受了政治打击的残酷命运,本就已经摇摇欲坠。不过,这次他多虑了。小说深受

逼真的幻象 9

广大读者喜爱,因为尽管情节荒诞,它却不失为一份轻松的读物。小说面世仅三个月就得以再版。这次,沃波尔不再遮遮掩掩,甚至还在新版前言中为自己的写作找了个别出心裁的理由。他声称由于没有把握,加之这部小说"内容新颖",他才没有透露自己的作者身份,他试图把"古代传奇与现代小说融合在一起"。所谓"现代小说",指的是当时的道德说教小说,如塞缪尔·理查逊的《帕梅拉,或善有善报》(1740),伊莱扎·海伍德的《贝茜·没头脑小姐历险记》(1751),还有弗朗西·谢里登的《西德妮·比达尔夫小姐回忆录》(1761)。

> 在古典小说中,一切都仰赖想象与推测;现代小说则总是寻求逼真地再现自然,偶尔也的确能做到。这类小说并不缺乏想象力,却反对天马行空的幻想,因为书中的情节必须完全符合生活现实。[15]

沃波尔喜欢调侃过去和当今的传统。他生活的时代盛行讽刺艺术,诞生了丹尼尔·笛福和亚历山大·蒲柏、劳伦斯·斯特恩和亨利·菲尔丁,他们都曾戏仿过当时冗长乏味的"感伤"小说。但他没料到的是,大批百无聊赖的妇女,厌倦了流通图书馆中没完没了的道德说教,她们喜爱《奥特兰多城堡》中不着边际的情节、幽灵出没的城堡和阴暗潮湿的回廊,还有意志坚定的女主人公和英俊潇洒的男主人公,她们中不少人甚至决定自己创作"恐怖小说"。受《奥特兰多城堡》启发而涌现的"哥特"氛围传奇小说——像J.克莱拉·里夫的《英国老男爵》

（1777）[1]和索菲亚·李的《幽屋》（1785）——汇成的涓涓细流，随着安·拉德克利夫的《乌多尔弗城堡之谜》（1795）、马修·刘易斯的《僧侣》（1796）和埃莉诺·斯莱斯的《莱茵的孤儿》（1798）等一系列作品的发表，形成滚滚洪流。

历史对贺拉斯·沃波尔的评价有失公允。他是首相富有的小儿子，而当时人们普遍认为身居要职的一大好处就是为亲戚朋友们安排清闲的差事、有油水可捞的肥缺和政府部门的公职，所以他一直被歪曲成一个疯疯癫癫的半吊子文人，自我放纵到近乎荒唐的地步。但他其实是一位博学多才的鉴赏家，精通文学、绘画及各项艺术。草莓山庄也绝不仅是"一时兴起建的小房子……为的是迎合我的喜好，并在某种程度上实现我的幻想"。其实，沃波尔是想把它打造成一本建筑图鉴，希望它能让更多人喜爱中世纪神奇的发明创造、感受哥特式建筑蕴含的爱国情怀，并再现它们。1774年，他出版了一本内容翔实、图文并茂的小册子——《位于米德尔塞克斯县特威克纳姆地区草莓山的奥福德伯爵的小儿子贺拉斯·沃波尔先生的别墅概述——附家具、绘画、珍品等陈设列表》。这本小册子介绍了他在此陈列的四千余件艺术品、古董及异国奇珍，并阐释了它们的寓意。

沃波尔大量地写信（这些信如今已集结成蔚为壮观的耶鲁版四十八卷本），并不仅是为了打发时间，他是有意这样做的。这些书信构成了一部塞维涅夫人式的回忆录，旨在为未来的史学家提供一份独特的时代记录，来自一个能以优美的笔触、敏锐的眼光描绘自己时代的人。他创作的《对理查德三世国王之生平及统治的历史疑问》(1768）是首批试图为遭到丑化的君主正名的作品之一。他还撰写了妙语连珠的《英格兰皇室与贵族作家名录》(1758)、《现代园艺品位史》(1771)，以及四卷本的《英格兰绘画逸事》(1762—1771）。除《奥特兰多城堡》外，沃波尔为数不多的另外几部小说都很不成功：其中一部名为《神秘的母亲》(1768)，这部表现母子乱伦的悲剧小说饱受诟病，不过后来，这部小说深得拜伦欣赏；还有一部怪异的超现实作品《象形文字的传说》(1766—1772)，是他在"丧失理智"的情况下创作的，没有在他生前出版。

真正的奥特兰多城堡什么样？尽管沃波尔早在18世纪50年代初就游历过意大利，但他从没到过奥特兰多那么远的地方，不过，在瓦莱达奥斯塔和亚平宁山脉上，他应该见过不少造型夸张、守卫森严的小型中世纪城堡。他自称在一张地图上选中了这个"响亮的名字"。小说出版二十年后，一位朋友送给他一幅现实中真正的奥特兰多城堡的画像，他看了后，得意地宣称它"完全跟我想象的一样"。一次，他把自己笔下的大中庭比作母校剑桥大学三一学院的中庭，（小说中）奥特兰多城堡"宏伟的楼梯"也很容易让人联想到他的朋友约翰·舒特位于汉普郡的维恩别墅①的楼梯。不过，最重要的是，他虚构的奥特兰多城堡讴歌了他精心打造的草莓山庄中心地带：那是他古朴雅致的世外桃源，他倾尽全力把这里打造成一个奢华舒适的家，家中陈列着古玩和带纹章的摆件，每件物品的重要寓意都被他仔细地写进了草莓山庄的介绍中。

这些藏品中最动人的一件，大概要数贺拉斯母亲的雕像摹本，它被摆放在室内一个小教堂式的"陈列柜"中。原版是贺拉斯在威斯敏斯特修道院的亨利七世圣母堂中为母亲竖立的一尊雕像。沃波尔正是参照这座教堂修建了草莓山庄画廊的圆形拱顶。罗伯特·沃波尔爵士出了名地好色，在维系婚姻的最后十年，他公然与美艳而富有的情人玛丽亚·斯凯雷特在霍顿街和里士满公园同居，生活在"充斥着酒色、狩猎与烟草的混乱"[18]中。贺拉斯的母亲——居住在切尔西区的凯瑟琳夫人，自然也不是什么天使（传说贺拉斯的生父其实是哈维爵士），但贺拉斯非常爱她。1737年，她去世时，贺拉斯伤心欲绝，当时他还不到二十岁。沃波尔的传记作者罗伯特·凯顿-克雷默断定：对母亲的爱，"是他一生中最强烈的情感"[19]。罗伯特·沃波尔爵士在1738年就急不可耐地迎娶了情妇。《奥特兰多城堡》中一个重要的主题就是丈夫的背信弃义与妻子的自我压抑。曼弗雷德最终与他受尽委屈的妻子希波吕忒重归于好，但这只是伤感的贺拉斯一厢情愿的结局。草莓山庄也是如此——它围绕想象中的古代世界孕育幻想，它的存在，是为了安抚一位才华横溢却茫然失措的大男孩。

迷惘之屋

曼斯菲尔德庄园与简·奥斯丁

（1814）

他们特别欣赏《曼斯菲尔德庄园》。库克先生说这是"他读过的最理智的小说"。我对那位牧师的安排，令他感到愉快。

——简·奥斯丁致卡桑德拉的信，1814年6月13日[1]

让下一代去面对冰雹的洗礼，而不是给他们留下坍塌的房屋！

——乔治·梅瑞狄斯，《空钱袋》，1892年[2]

从《奥特兰多城堡》转向《曼斯菲尔德庄园》（1814），就是从略带恐怖色彩却活泼有趣的技巧转向精致而意味深长的艺术。简·奥斯丁（1775—1817）对房屋很感兴趣，而且她肯定读过《奥特兰多城堡》，因为她曾在自己完成的第一部小说《诺桑觉寺》[3]中讽刺过那些以《奥特兰多城堡》为蓝本的传奇小说描绘的伪中世纪场景。奥斯丁作品中的房屋特色鲜明，总能反映出居住者的个性。在《傲慢与偏见》中，伊丽莎白·班内特参观了彭伯利庄园这座"矗立在高坡之上的、气派美观的石砌建筑"（它的管家信誓旦旦地保证，宅子的主人"是世上……最好的地主、最好的主人"），对达西先生的看法大为改观。《爱玛》中"恰到好处、朴实无华"的唐维尔庄园让爱玛·伍德豪斯确信了奈特利先生高贵的品格。

在《曼斯菲尔德庄园》中，奥斯丁走得更远。这部别出心裁的作品讲述了一个四分五裂的家庭重整秩序的故事，这家的家长托马斯·伯特伦爵士与伯特伦夫人教子无方，导致家庭不睦。伯特伦家的子女面临道德堕落的危险。书中这栋"幽雅而环境优美"的同名建筑是小说的核心，它既是建筑意义上的中心，也象征着其中的居民。宅子坐落在"一座方圆约八千米的名副其实的庄园"里，是——

> 一幢宽敞的现代化的房子，位置相宜，林木深掩，完全可以选入王国乡绅宅第的画集。④

不过，奥斯丁在这本书里构建的并不是彭伯利庄园或唐维尔庄园那种谨守家族传统的大宅，而是一栋金玉其外、败絮其中的建筑。托马斯·伯特伦爵士的长子汤姆挥霍无度，败光家财，导致弟弟应继承的遗产份额缩水。而且伯特伦爵士还在加勒比地区投资奴隶种植园，这种致富之道在许多人看来是不光彩的，包括奥斯丁在内。⑤

一位与众不同的女主角带我们认识了伯特伦一家。这次，奥斯丁没有像在《傲慢与偏见》和《理智与情感》中那样塑造几位迷人的姐妹花，而是大胆地刻画了范妮·普莱斯这朵羞怯的紫罗兰,她的名字取自乔治·克雷布在1807年创作的诗歌《教区名册》中女主角的名字(范妮书架上就有克雷布的《故事组诗》)。她"美好"而"纯洁",受到一位浪子热烈的追求。更不落窠臼的是,范妮最终得到的犒赏并非曼斯菲尔德庄园,而是曼斯菲尔德牧师住宅。但这绝不等于退而求其次。相比宏伟的大宅,奥斯丁本人更偏爱舒适的牧师住宅。乡村牧师的职责也是小说中一个重要主题。[6]范妮不但尖锐地批评伯特伦夫妇教子无方,还指出乡村牧师不是忽视信众,就是身兼数职,以致疏远了教区居民。书中时常出现探讨牧师职责的段落。亨利·克劳福德为住到范妮近旁而考虑租下桑顿莱西牧师住宅,托马斯爵士却说他不能这样做,因为埃德蒙会住在那里。

> "一个牧师如果不经常住在教区,他就不知道教区需要什么,有什么要求,靠代理人是了解不到那么多的。埃德蒙……可以……每七天在桑顿莱西当上三四个小时的牧师,如果他感到心安理得的话。但他是不会心安理得的。他知道,人性需要的教导不是每星期一次讲道就能解决的。他还知道,如果他不生活在他的教民中间,不通过经常的关心表明他是他们的祝愿者和朋友,那他给他们和他自己都带来不了多少好处。"[7]

小说从范妮·普莱斯十岁离家写起,她告别了自己那个人丁兴旺的贫穷家庭,去跟母亲的姐姐做伴。[8]她要同姨妈伯特伦夫人和令人生畏的姨父托马斯爵士一起在一栋庄园大宅里生活,这里与她在朴次茅斯那个喧闹嘈杂的家有天壤之别。

> 房屋的富丽堂皇使她为之惊愕，但却不能给她带来安慰。一个个房间都太大，她待在里面好不自在，每碰到一样东西，都觉得会碰坏似的，走动起来蹑手蹑脚，总是生怕出点儿什么事，她常常回到自己房里去哭泣。⑨

表姐玛丽亚和茱莉亚笑她"愚不可及"，男孩们议论她娇小的身材和羞怯的个性。诺里斯姨妈是她母亲的另一个姐姐，嫁给了曼斯菲尔德的教区牧师，成天忙着插手庄园事务，她娇惯玛丽亚和茱莉亚，却总是贬低范妮。"你要记住，"她告诉范妮，"不论在什么地方，你都是身份最低、位置最后的。"作为父母，伯特伦夫妇心不在焉，伯特伦夫人对女儿们的教育"不闻不问"。

> 她没有工夫关心这些事情。她整天穿得整整齐齐地坐在沙发上，做些冗长的针线活儿，既没用处又不漂亮，对孩子们还没有对哈巴狗关心，只要不给她带来不便，她就由着孩子。⑩

托马斯爵士忙着聚敛财富，把许多事务交给诺里斯太太打理。不过，范妮倒是在表哥埃德蒙，也就是汤姆那个不苟言笑的弟弟身上找到了安慰。一天，他撞见她坐在那间阴冷阁楼外的楼梯上哭泣，对她产生了好奇。他向她灌输自己高尚的原则。当家人麻木不仁的冷落演变成赤裸裸的恶意时，他还会站出来

迷惘之屋　17

维护她。十八岁时,范妮对埃德蒙的崇拜已经无以复加,但他一心只想成为牧师,并倾心于魅力四射的玛丽·克劳福德。玛丽是来自伦敦的富家女,与她那位同样富有而迷人的哥哥亨利一起来曼斯菲尔德牧师住宅陪姐姐格兰特太太小住。蛇钻进了伊甸园。小说很早就揭示了玛丽的堕落。有一次,她漫不经心地拿那位收留他们兄妹的将军叔叔开玩笑,说了句粗俗至极的双关语:"少讲(将)呀,中奖(将)呀,我都见得够多的了。"⑩而曼斯菲尔德庄园却毫无防备。托马斯·伯特伦爵士在安提瓜视察他的甘蔗种植园。伯特伦夫人在沙发上打盹儿,诺里斯太太正忙着撮合她眼中的金童玉女——玛丽亚和富有却驽钝的詹姆斯·拉什沃思。小说以三部分内容展现了曼斯菲尔德庄园遭遇的侵蚀,每部分都把一处家宅作为主要元素,在这个过程中,羞怯腼腆的小范妮逐渐成长为不可动摇的道德标杆。

第一部分内容着重表现传统价值的崩坏。克劳福德兄妹、伯特伦兄妹与范妮一同造访索瑟顿庄园。玛丽亚的未婚夫继承了这处产业,外加数千公顷土地和古老的庄园领地权。埃德蒙对这栋建筑赞叹不已:"那座房子是在伊丽莎白时代建造的,是一座高大、周正的砖砌建筑——厚实而壮观,有许多舒适的房间。"不过,拉什沃思却嘲笑它像座"阴森可怕的旧监狱",号称要请汉弗莱·雷普顿来"改造"地面,再砍掉那条悠长的林荫大道两旁的橡树,开阔它的"景观"。范妮低声对埃德蒙表示遗憾,引用了威廉·考伯的一首在当时颇为流行的教化诗《任务》:"倒下的林荫道大树啊,我又一次为你们无辜的命运悲叹。"《任务》一诗讴歌了乡野的淳朴，诗中最著名的一行是"上帝创造了乡村，人类创造了城市"。这首诗也抨击了奴隶制度。[12]后来，在他们参观朴实无华的长方形小教堂，得知拉什沃思一家已不再全家一起祷告时，玛丽嘲讽地打趣说"每一代都有所改进"。范妮则用古典主义学者沃尔特·司各特爵士的话叹惋小教堂中失落的传统和消失的古老纹章：

> "我想象中的礼拜堂不是这样的。这儿没有什么令人望而生畏的，没有什么令人忧从中来的，没有什么庄严的感觉。没有过道，没有拱形结构，没有碑文，没有旗帜。表哥，这里没有旗帜让'天国的夜风吹动'，没有迹象表明一位'苏格兰国君安息在下边'。"[13]

亨利·克劳福德先是与茱莉亚眉来眼去，然后又不顾玛丽亚已经订婚的事实跟她调情，还鼓动她甩掉拉什沃思，教她怎样绕过索瑟顿庄园的铁栅栏和暗墙。它们将她象征性地囚禁在索瑟顿庄园整饬有序的花园内。接着，他俩就消失在杂乱无序的"荒野"象征的自由中，身后紧跟着理当起疑的拉什沃思。埃德蒙与玛丽消失在树林深处，留下范妮独自在长椅上黯然神伤。这段情节散发着《仲夏夜之梦》式的魔幻气息。亨利·克劳福德后来抱歉地说："我们都是……晕头转向的。"随着曼斯菲尔德庄园的情形每况愈下，"晕头转向"一词又出现了不下六次。

在小说的第二部分，一场有失体统的戏剧表演撼动了曼斯菲尔德庄园内在的根基，加剧了道德上的混乱。汤姆·伯特伦和他那位戏迷朋友耶茨先生不顾埃德蒙和范妮反对，执意要排演伊丽莎白·英奇博尔德的《海誓山盟》——一部讲述贵族行为不端、通奸、未婚生子的戏剧。奥斯丁为每个人安排了恰如其分的角色。耶茨先生扮演邪恶的男爵；玛丽亚扮演他早年诱拐的女人，这样她就可以频频与亨利·克劳福德深情拥抱，因为后者扮演他们的儿子；玛丽·克劳福德饰演男爵莽撞的女儿，她向自己的家庭教师（埃德蒙饰）表白爱意，坦言自己并不爱父亲为她安排的那位纨绔的骑士（詹姆斯·拉什沃思饰）。范妮坚决不参加演出，却不得不强忍心痛，眼看自己的心上人与另一个女人排演亲热的场面，还是一个她认为远配不上他的女人。道德的世界天翻地覆：一次排练时，托马斯爵士不期而归，家里人非但不觉得惊喜，反而把他的归来视作"惊骇万分的时刻"。托马斯爵士来到心爱的书房，发现自己的书橱被

范妮·普莱斯紧张地看着玛丽亚·伯特伦翻过一道紧锁的大门，跟随潇洒的亨利·克劳福德穿越庄园领地。琼·哈索尔为对开本协会1959年出版的《曼斯菲尔德庄园》创作了这些精美的木雕版画，传神地再现了书中的主要情节。

挪动了位置,弹子房也被改成了剧场,里面"站着一个年轻人,在扯着嗓子念台词,那架势好像要把他打翻在地"。他感到"在自己家里晕头转向"。

托马斯爵士让曼斯菲尔德庄园恢复了正常秩序,但这只是表象。玛丽亚倾心于亨利,却依然嫁给了拉什沃思先生,然后跟茱莉亚一同离家,她先是在布赖顿大摆女王派头,接着又征服了温波尔街那个以放浪时髦著称的圈子。汤姆去纽玛特跟他那帮放浪形骸的朋友厮混。克劳福德兄妹却出人意料地留了下来,像人们最初期望的那样接受了曼斯菲尔德庄园的道德准则。玛丽嘲笑埃德蒙的牧师理想,却又被他深深吸引。埃德蒙、玛丽和亨利探讨圣职,在这个过程中逐一展露真实的本性。埃德蒙强调传道要有"改进的精神",亨利坦言"二十次中有十九次,我在想这样一段祷文应该怎样念,希望自己能拿来念一念",玛丽则完全赞成牧师不驻教区。

亨利决定引诱范妮来取乐(如今她已出落得"十分标致"),却遭遇失败,反而深深地爱上了她,他在托马斯爵士为范妮举办的初入社交界舞会结束后向她求婚。现在轮到范妮烦恼了。托马斯爵士、埃德蒙和亨利本人都来劝她接受求婚。他们轮番上阵,侵扰她在东屋布置的小天地。奥斯丁在表现这个"安乐窝"的陈设时格外不惜笔墨,这在她的小说中十分罕见,借此,她希望把心爱之物带给范妮的情感慰藉与索瑟顿庄园和曼斯菲尔德庄园规整的装潢透出的道德空虚区分开来。

迷惘之屋 21

> 每逢她在楼下遇到不称心的事情,她就可以到这里找点儿事干,想想心事,当即便能感到慰藉……她养的花草、她买的书……她的写字台、她为慈善事业做的事、她绣的花……她在屋中看到的一事一物,没有一样不给她带来愉快的回忆。每一样东西都是她的朋友,或者让她联想到某个朋友……⑭

在托马斯爵士、亨利和埃德蒙的轮番劝说下,她也开始"晕头转向",怀疑自己顾虑重重是因为受了蛊惑。不过,她始终不肯妥协,结果被迫离开了自己心爱的小窝,因为托马斯爵士认为回朴次茅斯跟家人多待一段时间能让她明白自己拒绝了什么。

第三部分写范妮回到朴次茅斯,在普莱斯家拥挤不堪的小房子里"茫然坐着,陷入断断续续、黯然神伤的沉思之中",思考这里混乱而喧闹的生活。

> 由于房子小、墙壁薄,所有的东西都挤在她身边,再加上旅途劳顿,以及近来的种种烦恼,她简直不知道该如何承受这一切。⑮

她受到热情的欢迎,却不再属于这里。她思念曼斯菲尔德庄园,思念它宽敞、文雅的气派,就连看亨利都顺眼了不少,他是唯一一个来朴次茅斯看她的人:

> 她愿意承认,他的好品质也许比她过去想象的多。她开始觉得,他最终有可能会变好……⑯

但她朝思暮想的曼斯菲尔德却处在崩溃的边缘。汤姆病了,病情很快就危急到足以使玛丽·克劳福德重新对埃德蒙展开攻势的地步,因为后者现在很可能继承曼斯菲尔德庄园。玛丽亚离开拉什沃思,与亨利·克劳福德私奔,后者被范妮拒绝后开始与她调情解闷;茱莉亚则与耶茨先生私奔到苏格兰。"不幸的事情在源源不断地向我们袭来。"埃德蒙在信中写道,他代表父母恳请范妮重返曼斯菲尔德庄园。

范妮带着妹妹苏珊回到庄园,很快成了这个家的支柱和主心骨。埃德蒙发现玛丽也像她哥哥一样薄情寡义,对她彻底死了心,向范妮倾诉情伤。这时,奥斯丁作为全知全能的叙述者登场,告诉我们一切虽不尽善尽美,但最终都会有最好的结果。

> 让别的文人墨客去描写罪恶与不幸吧,我要尽快抛开这些令人厌恶的话题,尽快使没有重大过失的每一个人重新过上安生日子,其余的话也就不往下说了。[11]

在情节紧凑的最后一章中,这种安生日子成为现实。我们得知埃德蒙"不再眷恋克劳福德小姐,而是急切地想和范妮结婚,这也是范妮所期望的"。托马斯爵士喜出望外,认定范妮就是自己的理想儿媳。茱莉亚跟耶茨先生结了婚。其实耶茨先生十分乐意听从岳父的建议,而这位岳父已经"意识到自己身为父亲的过失"。玛丽亚,书中唯一没有得到宽恕的堕落之人,与可憎的诺里斯太太一同被发配到一处"偏远"之地。克劳福德兄妹收敛锋芒,变得消沉了,却也长了几分智慧。大病一场的

迷惘之屋　23

汤姆悔不当初，对自己胡闹造成的后果深感震惊，"成了个安分守己的人，能为父亲分忧解难，稳重而沉静"。托马斯爵士日益成熟、稳健。伯特伦夫人在小妹妹苏珊身上找到了第二个范妮。范妮与埃德蒙在庄园附近定居。在这一切之后，曼斯菲尔德庄园的道德基石也得到了巩固，整栋房子越发惹人喜爱。

改进（又一个一再出现的字眼）无处不在，既有道德上的进步，也有建筑上的改造。范妮最终把家安在曼斯菲尔德牧师住宅，这栋房子也像她本人一样经历了可喜的转变。吝啬的诺里斯姨妈曾把这里弄得十分寒酸，不过格兰特夫妇把房子改造得相当舒适，还为欣赏自然美景而打造了美丽的花园和灌木丛。范妮和埃德蒙搬来之后，它"没过多久就变得亲切了，完美无缺，就像曼斯菲尔德庄园地界上的其他景物一样亲切，一样完美无缺"。

对奥斯丁而言，曼斯菲尔德牧师住宅绝不是一份安慰奖。她在生活和小说中都对牧师住宅情有独钟。她的小说中出现过不少令人心动的例子，如《傲慢与偏见》中的汉斯福德牧师住宅、《理智与情感》中的德拉福德牧师住宅，还有《诺桑觉寺》中的伍德斯顿牧师住宅，关于这栋宅子，凯瑟琳·莫兰德（"她，这个一心渴望去寺院的人！"）认为："在她的想象里，什么东西也比不上一座简朴、舒适、居室便利的牧师住宅更令人神往。"简自己就在这样一栋房子里长大，而且一直对搬离斯蒂文顿教区长住宅这件事耿耿于怀：1801年，在她哥哥詹姆斯接替父亲出任教区长之后，她不得不从那里搬走。奥斯丁一家先是来到热闹喧嚣的水城巴斯；接着，在简的父亲去世之后，一家人又辗转迁往南安普顿。这些家庭变故让简一度中断写作，直到1809年才恢复，这一年，她跟母亲、姐姐卡桑德拉和密友玛莎·洛伊德一同在汉普郡查顿村的一栋住宅里安顿下来。查顿庄园是她哥哥爱德华继承的第二处大产业。简的侄女卡罗琳记录道：

> （这栋房子）差不多像我们原来的牧师住宅一样好，也属于老式风格，天花板很低且凹凸不平，有些卧室十分狭小，其实所有房间都不算大，不过好在数量够多，足以容纳全部房客。⑬

这次搬家改变了简的生活，她终于能在一处清静地方安心写作了。

创作《曼斯菲尔德庄园》的灵感从何而来？范妮具有塞缪尔·理查逊作品《查尔斯·葛兰底森爵士》中那位同名男主人公身上的正直与高尚，那是奥斯丁最喜欢的小说之一。小说的女主人公哈丽雅特·拜伦来自北安普敦郡，据说那里就是曼斯菲尔德庄园的所在地。这位查尔斯爵士的功绩之一就是帮托马斯爵士、曼斯菲尔德夫人及其家族恢复了财产。这对夫妇有个女儿叫范妮，住在曼斯菲尔德府。但借用人物姓名向喜欢的作品致敬，并不代表本书的创作就是受其启发。我认为，透过《曼斯菲尔德庄园》能看到奥斯丁家族一连串的命运变迁。1780年，简十二岁的哥哥爱德华被母亲的表亲托马斯与康斯坦斯·奈特夫妇收养，这对夫妇非常富有却膝下无子，打算将爱

迷惘之屋　25

德华作为继承人培养。托马斯·奈特于1798年去世,两年后,奈特太太决定回温切斯特隐居,将产业交到爱德华手中。爱德华平时住在肯特郡阿什福镇附近的戈德默沙姆庄园,这栋宏伟的帕拉第奥式大宅兴建于1732年,外观酷似曼斯菲尔德庄园。如何妥善地管理名下的产业是《曼斯菲尔德庄园》一再探讨的话题:为了博得范妮的好感,亨利·克劳福德开始主动关心自己一向不闻不问的产业。

正确的子女教育方式是《曼斯菲尔德庄园》的又一主题。爱德华的妻子伊丽莎白在1808年去世,给他留下十一个子女,年龄从十五岁到新生儿不等。爱德华没有再婚,家事完全仰赖家人的帮助,尤其是简和卡桑德拉。伊丽莎白去世一年后,他把他和妻子在查顿村那个心爱的小家腾给母亲和妹妹们住。查顿大宅本身是一栋伊丽莎白时代的庄园宅第,类似拉什沃思先生的索瑟顿庄园,领地上依然保留着一片荒地和一道暗墙。[⑱]1813年夏天,爱德华用五个月时间将它"改造"一新,增加了一间弹子房,又添置了一些汉弗莱·雷普顿风格的装饰景观。这一年,他的大女儿范妮——简最疼爱的孩子——眼看就要成年,因此,孩子的姑妈在村里的家与查顿庄园之间溜达着构思《曼斯菲尔德庄园》时,一定也思考过范妮那几个不安分的兄弟的教育问题[⑲]。那年秋天(1813年10月12日),简曾在一封信中表示她对侄儿们的"多动躁狂"与"穷奢极侈"感到担忧。卡桑德拉惋惜地认为这完全在意料之中,因为他们"有个如此溺爱他们的父亲,生活窗框(方式)又是如此随意"[⑳]。在

《曼斯菲尔德庄园》中，简借埃德蒙之口表示："我担心的是财富让人养成的习性。"

查顿村也有一栋教区长住宅，简的哥哥亨利曾在那里当过四年副牧师。亨利英俊而聪慧，擅长表演，跟与他同名的小说人物亨利·克劳福德一样魅力四射，也是简最欣赏的兄弟。他起初曾考虑过从事圣职，但在1797年，他迎娶了自己寡居的表妹——光彩照人的伊莉莎·德·弗伊莱德，她活泼、风趣、爱慕虚荣、喜爱音乐，也像玛丽·克劳福德一样反感教士型的丈

简·奥斯丁的《曼斯菲尔德庄园》参考了查顿庄园的建筑特色。简的哥哥爱德华于1798年继承这处宅第，在小教堂和花园外添加了一道暗墙，又新辟了一片荒地。1809年，他安排母亲、简和卡桑德拉搬进村里一栋漂亮的小房子，步行十分钟即可到达庄园。

夫。于是亨利便辞去圣职，参了军，最终成为一名银行家。简尽管对伊莉莎荒唐的做派多有腹诽，但还是很喜欢她这个人。伊莉莎患癌症去世时，简就守在病榻旁，那是1813年4月，简正好在起草《曼斯菲尔德庄园》的初稿。我认为简对玛丽·克劳福德性格细腻的刻画反映了她对伊莉莎复杂的感情。痛失妻子、生意失败的亨利于1815年接受圣职，在1816—1820年间担任查顿村的副牧师，随后接替哥哥詹姆斯出任斯蒂文顿教区长，这也是爱德华对他的关照。

奥斯丁在自己的下一部小说《爱玛》（1815）中继续沿用寓情于建筑的手法，小说人物乔治·奈特利对唐维尔庄园（又一幢酷似查顿庄园的宅第）的精心管理，反映了他高尚的德行。在《劝导》（1818）中，失去凯林奇庄园的情节把曼斯菲尔德庄园曾面临的威胁变为现实。简本人想必十分喜爱这个位于查顿村的、牧师住宅风格的家。她一搬进来就给哥哥弗兰克写了封押韵信，其中这几句话充分反映了这栋房子在她心目中是何等重要：

> 查顿小屋——在我们心中
> 已然如此富足，
> 我们如此深信
> 待到竣工之日，
> 它将胜过一切房屋，
> 无论新建还是修复，
> 房间宽敞抑或简朴。[22]

连通两个世界

图里-维奥兰城堡与沃尔特·司各特

（1814）

人的思想，由他们所处的环境塑造。

——沃尔特·司各特，《祖父的故事》，1831年[①]

一夜之间，仿照图里-维奥兰城堡建造的苏格兰领主宅第……那种有角楼、有停满乌鸦的三角墙、有雉堞的建筑，如雨后春笋般涌现在英格兰和爱尔兰的大地上。

——梅维斯·巴泰，1983年[②]

沃尔特·司各特（1771—1832）是他那个时代的J.K.罗琳，他的作品老少咸宜，以丰富的幽默感、多姿多彩的人物、精细考究的场景、激动人心的史实和无可指摘的道德内涵赢得了读者的喜爱。他对读者说话就仿佛面对多年老友，常用插入语和脚注来帮助他们理解自己的意图，唤起他们内心崇高的追求：

把人生中的一小时奉献给高尚的行动、崇高的冒险，远比长年累月卑微地遵循那些无谓的虚礼更有价值。人在虚礼中蹉跎岁月，如流水缓缓漫过沼泽，无法显耀人前。③

他渴望在激情澎湃的男男女女心中唤起中世纪的骑士精神。他以丰赡的著作书写苏格兰与英格兰的历史与传奇，作品可读性极强，并带有一个鲜明的目的，那就是促成高地人与低地人、詹姆斯党与汉诺威党、有地士绅与劳苦劳工之间的和解。在《威弗莱》中，他以虚构的图里-维奥兰城堡（最终成为来自英格兰的男主角与来自苏格兰的女主角安居乐业的家园）象征这种和解。他用靠写作赚得的收入把特威德河畔的一栋农舍改造成了他口中的"谜堡"。这座阿伯茨福德庄园就是图里-维奥兰城堡的现实原型，它同时拥有苏格兰领主宅第的浪漫造型与英格兰最新的室内设施。它不但引领了全国的建筑风潮——所有住宅无论大小，顶部一律要有雉堞和错落的塔楼，还以其建筑形式出色地强调了《威弗莱》所倡导的大一统观念。

司各特对英格兰和苏格兰和解的向往与他自身的成长经历有关。他的祖父是位旗帜鲜明的詹姆斯党人，绰号是"大胡子"，因为他曾发誓永不剃须，除非斯图亚特王朝的后裔重登王位。司各特的父亲是一位无趣的爱丁堡律师，同时也是一位旗帜鲜明的汉诺威党人，喜欢研究加尔文教的历史。爱丁堡这座烟尘弥漫的城市并不适宜儿童成长，更遑论一个因患小儿麻痹症而落下腿疾的孩子。从婴儿时期到学童时期，沃尔特几乎都跟祖父母生活在特威德河畔，在户外愉快地玩耍，贪婪地聆听那些激动人心的边区古老传说。由于腿瘸，他从军的希望落了空，不过他长大后出落得一表人才。1820年，一位来自美国的崇拜者曾形容他"身材高大，体态优美……体形匀称，高前额，短鼻梁，上唇狭长，面容丰润，肤色健康匀净，双眼湛蓝，眼神锐利、直抵人心"[④]。据司各特回忆，他自十二岁进入爱丁堡大学之后就"像老虎一样……死死抓住一切古老的歌谣与传奇，有些是偶然见到的，有些是我在议会广场的詹姆斯·西伯德流动图书馆那一排排尘封的书架上找到的"。他阅读古典著作，随后考取律师资格，奉父亲之命访遍苏格兰高地，大量地收集詹姆斯党人起义的故事。这些故事的讲述者都是最近一次起义的幸存者。他搜集民间故事与歌谣，于1802年3月出版了三卷本的《苏格兰边区歌谣集》。

司各特开始创作叙事长诗，把背景放在经过美化的中世纪，讲述年轻的洛钦瓦策马西去，诗人托马斯在埃尔顿山与精灵女王不期而遇。《最后一个吟游诗人的歌》令他蜚声全国。诗歌在令人难忘的对句中展开。我个人最喜欢的一句是"在鹿肉与松鸡之上／牧师吟诵祝福"。不过，这首诗最著名的段落无疑要数：

> 这人还活着，他的心已死亡，
> 他从来没有对自己这样讲：
> "这就是故土，我的祖国！"[⑤]

在《最后一个吟游诗人的歌》的前言中，司各特宣称这本书"旨在展现曾盛行于英格兰和苏格兰边界的古老习俗"。随后他又创作了更多长诗,其中最著名的是《玛密恩:弗洛登的故事》(1808)和《湖上夫人》(1810)。这些作品对英国的文学创作产生了深远的影响,时至今日,我们依然会下意识地吟诵诗中的句子,像《玛密恩:弗洛登的故事》中的"啊,当我们开始学会欺骗/编织的丝网是何等的混乱",还有《湖上夫人》中那句"向统帅致敬"。

但到了1812年,一颗诗坛新星横空出世。拜伦爵士写下了《恰尔德·哈罗尔德游记》,卷首的诗章引爆了读者的热情。在发表《唐璜》这部极具颠覆性而又令人惊异的讽刺史诗后,他一跃成为伦敦最负盛名的才子。"他笔下澎湃的激情、他对人心深刻的洞察都令我自愧弗如。"[6]司各特曾向女婿约翰·洛克哈特坦承。于是他转而用另一种体裁,也就是历史小说,来传达他的思想。1805年,他开始创作《威弗莱》,这个想法——

> 源自创作一部骑士传奇的雄心,故事风格大概近似于《奥特兰多城堡》,会出现许多边境上的人物和超自然的事件。[7]

他一度中断小说创作,重返诗坛,却又在1813年冬天重拾这部作品,并于1814年7月完稿。

那时,司各特在文学上受到了新的影响。简·奥斯丁就是其中之一。"这位年轻女士在展现日常情感、描摹身边人物方面天赋异禀,依我看,这是我所知的最美妙的才能。"他这样写道。

> 我写老鲍沃这类故事不会比任何人逊色，但那种以翔实的描写和真挚的情感把身边人、身边事写活的细腻手法，我却望尘莫及。[8]

不过，与《威弗莱》关联更紧密的是玛丽亚·埃奇沃思（1768—1849），她被称为"英语历史小说、地域小说、盎格鲁-爱尔兰小说、领主庄园小说和英雄传奇小说第一人"[9]。司各特仰慕她"十足的幽默、感伤的温情和精湛的技巧"，不过他更钦佩她在《拉克伦特堡》（1800）和后来的《缺席者》（1812）中对棘手的英籍爱尔兰缺席地主[10]问题有力的反映。尽管《1800年联合法案》获得通过，但爱尔兰人和他们贪得无厌的英国地主依然势不两立。司各特相信，通过直接揭露这类暴行，埃奇沃思"对合并起到的促进作用或许超过了所有的后续法案"[11]。

司各特希望《威弗莱》也能对相互敌对、自视过高的詹姆斯党人和英格兰辉格党人起到同样神奇的作用。书中的故事发生在1745年，即第二次詹姆斯党人起义这一年，故事的主人公是爱德华·威弗莱，一个意志薄弱的傀儡，任由他那位行事机警的父亲、威斯敏斯特辉格党人理查德和祖宅威弗莱之光的所有者——叔叔埃弗拉德·威弗莱——摆布，后者是一名旗帜鲜明的亲斯图亚特极端保守分子，"一位血统古老、家财万贯的老派英伦绅士"。这位叔叔膝下无子。爱德华的童年几乎都是在他那栋气派的老宅中度过的，那里摆满了盾形徽章和战斗奖杯。他也像童年时期的司各特一样，在图书室（"一个宽敞的房间，

连通两个世界 33

装潢是哥特式样,有一道双拱门和一间画廊")贪婪地阅读骑士传奇,在这间充满浪漫气息的屋子里徜徉,感受它"狂野的风格"。

爱德华奉父亲之命赴苏格兰出任一支军队的指挥官,保卫汉诺威王朝的大业。到任后,他轻而易举就被一份邀请函请离了位于邓迪的驻地,去拜会叔叔的詹姆斯党友人科西莫·布雷德沃丁男爵。布雷德沃丁男爵的祖宅图里-维奥兰城堡就是本书的核心。司各特赋予它苏格兰古宅和古堡的特征,如特拉凯尔府(1745年关闭,以带有熊形装饰的大门著称)、格兰图利城堡、墨斯利城堡,以及爱丁堡的迪恩府和老拉维尔斯顿府。

在前往图里-维奥兰城堡的路上,爱德华对村庄的破败深感震惊,相比"英格兰农舍令人赏心悦目的整洁",它们简直形同乞丐。

> 房屋散布在一条曲曲弯弯、未铺过路面的道路两旁,毫不顾及整齐美观;一群小孩一丝不挂地趴在路当中,马如果上路的话就会踩到,他们好像就等着挨踩似的……几乎家家户户的门前,都一边堆着黑乎乎的一大堆草皮,另一边堆着一堆家肥,仿佛要争个高低似的,也在加高。⑩

不过,在进入围墙内的城堡领地后,他开始心潮澎湃,他策马踏上一条两旁种着七叶树的双行大道,穿过一道带城垛的大门,门柱是"两块饱经风霜、残破不堪的巨大柱石",以前"曾是……两头直立的熊"。城垛的每个转角都有形如胡椒罐的

爱德华·威弗莱正在欣赏图里-维奥兰城堡带雉堞的城门上雕刻的熊形雕像，插图选自1885年的一版《威弗莱》，由路易斯·彭巴德绘制。司各特以图里-维奥兰城堡的损毁与重建象征苏格兰与英格兰的和解。

塔楼，在"宛如地窖的马厩"上方建有粮仓、"酒桶形"的鸽舍和一座喷泉，喷泉造型是一只巨大的熊——也是这个家族的标志。房屋的窗户、三角墙、排水沟和塔楼上还雕刻着更多的熊形雕像，"有大有小，有半身有全身"。家族古训"谨防有熊"随处可见，其中一些出现在一个日晷的基座上，这日晷"表盘阔大，上面密密麻麻地刻满图表，以爱德华的算术水平根本不足以解读"，还有一些出现在露台栏杆上。

爱德华在这座"令人心驰神往的大宅"中见到了科西莫男爵，他"高大瘦削、身材健硕，虽说上了年纪，满头银发，却坚持锻炼，每块肌肉都像鞭绳一样紧实"。见到朋友的侄子，他高兴得热泪盈眶，语无伦次地说了一番拉丁俗语，并把爱德华介绍给自己的女儿罗丝，"一位美若天仙的少女，典型的苏格兰美人儿，浓密的秀发呈淡淡的金色，肌肤洁白无瑕，犹如她领地里群山上皑皑的白雪"。他们在一间"宽敞的餐厅"用餐，"室内以黑栎木的护墙板装饰，四壁挂满这个家族先祖的肖像"。司各特用整整三章篇幅描绘图里-维奥兰城堡各处精美的局部细节，从外观到内室，从陈设到花园，再到仆从。

在享受了男爵的盛情款待之后，爱德华被高地上的荒野吸引，先是闯入强盗唐纳德·比恩·林恩那座原始野蛮的山洞，随后又与一位名叫弗格斯·麦克-伊沃的年轻首领一起逗留在遥远的格伦纳夸伊克——"一座外观简陋的四方高塔"。弗格斯的妹妹弗洛娜看出爱德华心地纯良，于是带他登上一座浪漫的山丘，走进一座"森林中的圆形剧场"，后来，爱德华爱上了弗洛娜。经过一连串曲折的误会,爱德华遭到通缉,索性加入了弗格斯与弗洛娜的行列,兄妹俩决定带他去觐见即将攻入爱丁堡的英俊王子查理。爱德华欣喜若狂,加入了詹姆斯党人的大军,与他们一同向英格兰挺进。军队最远行至德比[⑬],随后因补给不足而被迫折返。爱德华救了英格兰士兵塔波特上校的性命。后来,在斯图亚特王朝大势已去,他意识到自己可能被判处叛国罪时,这项善举也救了他一命。图里-维奥兰城堡遭到劫掠与焚烧,树木被伐倒,各式各样的熊形雕像被惨烈地推翻在地。

> 主楼的塔楼和尖顶都被烧得发黑;院子的地面破烂不堪;门已被全部捣毁,或者只挂在一个铰链上;窗户也被砸得稀烂,院子里到处是被砸坏的家具的碎片。[⑭]

不过,一切并未山穷水尽。在塔波特上校的帮助下,爱德华获得赦免。罗丝答应嫁给他,塔波特上校与埃弗拉德·威弗莱爵士一同重建了图里-维奥兰城堡,甚至还做了改进。新的熊形雕像立了起来,宽敞通风的马厩建成了,花园有了温室,科西莫男爵也回到了自己世代居住的家园。最后,塔波特上校大手一挥,掀开——

> 一幅大而生动的画作,画上画的是穿着高地服装的弗格斯·麦克-伊沃和威弗莱,背景是一个荒野的、岩石垒垒的山口,整个氏族的人正从山口往下走……格伦纳夸伊克不幸的首领,他那狂热、火暴又莽撞的性格,和他运气不错的朋

连通两个世界　37

友那沉思、幻想而又热情的表情，形成绝妙的对比。⑮

这幅画象征着作者欲将詹姆斯党大业及其浪漫的追随者交由历史评说。爱德华不再沉迷于威弗莱之光的图书室中收藏的浪漫传奇，也不再迷恋格伦纳夸伊克那片峭壁嶙峋的荒野，转而开始认同重建后的图里-维奥兰城堡所象征的折中路线。这座经过修缮的城堡和其中配备的现代化设施，象征着文明的协商战胜了汉诺威党的镇压与詹姆斯党的浪漫传奇这两个极端。日后，爱德华和罗丝将继承这座城堡，英格兰与苏格兰将在互利互惠的友谊中血脉交融。

像沃波尔和奥斯丁一样，司各特也匿名出版了自己的小说处女作，希望它能免受自己诗人声誉的影响，成为一个令人振奋的新起点。这部小说大获成功，在它的哥特小说的外壳之下，是有血有肉的史实。尽管许多人一下就猜到了作者是谁，但司各特依然愉快地隐姓埋名了十三年之久，后续的小说也都以"《威弗莱》作者"之名出版。司各特在不少作品中都曾以动人的笔触描摹古老的家族祖宅，不过他缔造的建筑中最重要的一栋依然是他真正建成的那栋，也就是他的阿伯茨福德庄园，一座"石材与石灰筑就的传奇"：这栋建筑也像沃波尔的草莓山庄一样，是完全按他的要求量身定制的。

阿伯茨福德庄园最初只是简陋的克拉尔迪霍尔农场。它所在的土地和一旁的浅滩曾是梅尔罗斯修道院的领地，所以在为它更名时，司各特认为"阿伯茨福德"⑯这个名字可谓恰如其分，他还想尽办法从被毁的梅尔罗斯修道院搜罗可用的建筑残片（这座修道院是《最后一个吟游诗人的歌》中的故事发生地，当时已是众多文学信徒趋之若鹜的圣地）。在《古董商》（1816）中，通过刻画乔纳森·欧德巴克的宅第蒙克巴恩斯，司各特构思了阿伯茨福德的最终形态。这部小说也是司各特本人最钟爱的一部。

> 那是一栋不规则的老式住宅，一部分曾是农庄或独栋农舍，在这里尚属寺院领地时，它曾是寺院住持或院长的住处。⑰

蒙克巴恩斯与阿伯茨福德都有一道古色古香的大门，都处于装饰摆件、露台和紫杉篱笆的环绕之中。司各特于1822年打造的书房酷似欧德巴克家中的书房。

> 一间大小适中的高阔房间，仅有几扇带窗格的狭长高窗透进昏暗的光线。房间一侧完全被书架占据，却难以容纳架上满满当当的书籍，所以这些书籍被码放成两三排，另有无数册散落在地上、桌上，混杂在零落的地图、版画、碎羊皮纸、成捆纸张、古董盔甲、长剑、短剑、头盔和高地箭靶当中。⑱

阿伯茨福德也像草莓山庄一样藏品丰富，摆满意义非凡的物件，有些代表辉煌的历史，另一些则是个人意义上的纪念品。司各特收藏了拿破仑用过的便签本和笔盘、纳尔逊和威灵顿的

沃尔特·司各特爵士为装点他的男爵庄园——被他称为"谜堡"的阿伯茨福德——而不知疲倦地写作。威廉·艾伦在他去世后创作的这幅遗像（1844）表现了他在军械库中对女儿安妮口授小说的情景。

几束头发、英俊的查理王子用过的夸奇（一种酒杯）和一束头发、罗伯·罗伊（苏格兰高地歹徒）的钱包、弗洛拉·麦克唐纳的口袋书、罗伯特·彭斯用过的玻璃杯。[19]司各特曾在《中洛锡安之心》(1818)中提到爱丁堡古老的托博特监狱。1817年，这座监狱拆除时，他弄到了古老的监狱大门，并把它用作农场入口的大门。

华盛顿·欧文[20]曾于1817年造访阿伯茨福德，在《布雷斯布里奇田庄》(1822)的序言里，他在对一栋类似建筑的描写中精辟地总结了司各特的个性及阿伯茨福德的气质，他形容这栋房屋"古色古香，内务管理在全县甚至邻县都所向无敌。尽管屋主身为作家而非乡绅，却称得上我所知的最好的领主"。司各特对自己的"内务管理"颇为自豪，他和欧文口中这个"内务管理"指的是一项古老的传统，即不惜成本地维护房屋，使之保持随时能款待宾客的状态。到了1822年，这位"北方的魔法师"终于可以骄傲地在姓氏后面加上"准男爵"这个头衔，他家门厅天花板上的盾形纹章也越攒越多。"阿伯茨福德就像一座用餐桌上的面点堆砌的城堡。"1818年拜访阿伯茨福德后，雪莱夫人在日记中酸溜溜地写道，"不过我不该说它的不是，也不该批评这样一位才子的心血来潮。"

渐渐地，为阿伯茨福德及其领地添砖加瓦成了司各特的执念。随着司各特小说的主题日趋宏大——不再局限于高地和边境上的小型堡垒，开始涉及《肯纳尔沃思堡》和《艾凡赫》中的大型英国城堡——阿伯茨福德也变得更加纵深错落，有了更

连通两个世界　41

多的塔楼和雉堞。尽管有着做旧的外观，阿伯茨福德却配备了最先进的室内设施。城堡内安装了煤气灯（司各特是爱丁堡首家煤气灯公司的董事长）、空气压缩呼唤铃和明炉，还在1823年安装了蒸汽中央供暖系统。主人为客人的舒适费尽了心思。

> 在阿伯茨福德……不光图书室的壁龛里有文具，就连每间卧室都各配了一套文具，包括纸、笔、墨水和封蜡。[21]

地皮也越买越多，这些地往往是司各特从对他了如指掌的卖家手中以令人咂舌的高价购入的。司各特的领地扩大到五百多公顷。他在领地上种下数千棵树，树种和树苗大都从苏格兰的历史古建筑处搜集，仿佛想凭一己之力弥补"高地清洗"[22]带来的恶果。他也十分注重文学上的呼应：白桦苗出自卡特琳湖，那是《湖上夫人》故事的发生地；莱默谷则以13世纪边境诗人兼祭司"押韵者汤姆"[23]的名字命名。

到了19世纪20年代中期，司各特已是债台高筑，不过，这并非全然是因为他挥霍无度。为提升自己的著作销量，他向自己的出版及印刷商詹姆斯·巴兰坦投资了大笔资金，却没料到巴兰坦是个无能的商人。1825年爆发的伦敦金融危机令他雪上加霜。1826年被迫宣布破产时，他拒绝接受资助，以顽强的毅力决定靠写作偿还债务，同时也继续高高兴兴地当他的城堡主人，这个角色已经融入了他的灵魂。到了1829年，他恢复了先前的财富，却付出了健康的代价。有人劝他实在不行就去阳光充足的地方旅行试试，于是他在1831年9月踏上了环游地中海的游轮之旅。途中，他又像往常那样开始构思一部关于罗德骑士团的浪漫传奇，他抬头仰望瓦莱塔港四周美轮美奂的堡垒和上面纸筒般的塔楼，琢磨着是否能再为阿伯茨福德增添"一道屏障，就建在老谷仓西侧，带一道饰有塔楼的梦幻围墙，用它圈起晾衣草坪，草坪上就装饰这样的瞭望塔，我可以趁在此逗留期间把它们临摹下来"[20]。但他没能活着回去。他的葬礼万人空巷，人们跟随送葬的队伍一直走到他位于德赖堡修道院的墓地。从此，他生活的乐趣、财富的克星阿伯茨福德成了文学爱好者崇尚的圣地。

《威弗莱》把英格兰人对高地人的印象从原始蒙昧的叛国者变成了浪漫却忠诚的不列颠属国子民。苏格兰格子呢风靡一时。乔治四世国王曾于1822年乘皇家游船赴爱丁堡拜访司各特，当时，这位发福的国王穿的就是一条苏格兰格子裙，还配了一只硕大的毛皮袋。这画面让漫画家们大呼过瘾。司各特转向中世纪浪漫传奇的创作，让英格兰得以用全新的眼光审视自身的历史。在《艾凡赫》中，他塑造了罗宾汉这个捍卫自由与正义的形象。这部小说创作于拿破仑战争后的萧条时期，号召社会各阶层通力合作，就像书中的撒克逊人和诺曼人慢慢学会的那样。

在小说中塑造恢宏的殿堂是司各特的长项。他笔下风靡一时的诗歌与小说在国内掀起了一股中世纪热潮，为一系列建筑带去了灵感，像巴尔莫勒堡这种宏伟的仿古城堡、奥古斯塔·普于1835年建造的那座群楼高耸的威斯敏斯特宫、经杰弗里·威雅维尔扩建并注入浪漫色彩的温莎城堡，还有各种地方市政厅、乡绅庄园及城郊别墅。他让历史小说成为通俗小说中一个格外庞大的分支，既注重史实又极富浪漫气息。他对独特建筑的热爱，在维克多·雨果的《巴黎圣母院》(1831)、威廉·哈里森·安斯沃斯的《伦敦塔》(1840)和《老圣保罗教堂》(1841)中得到了回应。

两家人的灾祸[①]

呼啸山庄与艾米莉·勃朗特

(1847)

  我对《呼啸山庄》很感兴趣,这是我许久以来读的第一部小说,也是更长时间以来最好的一部(就力量和文风而言)……不过这是一本邪恶的书——一个不可思议的怪物……它仿佛在讲述地狱里的故事——只是看似有英文的地名和人名而已。这本书你读了吗?

  ——丹蒂·加布里埃尔·罗塞蒂致威廉·阿林汉姆的信,
1845年9月19日[②]

  呼啸山庄是希剌克厉夫先生住宅的名称。"呼啸"是一个意味深长的方言形容词,形容这地方在风暴天气里所受的气压骚动。[③]

  ——艾米莉·勃朗特,《呼啸山庄》,1847年[④]

  《呼啸山庄》——一部以暴烈的语言讲述嫉妒与残暴、爱与失去的小说——完全为书中这栋同名建筑所主导:它是位于约克郡的恩萧家族祖宅,也是恩萧家的女儿凯瑟琳(凯茜)·恩萧与养子希剌克厉夫之间横扫一切的激情发生的地点。家园,尤其是失落的家园，是贯穿全书的主题。对家园的渴望渗透在《呼啸山庄》的字里行间，也浸透了艾米莉的思想与灵魂。"还有什么能像家中的炉膛那样亲切——／那样令人向往——"[5]她在一首诗中写道。

为增强戏剧效果，艾米莉在小说开头采用了拦腰法[6]叙述，不过要想真正理解这部小说在多大程度上围绕"家"这个概念展开，我们最好还是按时间顺序概括情节。1771年，凯茜的父亲恩萧先生在赴利物浦出差时遇见一个"无家可归"的五岁孩童，他"脏兮兮的，穿得破破烂烂，顶着一头黑发……说不定是个哑巴"。他把这孩子带回山庄，视如己出，以死去长子的名字为他起名为希刺克厉夫。恩萧先生对男孩宠爱有加，这令恩萧家秉性粗暴的十四岁次子辛德雷对希刺克厉夫深恶痛绝，而六岁的女儿凯茜却对他产生了深切的同情。"他比我更像我自己。"后来她高呼，"无论我们的灵魂是用什么做的，总之他的跟我的是一模一样的。"

父母去世后，辛德雷将希刺克厉夫贬为仆人，对他百般虐待，其行径"足以使圣徒变成恶魔"。凯茜依然忠于他们的友情，二人时常一起漫步荒原。一天，他们透过画眉田庄灯火通明的窗户向内窥视，那是富裕的林惇家族的宅第。林惇家的孩子看见他们，喊来仆人。仆人放出一只凶猛的斗牛犬，咬伤了凯茜的脚踝。希刺克厉夫英勇地挥舞一根树枝吓退烈犬，直到仆人们赶到。他们认出凯茜是恩萧家的女儿，她被请进庄园，受到盛情款待。希刺克厉夫却被撵走了。凯茜留在田庄养伤，被这里猩红的地毯、流光溢彩的水晶灯和闲适富足的气质吸引,而林惇家的儿子埃德加也被她吸引。希刺克厉夫妒火中烧,他愤然离家出走。凯茜嫁给了埃德加·林惇。但她很快意识到,自己的思想与灵魂依然深深眷恋着高踞在荒原之上的童年家园,眷恋着希刺克厉夫。[7]至此,两栋房屋之间的拉锯正式展开:画眉田庄领地广阔,坐拥葱郁宜人的土地;而在六千多米外,呼啸山庄高踞在寒风肆虐的荒原之上。

希刺克厉夫衣锦还乡,开始实施报复。沉迷赌博的辛德雷向他借了笔钱,数额大到足以使希刺克厉夫在1784年辛德雷死后取代其子哈里顿成为呼啸山庄的主人。随后他又与埃德加·林惇的妹妹伊莎贝拉私奔。在凯茜悲惨地死于难产后,希刺克厉夫与伊莎贝拉的儿子林惇,而不是凯茜与埃德加的女儿凯瑟琳,成为画眉田庄未来的继承人,因为祖产只能由男嗣继承[8]。饱受虐待、爱而不得的伊莎贝拉("虫

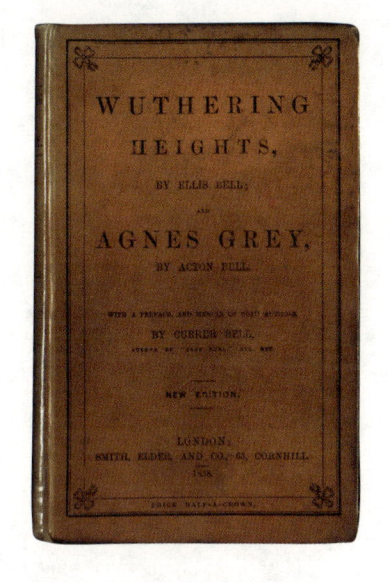

艾米莉·勃朗特的《呼啸山庄》于1847年以"埃利斯·贝尔"的名义低调地首次出版。同年,她妹妹安妮的《阿格妮丝·格雷》也以"阿克顿·贝尔"的名义出版。《呼啸山庄》出版后,文学界顿时一片愤慨。丹蒂·加布里埃尔·罗塞蒂称之为"一本邪恶的书——一个不可思议的怪物"。

两家人的灾祸 47

子越是挣扎,我越想挤出它们的五脏六腑!"希刺克厉夫恶狠狠地说。)从凯茜那张空置多年的箱式大床上艰难地爬出一扇阁楼小窗,从此远走他乡,与那个折磨她的人相隔整个英格兰。1797年,她去世后,林惇回到约克郡。希刺克厉夫把小凯瑟琳引到呼啸山庄,强迫她嫁给林惇。在埃德加与林惇接连去世后,他占有了这两处庄园,把画眉田庄租给一位房客,并在呼啸山庄奇怪地再现了自己童年的处境——把哈里顿变成了当年那个饱受虐待的他,把凯茜的女儿凯瑟琳变成了当年的凯茜。

小说本身的叙述始于1801年,叙述者是画眉田庄的房客洛克伍德先生,这位伦敦人厌倦了城市生活,选择北上,把荒原视作"厌世者理想的天堂"。他去山庄拜访希刺克厉夫,在那里看见"一排瘦削的荆棘都向着一个方向伸展枝条,仿佛在向太阳乞讨温暖"。那些窄小的窗户"深深地嵌在墙里,墙角有大块的凸出的石头防护着"。"房屋正面有大量稀奇古怪的雕刻,特别是正门附近"。正门上方,在"许多残破的怪兽和不知羞的小男孩"当中,他看见"'1500'这个年份和'哈里顿·恩萧'这个名字"。在"一个大橡木橱柜上摆着一摞摞的白蜡盘子……一些银壶和银杯散置着",高高叠起几乎堆到屋顶。碗柜下方有"一条好大的、猪肝色的母猎狗,一窝唧唧叫着的小狗围着它"。这条猎犬和另外几条狗扑向洛克伍德时,神色阴郁的希刺克厉夫什么也没做,只在一旁哈哈大笑。

尽管如此,洛克伍德还是再度造访,他被带进一间"温暖、热闹的大屋子","煤、炭和木材混合在一起燃起的熊熊炉火,使这屋子放着光彩",他勉强得到一杯茶。遇上大雪封山,他不情不愿地留下过夜,被安排睡在阁楼里那张属于凯茜的木箱床上。他一整夜都做着离奇的怪梦,感觉这一定是因为有根树枝一直在敲打封死的窗户。他敲碎玻璃,伸手去抓那根树枝。

> 抓住的却是一只冰凉的小手!噩梦中的极度恐惧攫住了我:我试着把手抽回来,可那只手却紧紧抓着我,一个近乎悲伤的声音哭诉着:"让我进去——让我进去!""你是谁?"我问,挣扎着,想挣开我的手。"我是凯瑟琳·林惇。"那个声音颤抖地回答……"我回来了。我在荒原上迷了路!"在它说话的当儿,我隐约看见一张稚童的面孔正朝窗户里张望。恐惧让我狠下心来,既然怎么也甩不掉那东西,我便把它的手腕拉到破碎的玻璃上来回拉扯,直到它血流如注,浸透床单。它还在哭喊"让我进去!"依然不泄气地紧抓着我,恐惧几乎要把我逼疯。

洛克伍德失声尖叫,希刺克厉夫闻声赶来,洛克伍德向他讲述了自己的梦境。希刺克厉夫听罢跳到床上:

> 一把推开窗户,边拉窗户边不由自主地号啕大哭,流泪不止。"进来吧!进来吧!"他抽噎着说,"凯茜,来吧。啊,来吧——回来吧!啊!我的心肝儿!这次你总听见了吧,凯瑟琳!"⑨

洛克伍德仓皇回到田庄,睡到自己床上,十分感激管家丁耐莉周到的安排。耐莉曾是山庄的仆人。为了向客人解释希刺克厉夫行为古怪的来由,她把过去四十年的故事从头到尾给客人讲了一遍,从希刺克厉夫作为弃儿来到山庄,一直到他眼下的境况:他成了统治他周围一切的黑暗魔王,仍在哀悼死去的爱人。耐莉告诉洛克伍德,为了凯茜,希刺克厉夫曾"悲吼怒号,不像个人,却像一头被刀和矛刺得快死了的野兽"。

希刺克厉夫最终的结局呼应了洛克伍德的梦。他一心向死,停止进食,白天在荒原上长时间地游荡,夜里就爬上阁楼里的木箱床,面对敞开的窗户。一天早上,耐莉发现他仰面朝天,死在床上。

> 看到他的眼神那样锐利、凶狠,我顿时吃了一惊。接着他又仿佛在笑。我不相信他死了,但他的面颊和脖子都浸透着雨水;床单湿透了,而且他一动不动。窗格来回拍打,摩擦着他搁在窗台上的手,擦破的伤口没有流血⋯⋯
>
> 我扣上窗户,拨开他前额上长长的黑发,想帮他合上眼睛,可能的话,我想赶在别人看见之前熄灭他眼中那活人般欣喜若狂的骇人目光。可是不行,这双眼睛仿佛在嘲笑我的企图,他微张的嘴唇和尖锐的白牙仿佛也在嗤笑!⑳

随着木箱床第三次出现,这部小说建筑般的对称性得到了印证。这是一个绵延三代的故事。前三章和后三章构成了全书的框架,洛克伍德在前三章交代了自己对希刺克厉夫的第一印象,又在后三章回到阔别一年的山庄,了解到那些矛盾深重的人后来的境况。坚实的时间基础支撑着小说的情节，一条一以贯之却仅是侧面提及的时间线贯穿了书中人物三十年的生活。[11]

艾米莉精心把男女主角框定在一定的时间、地点之内，反而成就了他们的高度。在这部暴风骤雨般的小说中，希刺克厉夫和凯茜就是基本元素，分别代表岩石和天空，一个在荒原上带着猎犬风雨无阻地跋涉，另一个喜欢乘着风在树上荡秋千，看鸟儿扑腾着翅膀围着她打转。最终，他们在能融合这两种天性的泥土中合二为一，躺进一座特别建造的坟墓，在那里，他们棺椁的侧板可以抽走，希刺克厉夫的遗骸可以跟凯茜的骸骨彼此相融。小说中的户外场景大都是往返于这两栋主导情节的房屋之间的旅程。

山庄的气质也随着故事的发展而发生了转变。在恩萧夫妇和丁耐莉的治理下，山庄被管理得井井有条，辛德雷甚至打算为妻子弗朗西斯布置"一间漂亮的起居室"。耐莉得意扬扬地回忆起圣诞节时，自己——

> 闻到烂熟了的香料的浓郁香味，欣赏着那些闪亮的厨房用具、用冬青叶装饰着擦亮了的钟、排列在盘里的银盆——它们是准备用来在晚餐时倒加料麦酒的。我最欣赏的是我特别小心擦洗得清洁无瑕的东西，就是那洗过、扫过的地板。[12]

但弗朗西斯死后，山庄也像辛德雷一样迅速堕落。伊莎贝拉跟随希刺克厉夫从田庄来到山庄时，发现这里的厨房就像

两家人的灾祸

"一个又脏又乱的洞",别的房间则是"潮湿空荡的居室",而"大屋"也好不到哪里去:

> 房里炉火很旺,那就是这间偌大的屋子里所有的光亮了,地板已经全部变成灰色;曾经闪亮的白蜡盘子,当我还是小女孩时,总是吸引着我瞅它,如今已被污垢和灰尘搞得同样暗淡无光。⑭

伊莎贝拉出逃后,希刺克厉夫修缮了主屋,但当他彻底陷入绝望,房子的状况就再度恶化。他死前曾对耐莉说:

> "这是一个很糟糕的结局,是不是?……对于我所做的那些残暴行为,这不是一个滑稽的结局吗?我用撬杆和锄头来毁灭这两所房子,并且把我自己训练得能像赫库里斯一样地工作。等到一切都准备好,并且是在我权力之中了,我却发现掀起任何一所房子的任何一片瓦的意志都已经消失了!"⑭

后来一切又发生了变化,洛克伍德重返这里时,发现——

> 紫罗兰和糖芥的香气从讨人喜欢的果树间传来,飘散在空气中。门窗都敞开着,不过,一簇红红的火焰依然点亮了烟囱,产煤地区往往如此……门口坐着我的老朋友丁耐莉,一边做针线活一边唱歌……⑮

凯瑟琳和哈里顿一同埋头看书,两颗心慢慢靠拢。希刺克厉夫对他们两家的复仇以失败告终。

在故事发展过程中,一连串闯入行为决定了情节的走向。紧锁的大门、房门和窗户阻挡着闯入者,而这些障碍又被粗暴地摧毁,窗户被敲碎,门锁被石头砸烂,起保护作用的围墙遭到翻越。第一次闯入是洛克伍德初次造访山庄,第二次是希刺克厉夫来到恩萧家。凯茜和希刺克厉夫闯入田庄,引得看门狗紧追不舍。埃德加·林惇怀着忐忑的心情来呼啸山庄拜访凯茜。希刺克厉夫衣锦还乡后去田庄做客,"把手放在门闩上,像要自己开门似的"。凯茜病倒后,希刺克厉夫在田庄领地上徘徊,未经邀请便擅自走进宅子。希刺克厉夫的仆人约瑟夫从画眉田庄带走了林惇·希刺克厉夫。凯茜的女儿凯瑟琳策马赶往呼啸山庄寻找林惇。辛德雷和伊莎贝拉把希刺克厉夫锁在门外,他却砸破了一扇窗户的窗棂,挣扎着爬了进来。最后,耐莉闯入上锁的阁楼,发现死去的希刺克厉夫而面露狂喜。

与闯入相对应的,是禁锢与逃跑。凯茜的脚受了伤,只能留在田庄,尽管无论在养伤时,还是嫁给埃德加而不得不搬进田庄之后,她都一直心系山庄。林惇家的人也同样被囚禁在山庄:起初是伊莎贝拉,随后是林惇·希刺克厉夫,最后是耐莉和凯瑟琳·林惇。伊莎贝拉成功脱逃,耐莉在凯瑟琳被逼成婚后重获自由,凯瑟琳逃出山庄去跟临终的父亲告别。

1847年12月,在夏洛蒂·勃朗特大获成功的《简·爱》出版后两个月,《呼啸山庄》以埃利斯·贝尔的名义出版,其暴烈的语言令整个伦敦文学界为之震惊。"这本书疯狂、混乱、前后脱节、匪夷所思；书中人物……完全是野蛮人，比前荷马时代的人还要粗野。"《评鉴家》杂志（1848年1月8日）这样怒斥。美国评论家更不客气："居然有人能把这样一本书写完而没在前十章就自杀，真是匪夷所思。这本书集粗暴的恶行与造作的恐怖于一身。"《格雷厄姆女士杂志》（1848年7月）歇斯底里地评论。人们做梦也不会想到，这本书竟出自一位乡村牧师的女儿之手。

帕特里克·勃朗特（1777—1861）是爱尔兰人，他自学成才、才华横溢、脾气暴躁，在剑桥大学谋得一个职位。1807年，他被任命为牧师，同年与来自彭赞斯的玛丽亚·布兰威尔结婚。1820年，在第六个孩子出生后，他们举家迁往毗邻约克郡荒原的哈沃斯。一年后，玛丽亚因子宫癌去世，她那位笃信循道宗的妹妹伊丽莎白来她家帮忙操持家务。帕特里克的两个大女儿都在外出求学时死在条件艰苦的寄宿学校，因此帕特里克决定亲自教导布兰威尔、夏洛特、艾米莉和安妮，带给他们慷慨的博雅教育，学习内容包括希腊和罗马典籍、莎士比亚戏剧、班扬的《天路历程》等。他还送给他们一盒十二英寸高的小人儿，谓之"年轻人"，这些小人儿后来成为孩子们缔造的幻想世界的主角。每个小人儿都有自己的名字，每个孩子都指定了一位"首领"。艾米莉的"首领"是沃尔特·司各特爵士，不过她在幻想世界贡达尔的女主角是奥古斯塔，这个名字取自拜伦爵士——每位文学少女的梦中情人——同父异母的妹妹。

四个孩子在文学上都十分早慧，夏洛特称之为"涂写狂热症"。"儿时,我们织网／一张灿烂的空气之网……"她在一首诗中写道。艾米莉写《呼啸山庄》时仍在创作贡达尔诗歌,凯茜与希刺克厉夫无疑是贡达尔人物的近亲。凯茜完全可以像贡达尔中的女性角色那样,高呼她的"灵魂绝不懦弱""不畏风暴肆虐的世界",而希刺克厉夫也可以哀悼说:

> 你在地下已冷,而十五个寒冬,
> 已从棕色的山岗上融成了阳春;
> 经过这么多年头的变迁和哀痛,
> 那长相忆的灵魂已够得上忠贞![16]

艾米莉强大的想象力还受到过哪些滋养?她曾反复阅读童年偶像沃尔特·司各特爵士的诗歌和小说,他无疑深刻地影响了她的写作。《罗布·罗伊》中的黛安娜·弗农也像凯茜一样,"被独自抛入偌大的世界,傻傻地由着性子骑马、跑跳"。而希刺克厉夫残暴的幻想("把约瑟夫从最高的屋顶尖上扔下来,在房子前面涂上辛德雷的血!")与《罗布·罗伊》相比只是小巫见大巫,在这部小说中,海伦·坎贝尔吩咐道格尔——

> 把他们的舌头割下来塞进对方嘴巴里,看看谁的南方话讲得更好;要么就把他们的心脏挖出来,放进对方的胸腔,看看谁更会密谋暗算麦克格雷格。[17]

启发艾米莉创作的是司各特的小说《黑侏儒》(1861)。这个故事同样采取拦腰叙述的手法,主角是一位名叫"恩斯克厉

两家人的灾祸 55

夫"的青年，名字恰巧是"恩萧"与"希刺克厉夫"的缩合形式。她借鉴了这部小说的情节，书中那位侏儒埃尔希也像希刺克厉夫一样，常常口出恶言。他咒骂反派："掐灭了我灵魂深处最宝贵的希望——把我的心片片撕碎，再把我的大脑烧得像通红的岩浆。"

就像在她的小说中一样，"家"的概念在艾米莉心中也举足轻重。她几次尝试教书均告失败，从此就一直待在哈沃斯牧师住宅，不断写作，在心爱的荒原上散步，也享受居家生活的乐趣。哈沃斯是一座繁荣的磨坊小镇，距离基斯利市不过四五千米远。勃朗特家的几个孩子常常步行到镇上去，从机械学院和流动图书馆借阅书籍。

呼啸山庄和画眉田庄是否存在现实原型？位置优越的废弃农舍托普·惠滕斯常被视作呼啸山庄的原型，不过它从来无法媲美恩萧家族祖宅的规模。林德尔·戈登⑬认为原型可能是距哈沃斯四五千米远的彭登庄园，并指出当时艾米莉很可能倾心于罗伊德的罗伯特·希顿，她还注意到R.希顿（R.Heaton）是哈里顿（Hareton）的同字母异序词，而勃朗特姐妹又是出了名地爱用暗语和谜语。⑬至于画眉田庄，苏珊·加萨利在自己编辑的注释版《呼啸山庄》中提出，施伯登庄园十分符合书中画眉田庄那种乡间大宅的气质，并且也有一座风景如画的庄园。它离洛希尔不远，艾米莉那份不走运的教职就在那里。在艾米莉可能到访此地的八年前，庄园那位足智多谋、特立独行的女主人安妮·丽斯特尔（1791—1840）在一座哥特式的高塔中为宅子

托普·惠滕斯是一座位置偏僻、造型夸张的农舍,位于哈沃斯高处,周遭环境与呼啸山庄相似。哈沃斯是勃朗特家在约克郡的住地。摄影:费伊·戈德温。

增添了一间图书室。宅子的花园里有错落有致的瀑布,还有一座种满鲜花的露台和几处假山。

1848年12月,艾米莉在《呼啸山庄》出版一年后去世。维多利亚时代的读者起初更偏爱夏洛蒂和安妮的小说,但是后来,事实证明艾米莉的杰作就像凯茜·恩萧不肯安息的灵魂一样不可抑制。1855年,读者起初不温不火的兴趣突然爆发,因为马修·阿诺德在游览哈沃斯时写下一首诗歌,称赞艾米莉的灵魂"在拜伦身后／其力量、激情、热烈与凄怆再无对手"[20]。艾米莉的声誉稳步提升,这部小说也成为广受称颂的文学经典。[21]它对广大公众的吸引力在21世纪初达到顶峰,斯蒂范妮·梅尔创作的《暮光之城》系列中的吸血鬼女主角把这本书读了一遍又一遍,对凯茜的经历感同身受。她的吸血鬼恋人爱德华常常醋意大发,正像希刺克厉夫爱吃凯茜的醋一样。如今,每年前往哈沃斯朝圣的读者络绎不绝,就在我写下这些文字时,凯特·布什演唱的《呼啸山庄》在YouTube的点击量突破了三千七百万大关。

黑暗传奇

七个尖角顶的宅第与纳撒尼尔·霍桑

(1851)

就在其屋顶之下,历经三个世纪之久……始终存在经久不渝的良心自责,一种不断破灭的希望,亲族之极寒的争斗,各式不幸,莫名其妙的死亡,心地阴暗的猜忌,难以启齿的耻辱……
——纳撒尼尔·霍桑,《七个尖角顶的宅第》,1851年[1]

(霍桑作品)通篇笔触黑暗。读者或许会被他笔下灿烂的阳光所迷惑,或是为他在你头顶那一小片天空中投射的绚丽霞光而欣喜。但除此之外,四周只有绵延的黑暗,就连他笔下那几抹亮色,也不过是乌云的金边、障眼的花招。
——赫尔曼·梅尔维尔,《霍桑和他的苔藓》,1850年[2]

虚构作品中的房屋很少能比纳撒尼尔·霍桑笔下那栋《七个尖角顶的宅第》更真实地存在于围绕它展开的故事中。小说开篇就介绍了这栋带有"七个尖角顶"的"破旧木宅",又说它"通过一个大烟囱来呼吸"。霍桑在回忆塞勒姆那栋启发他写下这个"不着边际的炉边故事"的住宅时这样写道:

那座古宅的外表总是在我心头留下一种类似人类面孔的印象：不仅由外部的日晒、风吹、雨淋形成，而且也由世上的漫长岁月以及内在的兴衰沉浮所表现出来的累累痕迹而造就。③

在小说第一章，他大致交代了这栋房子不祥的起源：它所在的位置曾有一间简陋的茅草屋，这块土地归一位名叫马修·莫尔的人所有，因一眼清泉而远近闻名。"铁石心肠"的清教徒品恩钦上校垂涎此地，利用17世纪90年代伴随塞勒姆猎巫运动出现的司法屠杀精心策划了莫尔的死刑。莫尔在绞刑架上诅咒说"上帝将令他喋血"。但品恩钦却不以为意，照样霸占了土地，为自己的家族修建了一栋精美的大宅。

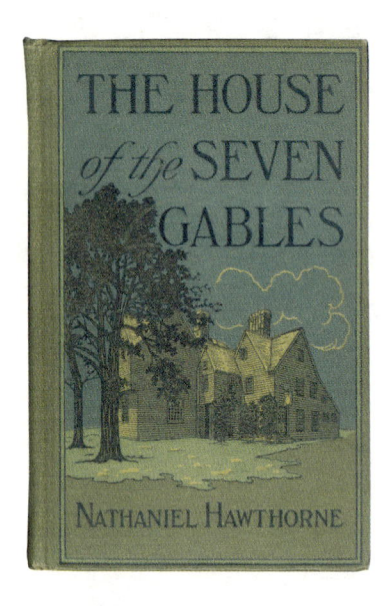

纳撒尼尔·霍桑形容《七个尖角顶的宅第》"有如一颗硕大的人心，有其自己的生命，充满对丰富的往事冷静的缅怀"。图为霍顿·米夫林出版公司1913年版封面。

那宅第从街道的边沿上稍稍后缩，却是毫不卑躬而是颇带自豪地耸立在那里。映入眼帘的全部外观都装饰着含有哥特式奇思异想的精致人物。④

然而，客人们在盛大的温居宴会前夕来到品恩钦府，却发现上校死在书房里一张宽大的橡木椅上，灰白的胡须和雪白的围巾浸透了鲜血。他究竟是因为在死不瞑目的巫师莫尔坟上建造这座浮华的宫殿而死，还是死于中风呢？普通法院曾以一份"印第安契约"为依据，允许品恩钦占有"东面一大片未经开发、未经测量的土地"，如今这份契约在哪里？

自此，这个在《叙述的历史》⑤中被青年亚瑟·兰赛姆精辟地称为"伦理道德传奇"的故事正式拉开帷幕。品恩钦府本身好像在抗议这个家族拒不悔改的态度。霍桑言简意赅地交代了这栋越发灵异的房屋几个世纪以来的命运变迁。

> **各种人生体验**——许多的喜怒哀乐，在这里经历着，以致宅第的木头好像都随着一颗心的潮湿而渗出水汽。这宅子本身就有如一颗硕大的人心，有其自己的生命，充满对丰富的往事冷静的缅怀。⑥

书房里那幅颜色晦暗的品恩钦上校肖像"与宅子结合得如此紧密，以如此神奇的方式镶嵌在墙壁里，使得它稍一挪动便会让房子整个坍塌，化作一片瓦砾"。不久，品恩钦家族的另一位成员也突然血淋淋地死在同一张椅子上，人们四处寻找那份印第安契约，却都以失败告终。当房屋归属善良的主人，房子就会对他们露出殷切的微笑。在上校之子杰维斯手中，它——

> 有种欣欣向荣的外观，如同人在舒适的活动中脸上愉

悦的表情……这栋大宅的其他方面是坚实和美观的,并且似乎适合一个家族居住:家长在正面的尖角中设下大本营,把他的六个孩子分别安排在其余的六座尖角中,而位于中央的大烟囱象征着老人家的大度胸怀,它使大家都感到温暖,并把七个部分结合成一个整体。[7]

但当马修·莫尔的一名后裔前来索回土地时,杰维斯却拒绝了他。为了报复,莫尔催眠了杰维斯骄傲、美丽的女儿爱丽丝,使她疯狂地爱上自己,又在自己的新婚之夜命她等候他和新娘。爱丽丝最终受寒而死。从小说开篇之时回溯三十年,还有第三个人死在那张椅子上,他也是一位品恩钦后裔,想补偿蒙冤的莫尔一家。他的继承人,一位名叫克利福德的侄子,被误作凶手,坐了三十年牢。但真凶其实是死者的另一个侄子杰弗里·品恩钦法官,他计划把宅子据为己有。

《七个尖角顶的宅第》中出现了七位主角和众多鬼魂。活人中形象最鲜明的一位要数定居在近郊一栋崭新大宅的杰弗里法官。他以社会名流的形象出现,"具备种种风度、种种美德……是位不折不扣的基督徒、好市民、园艺家与好绅士"。在这里,曾将品恩钦府拟人化的霍桑反其道而行之,把法官比作"一栋高大庄严的建筑",里面有几间"漂亮的厅堂",还有镶金的檐角和"高耸的穹顶"。但紧接着,他却告诫道:

在某个低矮阴暗的角落——底层的常年闭锁加闩、钥匙已经被扔到一边的某个窄小的壁橱里,或者在铺着镶嵌成多彩花样的石头地面下的积水潭中——可能会躺着一具仍在腐烂的半腐尸体，把死尸的气味散发到整座殿堂！⑧

克利福德的妹妹赫普兹芭在各方面都与杰弗里完全相反，她享有宅第的终身居住权，在那儿过着深居简出的生活，"以致她本人的头脑也浸透了宅子的朽木的衰腐"。她从前也曾明艳动人，如今却落得满脸褶皱、形容黯淡，由于近视而总是眉头紧锁。

> 但她的内心却从不愁苦，反而总是温存、敏感，充满小小的震颤和悸动；在保持着一切弱点的同时，她的面孔却违反常情地变得刻板，乃至凶狠了。⑨

她依然对哥哥感情深厚。听说他即将获释，她放下身段，在府上最低的一座尖角顶下开了一爿小店，打算挣钱添置一些点缀生活的舒适用品，因为她知道这些正是哥哥那颗"敏感却饱受摧残、既严格又挑剔的心"所需要的。她已经招来一名房客，一位叫霍尔格雷夫的银版摄影⑩师，他是激进的幻想家，对过时的方法没有耐心，他拍摄的照片能以可怕的精准反映人物的真面目。不过，在克利福德归来时，他识相地退到一旁，前者已被三十年的牢狱生涯彻底摧毁，对杰弗里依然心怀畏惧。克利福德迈着蹒跚的步伐跌坐在一张软垫椅子上，既憎恶赫普兹芭丑陋的面容，又对霍尔格雷夫满腹狐疑。不过很快，他们三个都在菲比⑪身上找到了慰藉。她是书中第五位主角，是一位

黑暗传奇

乡下表亲，她不枉这个灿烂的名字，为每个人的生活带来了光亮。她是典型的持家之人，"一个欢快地操持家务的小小身影"，而且——

> 当菲比在七个尖角顶的宅第内部走来走去的时候，尽管其经风沐雨的外观依旧是昏黑一片，但似乎透过其晦暗的窗户流露出一种欢快的闪光。⑫

写到克利福德目不转睛地观察她时，霍桑又换了个隐喻，不再把房子比作生命体，而是把人心比作房屋。

> 他的眼眸中再次闪烁着曾消退的光芒。这表明他的精神又回归到他的身上，正在尽其所能点燃他心房中温馨的壁炉，在昏黑、倾圮的宅第中燃亮智力之灯，而那宅第无疑是荒废无人的。⑬

随着"这几个本性纯良的人"逐渐增进了对彼此的了解，他们在某种意义上组成了一个家庭。菲比高效地打理尖角顶的店铺，房子也变得欣欣向荣。"损朽的啮齿被封在了旧木头的框架里"，屋里的"尘埃与污垢"也都一扫而空。

> 如今，菲比的出现，在她的周围造就了一个家——正是那些被遗弃的、坐牢的或当权的人，那些被人类踩在脚下、撇在一旁或捧得高高的可怜虫，出自本能所苦苦追求的——家！⑭

霍尔格雷夫跟菲比一起查看生机盎然的菜园。园子里玫瑰绽放，小南瓜、黄瓜和番茄预示今年势必"提前丰收"。就连品恩钦家衰颓孱弱的家禽都开始焕发活力。不过，在菲比回乡探亲后，家中的炉火就渐渐熄灭，幸福的藤蔓也日见枯萎。一场暴风骤雨"从西北方席卷而来"，并——

> 抓住了七个尖角顶年久失修的框架，如同一个摔跤手和对方角力似的摇撼着。随着一股股的劲风，是一下又一下的猛烈的抽打！老宅又嘎吱作响起来，从它那沾满烟灰的喉咙（我们指的是那个宽阔的烟囱的大烟道）中发出喧闹而又不知所云的吼叫，既是对粗暴的狂风的抱怨，却又更像是以粗鲁的挑衅表达其一个半世纪以来的敌意的亲切。⑮

成群的鬼魂聚集在宅第古老的镜中，在莫尔之井肮脏的污水中潜藏。其中有两个最为阴魂不散：品恩钦上校从肖像上睥睨众人，"眉头紧锁，双拳紧握，流露出……种种焦灼不安的迹象"；爱丽丝·品恩钦的鬼魂抚弄着她那台酷似棺材的羽管键琴，照料着一丛丛花朵，这些花儿开在尖角顶上的排水沟里，人称"爱丽丝之花"。菲比不知霍尔格雷夫就是莫尔家族的后代，在她几乎陷入与爱丽丝相同的迷恋时，历史仿佛注定要重演。但爱丽丝的鬼魂比上校善良，她赞成菲比与霍尔格雷夫相爱，她让屋顶的小花"得意地"怒放，用羽管键琴奏出一串颤音。杰弗里法官就没这么走运了，他走进宅子，坐到那张橡木椅子上，想逼克利福德说出"印第安契约"的下落。在此，霍

黑暗传奇

桑用一连串层层递进的词组讽刺他的绝望，在他呛血窒息时，品恩钦家祖辈的鬼魂以上校为首，排队依次经过他身旁。

在这部小说中，窗户始终都像有生命似的。它们是这栋宅第的眼睛，在尖角顶之下做出丰富的表情，时而喜气洋洋，时而皱眉摇头。克利福德的脸色"比监狱铁窗透进的光线还要黯淡"。商店小小的窗户（赫普兹芭常透过它们焦急地向外张望）既透出赫普兹芭的怒容，把路人吓跑，又展示她制作的陶器，吸引买主的目光。克利福德在二楼的房间透过一扇拱窗观察下方人来人往的街道，聆听手风琴欢快的旋律。这扇拱窗是一个出口，透过它，克利福德得以从这栋鬼影幢幢的建筑逃向外面的世界。书中另一个常见的象征符号是壁炉，霍桑对壁炉钟爱有加，曾在他那篇深受喜爱的散文《火之崇拜》①中批评现代人竟偏爱那种"又暗又丑的火炉"。在品恩钦府的客厅里，当赫普兹芭这个心中"既无阳光也无火焰"的人在一张硬邦邦的简陋椅子上坐下，她身旁就摆着这样一只火炉。但菲比却在厨房生起旺盛的炉火，烹煮美味的食物，她是"那么快活，有如一缕阳光穿过婆娑的叶影洒在地面，又像一束火光乘着日暮在墙上跳舞"。

尽管霍桑在创作哥特式预言方面天赋异禀，令同辈作家埃德加·爱伦·坡和赫尔曼·梅尔维尔钦佩不已（后者将《白鲸》题献给霍桑），但这本书的结局却充满希望。杰弗里死后，克利福德和赫普兹芭得以走出宅第，乘火车来到乡下。他们意识到人生还有更多可能——尽管品恩钦府始终萦绕在赫普兹芭心头。

(它)竟无处不在!那粗笨的庞然大物比火车的速度还快地移动着,无论她向哪里望去,它都黏滞在那里。⑰

回到家中,他们发现人们已经普遍接受了法官是自然死亡的事实。接着,又传来法官的继承人在欧洲去世的消息。于是,这对老兄妹继承了法官的巨额财产,跟霍尔格雷夫和菲比一起搬进法官的乡间宅第,开始新的生活。"我有种预感,"一度思想激进的霍尔格雷夫说,"今后栽树、修篱笆都会是我分内的事。等到时机成熟,我说不定还得为下一代建一栋房子。"

霍桑本人从没拥有过这样的安定。在他所有的作品中,《七个尖角顶的宅第》最能反映他心中挥之不去的家庭缺失。他父亲是塞勒姆的一位船长,1808年在苏里南死于黄热病,当时纳撒尼尔年仅四岁。从此,他们一家就一直与亲戚住在一起,直到他在十二岁那年搬进几个舅舅为他们母子修建的住宅。纳撒尼尔被送进中学,又进入大学,随后辗转了一连串寄宿公寓,最终在1839年搬进波士顿一间形同"猫头鹰巢穴"的阁楼(这或许就是《七个尖角顶的宅第》中霍尔格雷夫房间的原型),进入当地海关工作。1842年,他与威严的教育家伊丽莎白·皮博迪的妹妹、病弱的索菲亚·皮博迪结婚。婚后头三年,他们一直租住在康德村的牧师住宅,随后,由于霍桑被任命为海关验货员,他们在1846年迁往塞勒姆。他们的三个孩子都出生在塞勒姆,霍桑清闲的工作也为他提供了成为短篇小说与散文作家所需的金钱与闲暇。

霍桑根据塞勒姆特纳街上一栋大宅创作了《七个尖角顶的宅第》(1851)，这座大宅始建于1668年殖民时期，属于他的表亲苏珊娜·英格索。这张1931年的明信片把它恰当地描绘成一副"黑暗而阴郁"的模样。今天，它已成为纪念这部著名小说的纪念馆，一处游人如织的胜地。

在《七个尖角顶的宅第》的前言中，霍桑坦言这座建筑脱胎于塞勒姆镇特纳街上的一栋房屋，屋主是他富有的表亲苏珊娜·英格索。他曾在1840年拜访"公爵夫人"（他喜欢这样称呼她），想看看在上个月那场横扫塞勒姆的风暴过后，她和房子是否安然无恙。他记录了这次拜访：

> 见面特别愉快，我们聊了许多，她谈论老宅时告诉我，这栋几经修缮与改造的房屋曾有过七座尖角顶。这我还是

> 头一次听说，印象十分深刻，我想我可以从中提炼些什么。我提出参观整栋房子。她欣然应允。我登上阁楼四处查看，没放过任何一个角落、任何一处暗洞。⑬

用茶点时，苏珊娜·英格索提议他写一篇短篇小说，就以她家客厅里那张精美的雕花橡木椅为题。"这是从老清教徒那辈传下来的古董，"她说，"你可以大致梳理一下每位继承这把椅子的老清教徒之间的血缘关系。"霍桑真的照做了。他在1840年圣诞前夕出版了《祖父之椅通史》，一部生动的儿童版新英格兰史。很快，在一个个历史人物的讲述中，这把椅子不再只是一把椅子，它会跟叙述者及其子孙对话，并用传授神谕那种不容置疑的口吻总结道："正义、真理和爱，是幸福生活的主要原料。"《七个尖角顶的宅第》中出现的也正是这样的一把橡木椅。

霍桑深受东方传说那种结构松散、层层嵌套的叙事手法影响，想当一个"云游四方的小说家，为愿意倾听的听众讲述我即兴创作的故事"。在构思爱丽丝·品恩钦的命运时，霍桑想到了佩罗笔下的睡美人，还想到了疯长的玫瑰，想到藤蔓爬上某座房子那"腐朽可怖、吱吱呀呀、长满腐败物、饱经沧桑、阴暗凄凉的老地窖"。霍桑对美国的历史也有浓厚的兴趣，但他痴迷的"不是浪漫传奇或骑士豪侠，而是刚刚过去的时代，是式微的美德与消失的风尚"。他在小说前言中解释说《七个尖角顶的宅第》"旨在把过去那个年代与飞速逝去的现在联系起来"。在17世纪90年代早期那个集体癫狂的猎巫时代，不少法官都曾

"冲动犯错"或利用法律杀人。霍桑惭愧地意识到，自己的祖先约翰·哈桑是塞勒姆唯一不曾为此忏悔的法官，为此他还在姓氏中加了个"w"，好跟"哈桑"这个姓氏划清界限。[①]

霍桑在《祖父之椅通史》中提到了这段历史，并在他最著名的作品、比《七个尖角顶的宅第》早一年出版的《红字》中直接反映了这个时代。《红字》备受评论界赞誉，但由于坦率地揭露了塞勒姆上流社会的虚伪和自私，它在霍桑的家乡激起一片愤怒之声。霍桑本人也被塞勒姆海关开除，丧失了这份安逸的闲差。在《七个尖角顶的宅第》中，他借霍尔格雷夫之口表达了自己的观点：

> "我们会不会永远永远也摆脱不掉这个过去呢？……它如同一个巨人的尸体一般压在现在身上！事实上，这种情况就如同一位年轻的巨人正在被迫把他的全部力气浪费在搬运早已死去的他的祖父老巨人的尸体上，那是只消埋葬掉就完事儿了的。"

霍尔格雷夫在许多方面都与霍桑相似——他也像霍桑一样，一面在社区农场干活儿，一面为《戈迪的淑女手册》和其他一些女性杂志创作短篇小说。银版摄影师也与作家有异曲同工之处，两者都能揭示人物不愿面对的真相。品恩钦法官看似"面容讨喜，显示出心地善良、心胸开阔、性格开朗等种种值得称道的品质"，但在霍尔格雷夫拍摄的银版照片里，他的面孔却显得"狡诈、复杂、生硬、严厉，冷若冰霜"。

而在另一方面，霍桑又更接近克利福德——一位性格敏感的隐士，对安定的家园充满向往。1852年，霍桑一家搬进路易莎·梅·奥尔科特的故居连山庄园，后将它更名为连道庄园。那是霍桑有生以来最稳定的一处住所，尽管他们全家曾在1853—1860年间迁往欧洲生活。"那种无家可归的感觉，塑造了他眼中自我与世界的关系。"埃德加·A.德莱顿这样写道，同时，他还在书中援引了霍桑之子朱利安对父亲的评价——他"从没在任何地方享受过长久的安宁"[20]。在霍桑所有的小说中，《七个尖角顶的宅第》最深刻地反映了他心中挥之不去的孤苦无依、无家可归之感。

> 这栋内里端坐着冷酷、狰狞的死神，远离生活、阴郁而孤凄的老宅，却总在被迫聆听周围天地的欢快的回响，这正是许多人心灵的象征。

活人的坟墓

荒凉山庄与查尔斯·狄更斯

(1852—1853)

在这儿并不用匆匆忙忙,在这儿,这座深深扎根于幽静猎园里的古老山庄……露台上的日晷默默记录下一年年的光阴,而光阴就如同山庄和土地一样,只要戴德洛克家后代不断,就同样是他们世世代代的产业。[①]

——查尔斯·狄更斯,《荒凉山庄》,1853 年[②]

在狄更斯的作品中,农舍和中产阶级的别墅是乡间宅第传统美德的载体:比如,贾戴思先生那栋名字极具迷惑性的荒凉山庄,还有《大卫·科波菲尔》中贝西·特洛伍德小姐的寓所……狄更斯笔下的伟大建筑都是为活人准备的坟墓,例如《荒凉山庄》中属于莱斯特·戴德洛克爵士的切斯尼高地……

——彼得·W.格雷厄姆,2002 年[③]

对查尔斯·狄更斯而言,把房屋塑造得像其中居民一样生动是再自然不过的事。尽管他热爱浪漫的冒险,他骨子里却是个顾家之人,十分珍视家庭。在动荡不安的童年时代,他开始对家庭的重要性深信不疑，当时，他那位酷似米卡柏①的父亲因欠债而锒铛入狱，他自己则在一家鞋油厂做工。狄更斯于1850年春天创办的内容丰富的二十四页周刊《家常话》既关注社会问题——像贫民窟的住房、传染病这类威胁家庭生活的问题，也关注国内、国际政治，同时还发表文学艺术评论并刊登小说。在杂志创刊号上，狄更斯表示本刊的宗旨是：

> 让所有人看到，只要善于发现，我们就能在任何寻常事物，哪怕是乍看之下令人反感的事物中找到浪漫的传奇。

这句宣言恰好呼应了《荒凉山庄》前言中的最后一句话："我故意渲染寻常事物中富有浪漫色彩的一面。"不过，尽管狄更斯曾做出这样的承诺，但他这部篇幅最长、成功最快的小说却有着感伤的基调。书中人物无论善恶，都饱受疾病与死亡的困扰，与坟墓有关的暗示一再出现。这是一个针砭时弊的故事。它有力地结合了尖刻与嘲讽，抨击了社会的种种丑恶——虚伪而与时代脱节的贵族干预政治；腐朽僵化的法律体系偏袒富人；秃鹫般的律师在容易上当的主顾四周盘旋；贫民窟在贪婪的债主统治下霍乱肆虐；烧砖业欣欣向荣，工人却苦不堪言、毫无保障。书中"富有浪漫色彩的一面"体现在那些流露出爱与善意的人物身上，他们身处逆境，却在伦敦这座肮脏的城市竭力维护生而为人的尊严乃至幸福。精心设计的建筑场景放大了故事中的暴行，也凸显了救赎的美好。

狄更斯在1851年夏天开始构思《荒凉山庄》，灵感很可能

活人的坟墓

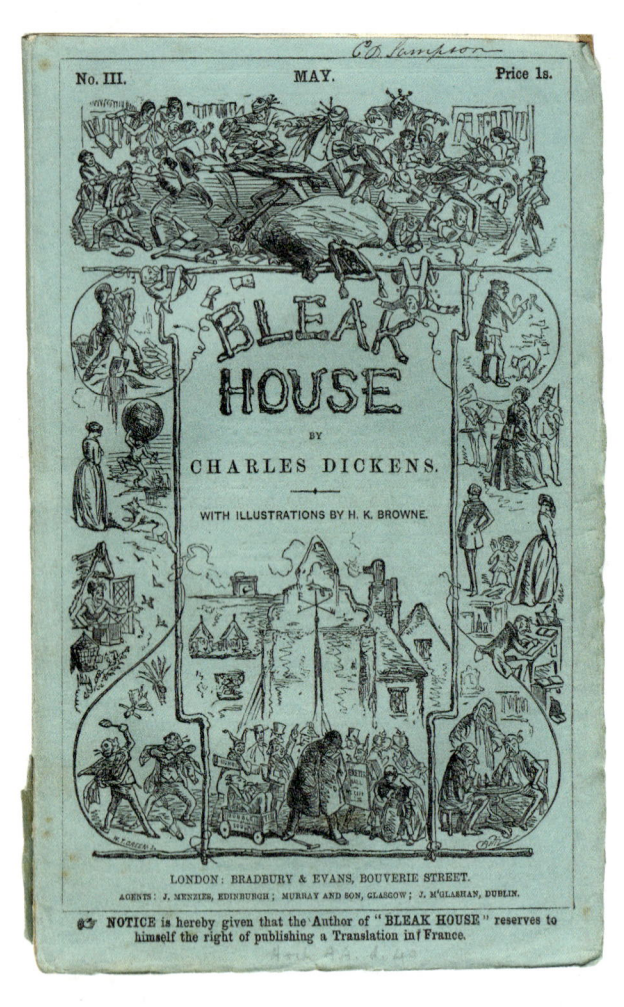

1852年，查尔斯·狄更斯的《荒凉山庄》首次以连载形式发表，连续二十个月每月刊载，每期封面都配有插画师H.K.布朗绘制的插画。这些插画以恰到好处的纷繁线条描绘了书中众多戏剧化的场面。

来自霍桑的《七个尖角顶的宅第》，他曾在1851年4月的《家常话》上为这部小说写过一篇热情洋溢的评论。他于1851年11月动笔，每月在《家常话》杂志上连载一篇，连载从1852年3月到1853年9月，共持续二十个月，最后一期连登两篇。从他的备选书名（《荒屋》《孤宅怨》《终年紧闭的大门》）可以看出，小说的核心是一栋有故事的建筑。不过，它是哪栋建筑呢？

叙述从19世纪30年代的伦敦开始，在"11月不变的天气"中展开。豪本区所有的街道都泥泞不堪，烟尘随雨丝飘落，煤气灯被提早点亮，它们"也像知道这一点似的，全显得憔悴而不乐意"。城里处处大雾弥漫，在大雾笼罩下的林肯律师学院，大法官端坐在他的大法官法庭上。

> 雾气再浓、泥浆再厚，也比不上这位大法官今天在苍天大地的注视下进行的摸索与挣扎，在所有苍颜皓首的罪人中，他是危害最大的一个。⑤

小说开篇就提到大法官法庭，意味着它很可能就是"荒凉山庄"本身，它如同一个可怖的幽灵，几乎徘徊在每个人物头上，"各郡里都有被这个法庭弄得日见衰败的人家和荒废的土地，所有的疯人院里都有被它搅得精疲力竭的精神病患者，所有的教堂墓地上都有被它屈死了的原告人"。这座人间地狱的掌门人，或是它恶魔般的主人，就是邪恶而善于摆布他人的律师塔金霍恩先生。他"头顶有一圈深得人家信任的光轮。大伙儿全都知道他对人家的秘密是讳莫如深的"。

> 在僻静猎园的林中空地上欣欣向荣的杂树和蕨草丛中,坐落着有好几百年历史的贵族陵园。墓室里藏着的贵族们的秘密,也许还不及那些传播在人间、深藏在这位塔金霍恩先生心中的秘密多。⑥

狄更斯是有意引出这片陵园的,死亡与家产是小说的两大主题,何况这片陵园中的一座坟墓还主导了小说的结局。陵园位于切斯尼高地的地界上,切斯尼高地是莱斯特·戴德洛克爵士林肯郡的祖宅。这栋宅子是书中最重要的住宅,许多读者误以为它就是"荒凉山庄"。当然,狄更斯那些备选书名指的确实是它,小说初版还把它放进了卷首的插图里。莱斯特爵士为人"体面、固执、诚实、急躁、充满偏见、毫不讲理"。他的家族"历史悠久,名望比高山还要令人起敬生畏"。他比自己骄傲、美丽的妻子戴德洛克夫人大二十岁。据说,她是个孤儿,靠婚姻跻身上流社会,获得了财富与地位。她始终对昔日情人念念不忘,也忘不了据说已与世长辞的女儿——在《荒凉山庄》这个复杂而层次丰富的故事中,她发现他俩下落的经过也是线索之一。

一场暴风雨过后,庄园领地洪水泛滥,这进一步凸显了它与现代社会隔绝的状态。这栋"空荡的老宅"窗门紧闭,"寂静仿佛张开两只黑黝黝的翅膀,盘踞在高地之上"。然而,在这里生活了五十年的管家朗斯韦尔太太却丝毫不受影响。

> 不论天气好坏,那所房子反正总坐落在那儿,就像她

所说的那样，这所房子"才是她照看的东西"。她坐在自己的房间里……心里想着整所房子。她偶尔可以把房子全部打开，在里面不安地忙上一阵子，可是眼下房子却关闭起来，雄伟地盘踞在朗斯韦尔太太那宽阔包铁的胸膛里酣睡。⑦

戴德洛克搬进来之后，房子苏醒过来，它那"阴郁的华丽"既让络绎不绝的亲属和喋喋不休的政客叹为观止，又令他们望而生畏。墙上的绘画也像《七个尖角顶的宅第》中的绘画一样，仿佛是有生命的。当戴德洛克夫人注意到一名漂亮的女仆，并因思念亡女心切而将她收作贴身女仆时——

> 一位已故的戴德洛克在画框里大睁着眼睛，他的画像和他在世时的身材一般大小，同时也显得和他在世时一般迟钝，就仿佛他不知该如何看待这一切似的——在伊丽莎白女王的时代，他的心情一般大概正是这样。⑧

在后面的一段文字中，一缕"明亮而带有寒意的阳光"透过窗户洒进客厅——

> 斜射过大壁炉台上面的女主人肖像，投下了一道宽阔的左斜线，弯弯曲曲地一直射到了壁炉里，似乎使壁炉分裂成了两半。⑨

狄更斯借切斯尼高地讽刺了早已僵死却依然攥住英格兰不放的贵族制度。政府官员个个都与莱斯特爵士勾结，爵士"就

活人的坟墓　77

像一只大蜘蛛，和他们有着千丝万缕的关系……从布德尔勋爵起，经过富德尔公爵，一直到努德尔"。戴德洛克打官司战无不胜，只因他有钱有势。不过，随着故事的发展，戴德洛克家族和切斯尼高地渐趋衰落。戴德洛克夫人死在霍乱横行的墓地前，那是她昔日的恋人"尼莫"的葬身之地。莱斯特爵士得知她的死讯，因震惊过度而中风，他的身体成了他的坟墓。最终，夫妻俩都被葬在领地上那片陵园里。未来属于北部的工业地区，在那里，朗斯韦尔太太的儿子罗伯特成为一名成功的铸铁场主。铁路即将兴建。变革指日可待。

狄更斯常去莱斯特郡的罗金汉姆城堡做客，那是他朋友理查德与拉维妮娅·沃森的住所。他喜欢在城堡中长长的画廊上演出自己的剧作。1853年，他曾在写给拉维妮娅的信中坦承："我写切斯尼高地，尤其是林木与阴影时，用了不少在罗金汉姆城堡做的观察。"他注意到客厅壁炉台上挂着某位罗金汉姆夫人的大幅肖像，又根据两道被人称为"象道"的紫杉篱笆塑造了"幽灵之路"。罗金汉姆的花园也酷似切斯尼高地的花园，"每隔一段距离就有一棵精心修剪的圆形树木和几块光滑的圆石，仿佛树木要用石墩玩保龄球"。

在刻画了法庭与切斯尼高地的荒凉后，狄更斯在小说第三章半开玩笑地透露"荒凉山庄"其实是圣奥尔本斯附近一栋敞亮的房屋，房主是书中慷慨大方的救星约翰·贾戴思。自此，小说的叙述者换成了女主角埃丝特·萨默森。约翰·贾戴思在她可怕的"教母"去世后把她收为养女，那位教母从未透露她的身世，只说她"令她母亲蒙羞"。他让她陪伴自己的另一名养女艾达·克莱尔，后者不幸卷入了"贾戴思指控贾戴思"这桩"看上去十分吓人的诉讼案"，它"变得如此错综复杂，世上活着的人没有谁知道它具有什么意义"。他收养的另一个孩子理查德·加斯通也受到牵连。这三个单纯的年轻人象征着狄更斯在前言中许诺的"浪漫的一面"，他们来到荒凉山庄，发现这里"光明、温暖、舒适，准备开晚饭时，远远传来殷勤友好的杯碟碰击声，再加上主人那张慷慨豪爽的脸膛，使我们全觉得室内的一切都为之生辉"。

这是一所那种不大合乎常规，但很讨人喜欢的房子。在这儿，你从一间房走出来，上另一间房里去，总得上下几级台阶……我们的起居室是粉刷成绿色的，墙上挂有装在镜框里的一些画，上面画着许多令人惊异而自身也显得惊异的鸟儿。这些鸟儿从花上注视着鱼缸里那条活生生的鳟鱼。那条鱼呈古铜色，浑身闪闪发光，仿佛是用肉汁喂养大的……所有的家具，从衣橱到桌椅、窗帘、镜子，甚至梳妆台上的针插和香水瓶，件件都显示出了别致的特色。这些家具有一个共同之处，那就是：它们全都十分整洁，全都铺有洁白的亚麻布，大大小小的抽屉只要可以盛东西，全都放有大量玫瑰花瓣和芳香的薰衣草。[30]

约翰·贾戴思告诉他们，这房子在一代人之前曾十分荒凉，当时，郁郁寡欢的屋主汤姆·贾戴思给宅子改了名，从"顶峰"

改成了现在这个名字,他被诉讼招致的没完没了的法律问题逼疯了,在法院巷的一家咖啡馆饮弹自尽。"我把他的遗体搬回家来的时候,觉得这所房子好像也开枪打碎了自己的脑袋。"约翰·贾戴思悲伤地说道,明显也对法律诉讼深恶痛绝。

据他解释,存在争议的贾戴思家族祖产包括伦敦贫民窟中一处"地狱深渊",人称"孤独的汤姆大院"(这名字大概来自汤姆·贾戴思),"那是一条尽是破败房屋的街道,窗玻璃全都被石子砸碎了,就像瞎了眼那样",现在那里是众多把官司打到大法官法庭却胜诉无望的受害者悲凉的住处。狄更斯把贫民窟比作"一个困苦潦倒的落魄之人",身上"长满了虫子"。

> 这些摇摇欲坠的房子到了晚上便住满了一大群凄惨穷苦的人。正如穷人身上长虱子那样,这些破房子也住满了一大群倒霉的家伙,他们从那些石头墙和木板墙的裂口中爬出爬进;成群结队地在遮不住风雨的地方缩作一团睡觉;他们来来去去,染上并传播热病,四处撒下罪恶的种子……

后来狄更斯又进一步将这里拟人化,称之为"汤姆"。

> 月亮曾呆滞而冰冷地注视过"汤姆",好像承认它与"汤姆"的不毛之地之间略有相同之处,因为两者都不适宜生存,都已被烈火摧毁。而现在,月亮已经逝去,不见了,在地狱般的马厩里,最最邪恶的噩梦正吞噬着"孤独的汤姆"大院,而"汤姆"已在酣睡。①

房子里那些死去或濒死的居民置身一片凋敝之中。在神秘的尼莫住过的房间，一切仿佛都在腐烂：屋里有张"破旧不堪"的壁炉毯，一只"像饥民的面孔一样凹陷"的皮箱，炉栅像"锈迹斑斑的骸骨"，"百叶窗上还有两个憔悴的洞眼"。

埃丝特刚到荒凉山庄不久便拿到了钥匙，这意味着她的监护人不但希望她能陪伴艾达，还指望她主持这个家，为他的生活增色。像《七个尖角顶的宅第》中那个名字蕴含"太阳"之意的菲比一样，她的姓氏⑩也暗示她将为这里带来阳光。艾达与理查德相爱了，但理查德执意要把时间和金钱耗费在那桩官司上，不理会约翰·贾戴思的好言相劝，反而听信霍尔斯先生这个吸血鬼空洞的许诺。埃丝特和艾达去理查德房里看望他时，发现他的名字被人"用很大的白色字母写在一块灵车铭牌似的木板上"。他"面无血色、形容憔悴"，最终逐渐死去。

四十一岁的查尔斯·狄更斯。罗伯特·辛德利·曼森于1863年为制作肖像名片（指贴有本人肖像的名片，在19世纪中叶非常流行）而拍摄。这种袖珍的蛋白印相（指19世纪后半叶最常用的印相工艺，在商业中广泛使用）照主要用于赠送友人或收入影集。

在塔金霍恩先生被谋杀后,故事带上了一层侦探悬疑色彩,情节钟摆似的在暗处(戴德洛克府、法庭、贫民窟及其中在劫难逃的居民)和亮处之间来回摆荡。那些亮处不但包括约翰·贾戴思修缮后的荒凉山庄,还包括劳伦斯·博伊索恩那栋漂亮的牧师住宅、班格内特井井有条的家("纤尘不染,没有一样多余的东西"),以及铸铁匠罗伯特·朗斯韦尔那栋位于北部工业区的雅致住宅("从屋里所有的摆设可以看出一种适宜的组合,既保留着父母亲罕见的简朴习惯,又能迎合如今变化了的地位和孩子们更优裕的生活")。

狄更斯在荒凉山庄的所指上玩花招,其实是有目的的。尽管这部小说气氛阴郁、死人无数,但他还是愿意看到"希望"最终获胜。书中善人多过恶人。在结尾处,小说为读者呈现了另一个名叫"荒凉山庄"的住宅样板,贾戴思在约克郡为埃丝特和她未来的丈夫爱伦·伍德科特建造了这栋住宅:

> 那是一座乡间小屋,很有乡土气息,房间很小,然而那是个非常可爱的地方,如此宁静、美丽。周围是一片充满欢快景象的丰饶田野……当我们穿过一间间漂亮的房间,走到一个个用带皮树枝做成的游廊小门边,站在爬满忍冬、茉莉和杜鹃的小小的木制廊柱下面时,我从墙上的壁纸、家具的色调,以及所有小玩意儿的陈设上,看到了我的些许品位与爱好,我的些许技巧和发明,那是他们以前总要一边称赞一边善意地嘲笑一番的。⑬

最令人意想不到的是，莱斯特·戴德洛克爵士竟然博得了读者的同情，因为他在得知戴德洛克夫人的死讯时表现得十分高尚。她去世后，切斯尼高地成了——

> 一大片空白，连与杂草丛生的房子遥遥相对的树木也感到生活单调而意气消沉，只会唉声叹气，紧握双手，耷拉着脑袋，在窗玻璃上洒下点点眼泪。这是一座辉煌的迷宫，这是一处古老家族的产业，然而与其说这个家族是由人和恐怖的画像组成的，倒不如说它充满了回音和雷鸣般的响声，一有什么动静，回音和响声便从百十来个坟墓般的房间里出现，响彻整栋房子。

莱斯特爵士把夫人安葬在家族陵园中一处体面的位置，盼望自己死后能葬在她身旁。而在他余生的岁月里——

> 在洼地的蕨类草丛中，丛林间弯弯曲曲的马道上，有时会有马蹄声传到这个孤寂的角落。然后，就会看到莱斯特爵士了，他体弱多病，弓腰驼背，几近失明，但样子依然令人敬重。他骑在马上，身旁有一名体魄强壮的随从正忠心耿耿地替他牢牢抓住缰绳。他们来到陵园门前的一个地方时，莱斯特爵士的那匹马便会习惯性地自动停下来，莱斯特爵士摘下帽子，静默几分钟，然后两人一同骑马离去。㉕

灶台社团

汤姆叔叔的小屋与哈丽雅特·比彻·斯托

（1852）

汤姆叔叔的小屋是一栋小木屋，紧靠着……主人所住的房子。木屋前面有一块整齐的园子，在精心的照料下，每年夏天，草莓、山莓，还有其他各种各样的水果及蔬菜长得十分茂盛。房子正面墙上爬着红色的大牵牛花和土生的多花蔷薇，它们交织缠绕，几乎把粗糙的圆木全盖住了。[①]

——哈丽雅特·比彻·斯托，《汤姆叔叔的小屋》，1852年[②]

这部小说本质上是关于家庭的，也属于家庭，其中有大篇幅的讨论和精心塑造的人物。常年居家的母亲、女儿、稚童和仆人也能读懂，而男人们，即便是最尊贵的男人，也无法忽视它的存在。

——乔治·桑德，1852年12月17日[③]

虚构建筑中最具政治影响力的一栋，也是面积最小的一栋——肯塔基州一座仅有一间房的木棚，里面住着一个奴隶家庭。在哈丽雅特·比彻·斯托的《汤姆叔叔的小屋》1852年出

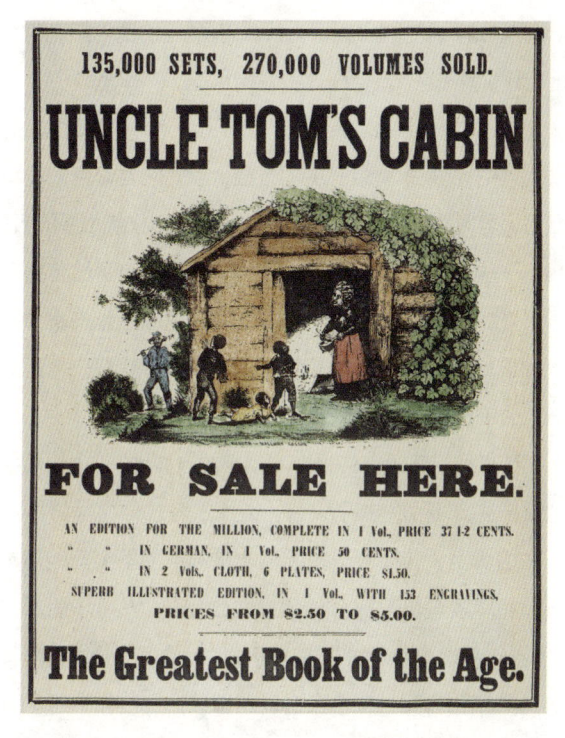

这类广告传单进一步提高了哈丽雅特·比彻·斯托作品《汤姆叔叔的小屋》惊人的销量。在19世纪五六十年代,它们被摆放在书店橱窗里展示。

版前,主张废除北美奴隶制的著作已然汗牛充栋,却没有一部能媲美这部小说立竿见影且旷日持久的影响。它在19世纪销量仅次于《圣经》,被翻译成四十余种语言。无论亚伯拉罕·林肯(他早年就生活在肯塔基州的一间小木屋里)于1862年接见斯托时是否真的说过"这么说,这部引发大战的小说就是你这个小个子女人写的了"④,小说出版前后翻天覆地的变化都表明她无愧于这句评价。

这部小说之所以如此脍炙人口,是因为斯托把反抗根植于家庭生活之中。"奴隶制最恶劣的行径,就是它对家庭的践踏,"她在自己那篇阐释创作缘起的导读——《汤姆叔叔小屋的钥匙》(1853)——中这样写道,"这比任何罪行都更加昭然若揭、无可抵赖。"故事围绕一个恬静的小家展开,它被一位轻率的主人的贪婪摧毁。斯托确保这本书尤其受女性读者欢迎——而她们推动摇篮的手,也撼动了她们的丈夫。

斯托详尽地描述了克洛大婶"小小的自留地"。火炉前摆着一张"桌腿有点不稳的桌子,……上面放着式样精美的杯碟"。壁炉所在的墙上"装饰着一些颜色非常鲜艳的圣经画,还有一张华盛顿将军的肖像"。克洛大婶是位厨娘,"从骨子里到灵魂深处都是"。趁两个儿子教小宝宝走路时,她就"给她的老头儿做晚饭","紧张而又兴奋地在锅里炖着什么吱吱作响的东西"。她也是谢尔比家的厨娘,她的丈夫汤姆替这户人家打理农场。以"大婶"和"叔叔"称呼他们,凸显了谢尔比一家与他们亲密无间的关系和对他们的尊重。

《汤姆叔叔的小屋》能引起广泛的关注,是因为哈丽雅特和妹妹凯瑟琳在美国家庭主妇群体中已经拥有一大批读者。

1881年,哈丽雅特出生在康涅狄格州的利奇菲尔德县,在莱曼·比彻牧师与洛克萨娜·福特·比彻养育的十一个子女中排行第六,这十一个孩子从小就被寄予厚望于改变世界。两个女儿都笔耕不辍,对教育、育儿、家务分工都有鲜明的看法。哈丽雅特擅长写小说。《珊瑚戒指》是她创作的第一部反对奴隶制、提倡自我克制的小册子。搬到俄亥俄州的辛辛那提市之后,她常常见到逃脱的奴隶,倾听他们不堪回首的遭遇。

斯托创作这部小说的直接诱因是1850年《逃亡奴隶法案》的通过。根据这项人称"猎犬法"的法案,任何人见到逃跑的奴隶都必须将其归还主人。1850年,在《逃亡奴隶法案》通过后,妹妹凯瑟琳写信给哈丽雅特说:"哈蒂,我要是文笔也像你一样好,我就写点什么,让这个国家知道奴隶制是多么万恶。"在她的质问下,哈丽雅特开始创作这部小说。她曾有个儿子死于霍乱,不久前又刚刚诞下一胎,所以更能理解奴隶母亲的悲惨处境。多年后,她在致儿子查尔斯的信中写道:

> 那年冬天的情形还历历在目,我在创作《汤姆叔叔的小屋》,而你尚在襁褓。想到我们国家对待奴隶的种种残酷与不公,我心如刀绞……有许多个夜晚,我望着身旁熟睡的你泪流满面,心里想着那些被人从怀里夺走婴孩的奴隶母亲。[5]

拥有一个基督教家庭是人人生而有之的权利,这份信念是全书的关键。正是因此,斯托才将这本书命名为《汤姆叔叔的小屋》,并且早在小说前几章就用大段文字把菜园、厨房和其他的室内陈设描绘得十分讨人喜欢。

斯托将第一章讽刺地命名为"一位有人性的人"。在这一章，我们认识了亚瑟·谢尔比，他是汤姆与克洛大婶所在的这片肯塔基农场的主人，自诩善待奴隶并以此为傲，却对农场事务不闻不问，以致不得不把这个幸福的家庭拆散，把汤姆叔叔——他所有奴隶中最有价值的一个——卖掉。非但如此，他还答应附赠哈利——一个有趣的四岁小男孩，只因他碰巧在门口探头探脑。不过，谢尔比倒是拒绝出售哈利美丽的母亲伊莱扎。奴隶贩子在她进来把哈利带走后，兴致勃勃地想把她也买下。

伊莱扎怀疑奴隶贩子在打哈利的主意，就躲在门后偷听，在得知主人要卖掉哈利后，她决定逃走，最终被惊恐的谢尔比夫人放走了。伊莱扎的丈夫乔治是附近一家种植园里"一位聪明、有才能、有二分之一黑人血统的青年"，他也决心出逃，因为他的主人怀疑一架净麻的机器是他的发明，于是把他贬到农田，让他"干农场上最下贱的苦工"。伊莱扎在猎犬的追赶下涉过结冰的俄亥俄河。斯托借描写她逃跑的经过，入木三分地揭露了新法案带来的惨无人道的后果。随后她笔锋一转，展现了一种亲切温馨的家庭氛围，为戏剧化的情节加入了一个风趣而带有讽刺意味的转折，缓和了叙述的基调：

> 在一间温暖舒适的客厅里，欢快的火光照着盖毯和大地毯，照得茶杯和擦得亮亮的茶壶闪闪发光。伯德参议员正在脱靴子，准备把脚伸进一双漂亮的新拖鞋里去，这是他在参议院开会时妻子给他做的。⑥

伯德太太先是训斥了"几个欢闹的小孩",然后"望着这愉快的画面",向丈夫打听他们是不是"通过了一项法律,禁止大家给过路的可怜黑人吃的和喝的"。她说:"我听说他们在谈论要有这么个法律,但是我没有想到一个信奉基督教的立法机构会通过它!"

就在参议员自以为是地解释自己为何赞同这项法案时,伊莱扎闯进了他家的厨房,她衣衫褴褛、双脚疼痛,瘫倒在地上。她解释说自己要是继续留在主人家中就会失去儿子。参议员听了,意识到新法是何等残忍。他吩咐妻子为伊莱扎更衣,当天夜里就把伊莱扎和哈利送到一个贵格会的教友之家。这个教友之家由雷切尔·哈利戴以"母亲般的慈爱"开办,由她的丈夫西谬资助。

> 在这间大厨房里,一切都进行得十分友好、平静、融洽——每个人都觉得各得其所,到处充满着互相信任、友好和睦的气氛,连往桌子上摆刀叉时所发出的叮当声都显得友好;锅里炸鸡、煎火腿的噬噬声都显得欢快,就好像它们都喜欢被煎炸似的……[7]

这群贵格会教友为人真挚、虔信上帝,他们罔顾新法的规定,竭尽全力以非暴力的方式帮助像哈利一家这样的出逃奴隶。乔治也来到这里,目瞪口呆地环顾四周。"这才是家。家,一个乔治从来没有理解其含义的词。"

经历了惊心动魄的逃亡,摆脱了猎奴者的追捕,重新团聚

的一家人来到加拿大,住进"蒙特利尔郊区的一套整洁的住房"。乔治在一位机械师手下干活。斯托对他们的家进行了生动的描述:

> 时间是傍晚时分。壁炉里炉火熊熊,茶桌上铺着雪白的桌布,准备要开饭了。房间的一角有一张铺着绿色桌布的桌子,桌面是一张打开的写字台,放着纸和笔,上端有一个放满了精选图书的书架。这儿便是乔治的小书房。……强烈的进取心……引导他把所有的闲暇时间都贡献在自我提升上。[8]

他们最终得以跟乔治的姐姐和伊莱扎的母亲团聚,她俩的故事同样贯穿全书。至此,一个传统的家庭得以建立,家中有孩子、外祖母,还有姑妈。一家人前往法国。乔治在那里取得学位,最终在西非国家利比里亚找到了自己的前途。[9]

汤姆叔叔就没这么走运了,他真正被"卖到了下游"。在载着他前往密西西比州的那艘明轮蒸汽船的甲板上,他读着《圣经》,仿佛看见——

> 小屋爬满了牵牛花,各种鲜花争奇斗艳。他似乎看见了从小和他一起长大的同伴熟悉的面孔,看见妻子忙碌地为他准备晚餐,听见了儿子们玩耍时的欢笑声和坐在他膝头的娃娃发出的叽喳声……[10]

当他跳船救下一名小女孩时,命运仿佛开始眷顾于他。在女孩的强烈要求下,她父亲奥古斯丁·圣·克莱尔买下了汤姆。但圣·克莱尔是位仁慈却懒惰的奴隶主,生活态度有些愤世嫉俗。他在世上只爱他的独生女儿伊万杰琳一个人。这孩子就像天使一样耀眼,注定无法久留人间。她与汤姆叔叔建立了深厚的感情,因为他俩同样笃信基督。小伊娃①也像斯托夫人一样相信奴隶制严重违背基督教精神,而汤姆却以基督徒的温驯对它逆来顺受。他重建了心爱的小屋,在马厩上方辟出一个修道用的"小间",在那里为圣·克莱尔漫不经心的灵魂祈祷,向奴隶伙伴们传道,还给小伊娃唱歌,向她描绘"新耶路撒冷的美好事物"。

斯托十分小心地把这些相对仁慈的奴隶主塑造得富有魅力,像谢尔比一家、伯德夫妇,还有圣·克莱尔父女。"我要展现事情最好的一面,再让一切在不觉中朝最坏的方向发展。"1851年3月9日,她在致出版商贝利先生的信中写道。南方人往往声称奴隶也是自己的家庭成员,认为奴隶制是一种"族长制"。斯托则让人们看到这个想法在灾难面前是何等空洞。

圣·克莱尔一家远不完美。妻子玛丽娇生惯养、疑神疑鬼,一家人"得过且过",这尤其体现在斯托最拿手的场景——厨房里,那里归黛娜掌管。黛娜是位个性鲜明的厨娘,能在一片狼藉、垃圾遍地的厨房里做出精美可口的菜肴。

> 她的厨房总像刚刚经过一场飓风的劫难……但如果你耐心等待,到时候她做的一餐饭总会按次序端上来,手艺

之高，连美食家也挑不出毛病来。⑫

在奥古斯丁的姐姐、挑剔的奥菲利亚眼中，圣·克莱尔家的不修边幅更是不可饶恕。她从佛蒙特州来到这里替玛丽操持家务，缓解被圣·克莱尔嘲讽为"飓风过境"的状况。经过奥菲利亚的整理，这个家脱胎换骨，正如奥菲利亚自己的家："一切家务安排严格按照规定的时间进行，准确得有如屋角的那座古老的时钟"。

> 家里没有仆人，但是有位戴着眼镜和雪白的帽子、每天下午和女儿们一起坐着做针线活儿的主妇……厨房的地板仿佛永远干净得一尘不染；桌子、椅子、各种炊事用具永远放置得整整齐齐……⑬

在对比这种井然有序与黛娜富于创造力的混乱时，斯托行文风趣幽默、妙语连珠。她后来与凯瑟琳合写的家政手册《美国妇女的家庭生活》也是如此，这本畅销书通过生动活泼的小故事反映了不同性格的人迥异的治家风格。

这段题外话除了能让读者暂时离开故事主线中可怕的片段，舒舒服服地喘一口气，还重申了家园与家庭的重要性，这也是贯穿全书的主题；此外，它还体现了比彻姐妹在著作与文章中反复提出的家庭理想：家务都由家庭成员亲自完成，无须奴隶或仆人代劳。家务不是繁重的苦劳，而是宝贵而有益的工作。

家庭生活赋予女性力量,也增强了她们对家中男性的影响。斯托将《美国妇女的家庭生活》题献给"全美国的妇女,真正掌握国家命运的人"。谢尔比太太、伯德太太、小伊娃、奥菲利亚、凯茜和雷切尔·哈利戴这些女性都是坚强而影响深远的人物。在小说中,她们从头到尾都在策划或协助奴隶逃跑。[13]

斯托也像狄更斯一样,深知小说中的儿童形象感召力极强,能传达某种社会信息。除了哈利和小伊娃之外,她还塑造了另一个儿童角色,这个孩子以狂妄自大的达观精神、鬼机灵的个性吸引了广大读者。奥菲利亚批评圣·克莱尔家的奴隶缺乏教养,于是奥古斯丁向她发出挑战,送给她一个名叫托普西的九

"世上黑暗的地方满满地居住着残暴。"——斯托用《诗篇》第七十四首中这句话概括了汤姆在西蒙·勒格里手中的悲惨遭遇。哈马特·比林斯创作的这幅插图表现了凯茜在汤姆临终前照顾他的情形。

岁小女孩，以此表明北方人总是毫不迟疑地批评南方奴隶主，却不肯接近任何黑奴。奥菲利亚接受了挑战，可狡黠的托普西却让她处处受挫。

不过，斯托也在托普西喜剧化的形象中掺杂了黑暗的元素。那是关于家庭的最可怕的噩梦：托普西"既没有父亲，也没有母亲"，她是"投机商养大的孩子"，是许许多多"养大好拿去卖"的孩子之一。奴隶贩子让女奴怀孕，好贩卖她们的婴儿。

随着时间的推移，圣·克莱尔也像谢尔比一样把更多事情交给汤姆负责，汤姆的信仰开始感染他身边的人。伊娃去世了，她的父亲决定皈依基督教，释放奴隶，投身奴隶解放事业。奥菲利亚写信给谢尔比一家告诉他们这个喜讯，但圣·克莱尔却在一次酒馆斗殴中猝然殒命，导致他所有的奴隶都必须出售，除了已经送给奥菲利亚的托普西。托普西被伊娃的爱心感化，跟随奥菲利亚北上，最终在非洲成为一名传教士。

这一次，真正的厄运降临到汤姆叔叔身上。他被卖给残暴、恶毒的西蒙·勒格里，被戴上手铐、脚镣，带往更深入的南部腹地。汤姆生命中最黑暗的时刻反映在第四十章卷首那句引自《诗篇》第七十四首的引文中："世上黑暗的地方满满地居住着残暴。"后来，约瑟夫·康拉德也在《黑暗之心》（1899）中引用了这句话。西蒙·勒格里那衰颓、破败的宅第正反映了他的性格：

这地方看上去荒芜而不舒适。有几扇窗户钉着木板，另外几扇窗户玻璃被敲碎，百叶窗仅剩一条铰链连着——一切都显示出这里极度缺乏照管，不适宜居住。[15]

汤姆"一直在安慰自己，心想会有一个木屋，是的，会很简陋，但是他可以把它收拾得整整齐齐，使它安安静静的。他可以有一个架子放他的《圣经》，干完活以后可以有个单独待着的地方"，然而，他却不得不与别人一起住进一间"简陋的空壳子，没有任何形式的家具，只有一堆又脏又臭的稻草散乱地铺在由无数的脚踩实了的泥地上"。他的处境每况愈下。勒格里命人用皮鞭打死汤姆，汤姆以基督式的谦卑忍受抽打，最终感化了施刑的人。

就在他躺在自己最后一个凄惨的家中奄奄一息时，乔治·谢尔比来了。他来得太晚了，救不了汤姆，但汤姆顿时满脸放光。

"这正是我想得到的！他们没有忘记我。它使我心灵感到温暖，让我心里觉得高兴！现在我死而无憾了！赞美上帝吧，我的灵魂！"[16]

乔治为他举行了体面的葬礼。回到家中，他释放了所有的奴隶，让他们不必再"冒妻离子散的风险"，随后，他又把大家重新召集起来，当作工人雇用，给他们支付薪水。汤姆叔叔不起眼的小屋成了他的纪念堂。

内战结束后,到了20世纪,《汤姆叔叔的小屋》由于对主要人物进行了扭曲、夸张的塑造而受到抨击。如今,目光敏锐的评论家承认它描写细腻,令人钦佩地以长篇论证反对奴隶制度。"爱与抗争、母亲的职责、政治上的行动,是斯托重新定义的家庭美德。"[10]吉莉恩·布朗这样写道。

今天,尽管斯托的作品已被视为过去时代的产物,但它依然妙趣横生且十分易读。汤姆那座简陋却开满鲜花的肯塔基小木屋成为奴隶制造成的妻离子散的有力象征,完全有资格跻身令人难忘的虚构建筑之列。

单身汉之家

贝克街221号B与阿瑟·柯南·道尔

(1887—1927)

一切原有的标志依然如故:这个角落是做化学实验的地方,放着那张被酸液弄脏了桌面的松木桌;那边架子上摆着一排大本的剪贴簿和参考书,记载着那些很多伦敦人想要烧掉才高兴的东西。我环视四周,挂图、提琴盒、烟斗架,就连装烟丝的波斯拖鞋都赫然在目。①

——阿瑟·柯南·道尔,《空屋》,1903年

福尔摩斯处在难以更改的习惯和舒适的居所之中,每次从拖鞋里取出烟草,他都会感知到自己的存在,重温当初这样安排的奇思妙想,在私密的举动中强化他的自我意识。

——罗伯特·哈比森,《奇异的空间》,1977年②

贝克街221号B是侦探小说界最负盛名的地址。它是夏洛克·福尔摩斯心之所系的家,是冒险的起点、休养生息的避风港,它是复杂的推理与戏剧性结局的发生地,是实验室,是间谍与信使的接头地点,也是欧洲的高智商中心之一。它出现在

阿瑟·柯南·道尔（1859—1930）围绕福尔摩斯与华生创作的全部四部长篇小说中。他的另外五十六篇短篇小说也大都提到过它。在《空屋》中，它制造了一种假象，扳倒了夏洛克最邪恶的敌人之一。

贝克街221号B的布局很早就出现在道尔对一位杰出"私家侦探"的构思当中，此人精通推理，水平与道尔本人的医学导师、爱丁堡的约瑟夫·贝尔医生[3]不相上下。在为《血字的研究》（1887）做的早期笔记中，道尔曾提到一位"奥尔蒙德·萨克尔，~~来自苏丹~~[4]来自阿富汗"，住在"上贝克街221号B"，与"谢林福德·福尔摩斯"同住，后者是一位"神态矜持、睡眼惺忪的年轻人，哲学家、小提琴收藏家"。当时，道尔本人住在贝克街以东两千米处的蒙塔古广场，离大英博物馆不远。[5]他选择贝克街而非那些满是豪华公寓的高档街区是有意为之。19世纪90年代，这类豪华公寓在伦敦西区如雨后春笋般拔地而起。贝克街体面而不事张扬，是个能让福尔摩斯躲在后面悄然蛰伏的处所。那帮有"贝克街游击队"称号的小混混儿也绝对入不了高档社区居民的法眼。这条街还靠近大北路和伦敦各大火车站，位置十分便利。一旦"游戏开始"，我们的主人公就很少在贝克街逗留，但这里通常是故事的起点和终点。有时，福尔摩斯会"躺在客厅沙发上，从早到晚一言不发或是一动不动"。这个地方是维多利亚家居风格的"集大成者之一"，罗伯特·哈比森写道。福尔摩斯的住处之所以被如此夸大，是因为那里"看不到人的痕迹，而每个角落都充满仪式感"。

《血字的研究》第二章对室内陈设做了详尽描述。华生受福尔摩斯之邀去看他相中的"贝克街套房"。

> 我们第二天又见了面,然后到上次他提到的贝克街221号B看了房子。这所房子里有两间舒适的卧室和一间宽敞又通风的起居室,室内陈设使人感觉非常愉快,还有两扇宽大的窗户,因此光线充足,非常明亮。⑥

房间由谨慎而可敬的赫德森太太对外出租,她负责掌管家务,手下有一名女仆和一名"小厮",或者说小听差。关于客厅和卧室陈设的线索零星散布在阿瑟·柯南·道尔的长篇小说与短篇小说中,这些作品都创作于1887—1927年间。1927年,福尔摩斯终于鞠躬谢幕。公寓里有间浴室,不过,华生还是会吩咐小听差比利搬一个浴缸上来,摆在他卧室的壁炉前,这样他就可以泡澡,像他在《四签名》(1890)中提到的那样。赫德森太太和女仆在地下室做饭,睡在房顶的阁

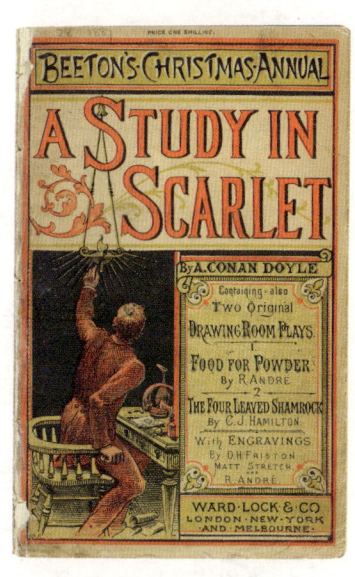

"在平淡的生活中,有一条代表谋杀的红线,我们必须解开它、理出它,暴露它的每一寸。"阿瑟·柯南·道尔的《血字的研究》是福尔摩斯系列作品中的第一部,最早刊载在1887年的《比顿圣诞年刊》上。

单身汉之家　99

楼里。在底楼宽敞的客厅里，扶手椅两侧铺着熊皮的炉前地毯，柳条椅是为客人准备的，烟草藏在一只波斯拖鞋中，雪茄用煤斗装着。角落里的一张牌桌上摆放着化验设备，取用方便。书中还提到一组盛放变装衣物的衣橱、壁炉架上一把插在一沓未复信件上的折叠刀、一只"做汽水"用的苏打虹吸管、一把出自斯黛拉迪瓦里之手的小提琴，还有各式各样大大小小的烟斗和许多别的东西。总之，这里无处不散发着单身汉天堂的气息。

福尔摩斯毅然决然地保持单身，不容任何女性打扰，这个决定在《瑞盖特村之谜》（1893）中得到了印证：他只在华生再三保证海特上校家中"全是单身汉"后，才同意去萨里郡养伤。福尔摩斯脑中也有一处假想的隐蔽所。他拒绝了解任何他认为

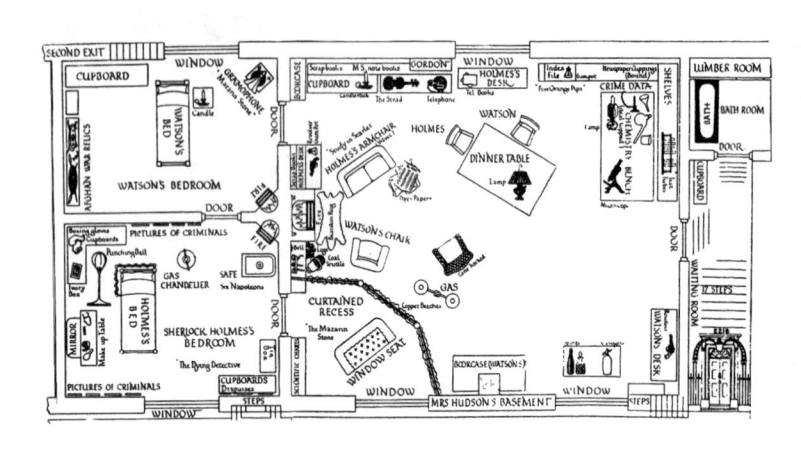

厄内斯特·H.肖特参考道尔书中的诸多细节，于1950年为《河滨杂志》绘制了这张平面图，呈现了夏洛克·福尔摩斯与华生医生位于贝克街221号B的公寓中的生活区布置。严格的读者或许会指出，华生医生的卧室应该位于楼上。

100　文学之家：那些被经典小说创造的传奇建筑

无关紧要的问题,为此辩解时,他把人脑比作"一间空空的小阁楼"。

> 把家具装进去时应该有所选择。只有傻瓜才会把自己碰到的各种各样杂乱无章的东西一股脑儿放在里面。这样的话,那些对他有用的知识反而会被挤出来,或者最多不过是和许多别的东西混杂在一起,在使用的时候也会感到困难。所以一个会工作的人,在他选择把一些东西装进小阁楼中去的时候,应该非常仔细小心。除了工作中有用的工具,他什么都不应该带进去,而这些工具又应该品种齐全,有条有理。⑦

使221号B名声大噪并对它进行详细刻画的小说是《空屋》,这篇备受赞誉的短篇小说向读者透露,福尔摩斯并没与莫里亚蒂一同从莱辛巴赫瀑布坠崖而死,而十年前,在《最后一案》中,这似乎就是他的结局。相反,他在隐姓埋名三年后找到华生,与他一同在伦敦周边长时间地漫游,最终来到空无一人的康普顿府,这栋房子就位于他们从前的住所对面。透过康普顿府的窗户,他向华生展示了自己在221号B布置的陷阱:一个半明半暗的身影坐在椅子上,偶尔变换动作,酷似福尔摩斯本人。福尔摩斯料到莫里亚蒂的副手莫兰上校会上当并向他开枪。他猜对了,莫兰也因此暴露了位置。莫兰被捕,骂骂咧咧地被押往监狱,而福尔摩斯与华生(后者的妻子已在福尔摩斯缺席期间适时地去世)则重新组成一对单身搭档:

多亏迈克罗夫特的监督和赫德森太太亲自照料,我们的老房间完全没有改变它的样子。我一进来就意识到屋子整洁得让人有些不太习惯,但一切原有的标志依然如故:这个角落是做化学实验的地方,放着那张被酸液弄脏了桌面的松木桌;那边架子上摆着一排大本的剪贴簿和参考书,记载着那些很多伦敦人想要烧掉才高兴的东西。我环视四周,挂图、提琴盒、烟斗架,就连装烟丝的波斯拖鞋都赫然在目。屋子里已经有了两个人:一个是在我们进来时笑脸相迎的赫德森太太,另一个是在今晚的冒险中起了很大作用的假人。这个上过颜色、做得惟妙惟肖的福尔摩斯蜡像搁在一个小架子上,披了一件他的旧睡衣,从大街上望过去,和真人一模一样。⑧

在把房屋视作主角的小说中,管家通常都起着阐释与推波助澜的重要作用,福尔摩斯的女房东兼管家赫德森太太也不例外。她在221号B的幕后工作是操持家务与饮食。一段时间之后,她得到一笔"丰厚的报酬",用以补偿种种始料未及的突发情况,如访客突然登门、枪声偶尔响起、起居室的窗框被砸破、一只病犬死去、街头小混混突然闯入。她不但是房屋的所有者,还时常在情节中扮演重要角色:在《空屋》中,正是她每隔十五分钟就悄悄潜入房间,调整福尔摩斯蜡像的姿势。⑨

福尔摩斯与华生的公寓中彻彻底底/不容置疑的男性气质,带有属于维多利亚时代男士俱乐部的逃避主义气息⑩。道尔在书中做出的安排，无论是详细列举贝克街公寓那种非正统的单身汉特征、让夏洛克·福尔摩斯坚持不婚，还是无情地写死华生的妻子，或许都带有一丝自我实现的意味，体现了男人对个人空间不变的向往。

道尔本人的家庭生活与他笔下的主人公大相径庭。他享受自己维多利亚式大家长的角色，那是他父亲从不曾有过的地位。他在1885年迎娶了路易斯·霍金斯（又称"图伊"），在她有生之年都对她忠贞不渝，只是在1897年爱上了魅力十足的吉恩·勒奇，并在1907年图伊逝世一年后娶她为妻。

道尔的大家庭还包括他与两位妻子的兄弟姐妹、五名子女，以及形形色色的犬只、马匹和其他宠物。其中与他最亲近的要数他的母亲玛丽·弗利·道尔，他会在信中毫无保留地向她倾吐自己的秘密，不过她始终拒绝搬去与他同住。在他创作的中世纪传奇小说《奈杰尔爵士》中，他借厄明特鲁德·洛林夫人这个角色刻画了母亲的形象，并把自己塑造成她的儿子奈杰尔爵士。

童年时代，他钦佩她在他那个嗜毒、酗酒的父亲查尔斯面前展现出的坚韧与顽强，并欣慰地看到她在查尔斯死后得到了房客布莱恩·沃勒医生的保护。以沃勒为榜样考取行医执照似乎是个明智之举，能带来稳定的收入，所以他先是在一艘捕鲸船上找到一份随船外科医生的工作，随后又在朴次茅斯正式成为医生，并很快将专业方向定为眼科——对这位塑造了世界上最具慧眼的侦探的作家而言，这个决定很有先见之明。

拥有一处固定住所对道尔而言十分重要。他曾先后在三栋颇具规模的爱德华风格大宅中居住。第一栋是位于诺伍德区的丁尼生路12号（1891—1894）。在那里，他和图伊曾精力充沛地骑双人三轮车出游。他还把《四签名》和《诺伍德的建筑师》中的故事放在诺伍德区。第二栋大宅安德肖（1897—1907）依照他的指示建造，它位于萨里郡丘陵地带的欣德黑德，那里的空气对身患肺痨的图伊有益。安德肖的花园里铺设了一段能载人的电车单轨，室内到处是带纹章的彩绘玻璃。道尔的母亲是金雀花王朝的后裔，他从她身上继承了那份骄傲。他住得最久的宅子是靠近克罗伯勒的温德尔沙姆庄园（1906—1931），他与吉恩结婚后迁入此地。此外，他还偶尔去比格内尔林地小住，它位于明斯特德附近的新森林区。

尽管夏洛克·福尔摩斯系列小说成就斐然，但道尔本人却对它们评价不高。1891年11月11日，在创作福尔摩斯系列的第二个短篇时，他给母亲写信说，他想"在第六篇（小说）中写死福尔摩斯，让他彻底结束。有他在，我没法开始写更好的东西"。这个"更好的东西"是指他的历史小说《麦卡·克拉克》《白衣军团》《杰拉德准将》《罗德尼·斯通》和《奈杰尔爵士》（"绝对是我最好的作品！"）。

促使道尔继续创作福尔摩斯与华生系列小说的动力是公众对二人冒险故事的高度热情，这让杂志编辑把夏洛克系列故事的稿费价格从每篇二十五英镑抬高到十篇一千英镑。道尔的确在1893年4月写死了福尔摩斯，但他又在十年后复活了这个角色，因为美国杂志《柯利尔周刊》给出了令人咂舌的高价：故事无论长短，一律两万五千美元六篇，四万五千美元十三篇。"我看不出自己为什么不能再给他俩一次机会，赚比其他文章高两倍的稿费。"[①]1903年，他在信中这样告诉母亲。无论如何，他缔造了一个传奇，打造了一处多年来引无数人竞相著书立说的虚构住宅。道尔书中的人物在贝克街及其周边采取的每一步行动都被人们编号、审视，所有物品都被人以学者式的严谨分门别类。

1940年，真正的间谍迁入此地。不知是出于巧合还是某位著名间谍的幽默感，第二次世界大战特别行动处把办公地点设在了贝克街。时至今日，在间谍术语中，"贝克街"或德语的"Bakerstrasse"，依然是"总部"的代名词。

道尔文字中那种刻不容缓的紧迫感令许多读者误以为他写的不是小说，而是真实事件记录，所以他们给贝克街的福尔摩斯寄出大量信件，而不是寄给道尔本人。讽刺的是，在1951年，这套虚构公寓真的在现实中落成。

道尔在1897年创作《血字的研究》时，贝克街的门牌号最大只到100号左右，他选择221号B正是为了确保这个地址并不存在，就像《住院病人》中的布鲁克街403号和《空屋》中的公园巷427号一样。然而，这个国家对夏洛克·福尔摩斯的寓所是如此痴迷，竟然借庆祝不列颠节博览会之机在修道院国家建筑协会大厦的高层细致地还原了"221号B"。这栋大厦就矗立在经过延长与重新编号的贝克街上，横跨219号至229号。

单身汉之家　　105

《每日电讯报》的一位高管曾以《福尔摩斯,甜蜜的福尔摩斯》[12]为题撰文盛赞这间布置出来的公寓。

如今,与夏洛克·福尔摩斯相关的社团在全世界遍地开花,由英国广播公司摄制,本尼迪克特·康伯巴奇主演的剧集《神探夏洛克》也风靡全球。

镇宅之神

波因顿庄园与亨利·詹姆斯

（1896）

波因顿庄园是一份生命记录。它以色彩与形式的伟大音节写就，使用异国的语言，出自难得的艺术家之手。它完全是法国和意大利式的，在这两个国度，漫长的岁月已归于平静。至于英格兰，你只需把目光投向那些古老的窗外——英格兰就是窗外那片广阔的天地。

——亨利·詹姆斯，《波因顿的战利品》，1896年[①]

他的句子就像仆人，

在他散文的大宅中悄无声息地来去，

把阳光放进一个个空荡的房间。

——R.S.托马斯，《亨利·詹姆斯》，1978年[②]

亨利·詹姆斯毕生痴迷建筑。他曾在他那篇著名的散文《小说之屋》中借建筑的隐喻阐释写作的过程。类似的隐喻不仅出现在他的小说中，也被他用来刻画书中人物。他曾在文章中把伊莎贝尔·阿彻尔比作"一块小小的基石"，他在她的基础上建起了"《一位女士的画像》这座高耸的大厦"③。另外，他也把房屋比作人。《一位女士的画像》讲述了伊莎贝尔·阿彻尔一生的旅程，写她告别纽约那些熟悉的褐砂石建筑，来到泰晤士河畔的大宅花园山庄，这栋"温暖而疲惫的砖砌建筑""有着被时光与天气施过种种美丽魔法的肤色"。最终，她来到吉尔伯特·奥斯蒙德的佛罗伦萨别墅，它"眼睑低垂，却没有眼珠"。拉尔夫·杜歇称赞伊莎贝尔像一座"美轮美奂的大厦"。奥斯蒙德声称他掌握着大厦的钥匙，能打开伊莎贝尔的心——"这把错综复杂的锁"。他妄图霸占她的意志，就像霸占"鹿苑中一片小巧的花园"。在詹姆斯所有关于建筑的比喻中，最动人的莫过于他对临终母亲的刻画："她就是我们的生活，她就是家，她就是拱门上的拱心石。她是耐心，是智慧，是美好母性的化身。"④

詹姆斯创作的悲喜剧小说《波因顿的战利品》（1896）围绕三栋房屋及其中的陈设展开。第一栋，也是最重要的一栋，就是波因顿庄园，它是一

艾略特与弗莱摄影工作室为亨利·詹姆斯拍摄的六英寸照片，摄于1884年。这种照片比肖像名片略大、略厚，被陈列在柜子里的支架上或相框里。

栋"詹姆斯一世时期的建筑，处处金碧辉煌"，室内摆满各式各样品位无可挑剔的装饰品，都是阿黛拉·加雷斯和丈夫二十六年来收集的藏品。这些藏品，詹姆斯在前言中写明，是"利益的堡垒，四周战火纷飞"。他最初将这本书命名为《美居》[1]，不过，由于在他创作期间有一本同名的室内装饰杂志问世，所以他在《大西洋月刊》连载这部小说时把书名改成了《旧物》。这个书名凸显了波因顿庄园的室内摆设在小说中发挥的关键作用。结集成书时，书名被进一步修改为《波因顿的战利品》。

书中的第二栋房子是俗艳浮夸的沃特巴思公馆，室内"堆满中看不中用的装饰品和剪贴画，有奇怪的赘物和束起的窗帘"。它是布里格斯托克夫妇"丑得可亲"的家，加雷斯夫人的儿子欧文打算迎娶他们的女儿莫纳。这意味着加雷斯夫人必须搬进里克斯，也就是书中的第三座房子，它与前两座大宅相比显得十分寒酸。这座房子是加雷斯先生那位终身未嫁的姑妈留下的遗产，屋里依然摆放着她的物品："那些破旧、褪色的小玩意儿，还有可爱的纺锤。"欧文说它是一栋"讨人喜欢的小房子"，正"张开双臂站在那儿"欢迎他的母亲。讽刺的是，里克斯后来逐渐成为故事中最主要的建筑，它是唯一坚持自我的地方，既不矫饰，也不粗俗。这三处住宅与三位核心人物完美匹配，她们是：加雷斯夫人——波因顿被废黜的女主人；莫纳·布里格斯托克——自命不凡的"新女性"，对自己的权益寸步不让；还有芙蕾达·韦奇，她"一贫如洗，家徒四壁，唯一的财富就是她敏锐的头脑"。同样，这部小说的主角也不是脾气

镇宅之神　109

火暴的加雷斯夫人或性格执拗的莫纳,而是芙蕾达。詹姆斯在前言中坦承,他自己都没料到芙蕾达会以某种方式"成为小说的核心",展现出"她鲜明的个性"。

《波因顿的战利品》是詹姆斯继一连串失败的剧本后创作的首部小说,小说夸张、耸动的结构,是戏剧创作的后遗症。小说从加雷斯夫人与芙蕾达初次见面开始,后者也在沃特巴思做客。她们都对这里的庸俗深感震惊,都忧心忡忡地看着加雷斯夫人的儿子欧文与莫纳·布里格斯托克越走越近。加雷斯先生两年前英年早逝,他婚后不久便投身于令人振奋的收藏事业。波因顿那些精致的古玩,是加雷斯夫人身份的象征。但"英国那项剥夺寡母财产继承权的残酷传统"意味着如今它们和房子都已归欧文所有。加雷斯先生想当然地以为凭"欧文对母亲的感情",他一定会与母亲分享波因顿的藏品。但他万万没料到莫纳·布里格斯托克会对自己的利益寸步不让,虽说她的确很适合"英俊而粗壮"的欧文,他的房间里摆满枪支和皮鞭,与他父母在其他房间放置的那些卓尔不群的艺术品格格不入。

"年过五十却依然精神矍铄、风韵不减"的加雷斯夫人一想到莫纳会占有她一手打造的波因顿就深感恐惧,她决定破坏房子精妙的氛围,混入"沃特巴思可怕的古董,那些小小的托架和粉色的花瓶、集市上买来的杂货、家庭照片和泥金装饰的手抄经文,所谓的'家居艺术'与家庭信仰"。她把芙蕾达视作一个对自己满怀仰慕与同情的朋友,请芙蕾达去波因顿做客,在带她四处参观时拉开窗帘、摘下罩布:

光滑的缎面闪着耀眼的光。室内古老的黄金与黄铜、象牙与青铜、新洗的旧挂毯与古老的深色锦缎焕发着光辉,那个贫穷女子从这光辉中看到了她全部的爱与隐忍、她惯用的花招与她所有的成就。⑥

这种美令芙蕾达无所适从,她像勒达⑦一样卧在一张座椅上,"轻轻喘息一声,转动着瞳孔放大的眼睛"。

见她做此反应,加雷斯夫人欣喜不已,更下定决心要争取这批藏品。她没有辜负自己那个令人联想到亚瑟王的名字⑧,在一封信中向芙蕾达宣布自己已经迁入里克斯,决定"破釜沉舟",自此,她加入了恶战。

随着她最后一次踏出波因顿的大门,她口中的"截肢手术"也已完成。她少了一条腿。现在,她开始借助那条可爱的木头假肢,迈着沉重的步伐行走。她这辈子都将步伐沉重。她那位年轻

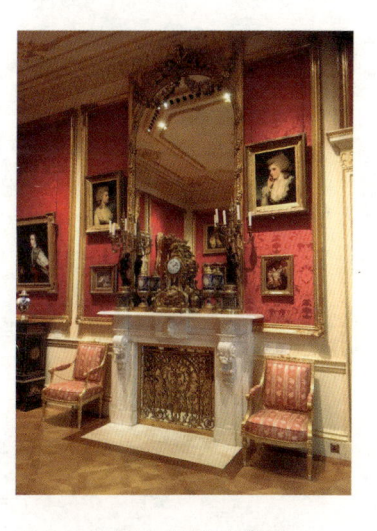

亨利·詹姆斯请人在华莱士典藏馆的小客厅里拍摄了一张指定角度的照片,用作1908年纽约版《波因顿的战利品》的卷首插图:他特别指出镜头必须斜对着摆满装饰品的壁炉架,取一侧的扶手椅、绘画和垂挂锦缎的墙壁,以此强调华莱士典藏馆中丰富的"战利品"与赫特福德大宅本身不可分割,正如波因顿庄园与其中的珍藏不可分割。

镇宅之神　111

的朋友要来这里欣赏的,正是她优美的动作和她在房子上下弄出的声响。⑨

芙蕾达去拜访加雷斯夫人,发现她彻底破坏了波因顿庄园,这才明白加雷斯夫人为什么要用"破釜沉舟"这个战争色彩浓郁的词。小说书名中那场假想的战争充斥在字里行间:"一支由工人、包装工、搬运工组成的小小军队"装载了"几大车"物品,他们中甚至有欧文自己的"亲兵",里克斯"最大限度地装满了她朋友的胜利勋章"。藏品出现在里克斯,"宛如壁炉毯上的小步舞表演",场面与波因顿宏大的交响乐演出完全不同。芙蕾达"眼前浮现出波因顿此刻残缺的模样……仿佛看见远处空荡的托座,裸露的高墙上可耻的空白"。被截肢的不是加雷斯夫人,而是波因顿本身。

> 值夜时,她感到波因顿蒙受了屈辱。她喜欢的是那个幸福的整体,而现在,她想,她周围这些零落的局部却像残肢一样疼痛不已。⑩

芙蕾达的同情开始转向欧文,直到那时,她才发现他对人只有善意与信任,对母亲能有人陪伴十分感激。由于加雷斯夫人坚持要她居中传话,这种同情逐渐化作爱意,尤其是在欧文也爱上她时——母亲与莫纳之间剑拔弩张的关系令他困惑不已(后者曾扬言没有波因顿的藏品就不嫁给他)——"他游离的眼睛里闪烁着迫不及待的光,就像俱乐部窗户上闪烁的用餐时间"。当欧文看出她也对他有意,芙蕾达感觉"好像有一阵飓风席卷而过,刮倒了她一点一点垒砌的巨大假象"。不过,芙蕾达也像《曼斯菲尔德庄园》中的范妮一样,有着坚定的、最终可以保护自己的道德准则,她告诉欧文,只有等他跟莫纳分手,他们才能在一起。

加雷斯夫人看出欧文爱上了自己的女伴,喜出望外。她冲动地自以为胜利在望,于是差人把藏品全部送回了波因顿,殊不知自己只有等莫纳与欧文分手才能获胜。但莫纳一得知宅子恢复了原貌,就匆匆催欧文登记结婚。加雷斯夫人得知婚讯,顿时"面如死灰,俨然一个疲惫的老妪,两手垂在腿上,手中空无一物"。

> 她仿佛一只伤心欲绝、遍体鳞伤的鸟儿,挥动疼痛的翅膀飞回巢穴,尽管明知那里已是空空如也。[①]

几周后,她写信请芙蕾达来里克斯与她做伴。信中的措辞明显强调了她对财物的贪恋。

> 如今,我已是家徒四壁。不过,有你在,家中无论如何也不至于空无一物。因为,你知道的,我一直把你视作我最得意的珍藏之一。[②]

芙蕾达记起自己从一开始就喜欢"里克斯这个幸福的隐蔽所",便欣然接受了邀请。她惊讶地发现朋友已经把那里改造成一个美好的家。加雷斯夫人把原先的家具统统清走,存进谷仓——她们曾戏称这些家具是"嫁不出去的老姑妈"——然后用一些"忧郁、温柔、耐人寻味的小摆设"营造出芙蕾达称为"某种第四维度"的氛围。

> 它就像一个实体、一股香气、一种触感。它是灵魂,是故事,是生命……这不是波因顿那种大规模的合唱。不过,我相信你并不高傲,也不脆弱,不至于只欣赏得了那一种美……只要让你在一个徒有四壁的地方待个一两天,你就能让它脱胎换骨![13]

欧文从巴黎写信向芙蕾达道歉,他和莫纳正在那里度蜜月,他在信中让芙蕾达从波因顿挑一件称心的东西带走。但就在芙蕾达去那里取自己心仪已久的马耳他宝石十字架时,她却发现宅子着火了。波因顿、藏品和那里的一切都毁于一旦。这个极富戏剧色彩的结局改变了我们看待三栋建筑的眼光。波因顿庄园更像是加雷斯夫妇的收藏博物馆,而不是家。加雷斯夫人(詹姆斯不止一次称她为"可怜的女士")爱那些藏品胜过爱她的儿子,她幻想自己能像"看守"一样住在波因顿,"如同一份行走的藏品图鉴,英格兰没有第二个人能比她更懂稀世珍品的清洁与特性"。她横扫一切的收藏热情"剥夺了她的人性"。"波因顿缺乏灵魂,"芙蕾达回忆道,"这就是它唯一的缺陷。"沃特巴思纵然庸俗,却是个舒适的家,通过室内那些营造家庭氛围的装饰,比如墙上的家庭成员肖像和来自朋友、节日、重大活动的纪念品,这栋房子维系着"家庭的信仰"。它奇异地让人联想到《曼斯菲尔德庄园》中范妮的东厢房。莫纳原本可以为过度雕饰的波因顿注入一丝人性。

加雷斯夫人昔日的生活已经一去不复返。我们意识到她必须接受这个现实,无论多么痛苦。她也的确这样做了,把里克斯打造成一处与她相得益彰的完美住所。"这里的房间比我那天估计的还多,还有一套上好的伍斯特郡古董瓷器……"她这样承认。芙蕾达·韦奇自始至终都深知欧文并不适合自己,也一直对那位终身未嫁的姑妈抱有同情,所以她留在里克斯陪伴加雷斯夫人其实并不吃亏。她确实需要一位赞助人,正如她姓氏所指的那种藤本植物需要爬架支撑。[⑭]不过,她好几次都站出来维护心中的正义,挫败了朋友的诡计,其中最令人难忘的一次是在加雷斯太太责备她竟让欧文回到莫纳身边之后。

> "你把事情简单化了。你一向如此,也仍会如此。我想,生活这团乱麻远比你想象中复杂得多。你却直接把它从当中劈成两半。"芙蕾达轻声哭喊,"你举起一把大剪刀对着它一通乱剪,俨然一位命运女神!"[⑮]

加雷斯夫人不得不接受芙蕾达"独立的个性"。从此,她们将是平等的伙伴,而不是女战神和仰慕她的随从。

《波因顿的战利品》的创作灵感可以追溯到詹姆斯动笔的三年前,当时,亨利·詹姆斯在一场圣诞前夜的晚宴上听说——

> 北部有位好心的夫人,一位看上去总是很和善的女士,

跟她那个向来堪称典范的独子变得势不两立，只为争夺一栋精美老宅中价值连城的陈设。那位年轻人刚从去世的父亲手中继承了这笔遗产。⑮

1876年定居英格兰后，詹姆斯看遍了这类精美的宅第。他在游记《英伦印象》(1905)中宣称：

> 在英国人发明并视作民族性格的伟大事物中，有一样最完美、最独特的东西，它的每个细节都被他们发展到极致，彻底展现了他们的社交禀赋与高贵举止，它就是那些位置优越、管理得当、设施完备的乡间大宅。⑯

他以鉴赏家的眼光审视这些房屋的室内布置，着迷地观察"我们这个时代最新潮的嗜好——疯狂地渴求那些产自更艰苦的过去的物件，那些软垫工、细木工、黄铜匠的作品，椅子、桌子、陈列柜和橱柜"⑰。矫揉造作的时尚杂志左右着新贵阶层的审美。这种杂志布里格斯托克夫人曾给过加雷斯夫人一本，却被她扔了回去。⑱内行的收藏家会搜罗货真价实的古董，真正来自"更艰苦的过去"的东西。詹姆斯本人偏爱18世纪的意大利和法国文物，而不是北欧和条顿式工艺美术风格的藏品，这类收藏在威廉·莫里斯⑲位于牛津郡的凯尔姆斯科特庄园中达到巅峰。詹姆斯更认同克拉伦斯·库克在《美居》(1878)、伊迪丝·华顿在《室内装饰》(1897)、坎迪丝·惠勒在《居家艺术陈列》(1893)中传达的理念。加雷斯夫人营造室内氛围的天

一张莱伊兰慕别墅的早期明信片。就像加雷斯夫人布置自己最后一个家——"幸福的隐蔽所"里克斯——那样,亨利·詹姆斯精心布置这栋别墅,彰显他非凡的艺术品位。

赋,完美地呼应了惠勒笔下那种能在一室之内以精心挑选的物件营造诗意的"神秘之美,某种不可名状的东西,和谐与宁静的迷人幽灵"[20]。"这是某种第四维度,"芙蕾达称赞道,"像一个实体、一股香气、一种触感。"此外,詹姆斯创作期间,律师们正在为赫特福德大宅里那座伟大的华莱士典藏馆未来的命运争论不休。为了强调小说与这栋建筑的关联,他曾把一张照片作为小说1908年纽约版的卷首插图,照片上是典藏馆内一个摆满"精选藏品"的房间。

镇宅之神

亨利·詹姆斯对打造适宜的居室有着如此浓厚的兴趣，部分原因是他本人也迫不及待地想拥有这样一个家。他初到伦敦时曾住在格林公园附近的公寓，随后，迁入肯辛顿花园附近的一处公馆。但在戏剧创作受挫后，他急欲逃离伦敦。写作《波因顿的战利品》期间，他大部分时间都住在波因特希尔山庄，脚下便是小城莱伊鳞次栉比的红色屋顶。他在莱伊散步时偶然看到兰慕别墅，对它一见倾心。一年后，他成功签下一份长达二十一年的租约。最后，他索性买下了它。"我已经深深地长进了这栋小小的老宅，长进了它的花园。它们已经成了我身上的一层皮肤，剥离必然伴随着痛楚。"他在十年后写道。[22]

他为兰慕别墅选择的装修风格反映了他本人的室内装饰理念。他的朋友路易莎，即沃尔斯利子爵夫人，颇有加雷斯夫人那种善于搜罗不凡藏品的天赋。她为他的起居室挑选了几件乔治王时代[23]的优雅红木家具。书架是内嵌式的，墙上挂着他喜欢的图画——一幅伯恩·琼斯[24]的作品、一张他的朋友法国作家阿尔丰斯·都德的题字照片、一幅福楼拜小像、某版《黛西·米勒》中的几幅插图，还有一幅惠斯勒[25]的雕版画。房子的其他地方挂着他家人的肖像，还有他的密友康斯坦斯·菲尼莫尔·伍尔森的一幅画像。1893年，这位美国小说家在威尼斯坠楼身亡。等到创作《尴尬年代》时，他显然已经彻底摒弃了沃特巴思和波因顿，完全按照兰慕别墅，也就是他自己的里克斯，塑造了朗顿先生的住宅。

朗顿先生的房子不是他自己建的,他只是住在里面而已,那里的"品位"……不是别的,完全是他的生命之美。每处地方的每件物品,都仿佛是直接从天堂降落而来的,没有讨价还价时留下的手指印,也没有从店铺购买的痕迹。[26]

产业

罗宾山庄与约翰·高尔斯华绥

(1906—1921)

倘若一个福尔赛家族的成员没有住处,这绝对是难以置信的——他就像一本没有情节的小说一样。众所周知,这种情况属于反常。[①]

——约翰·高尔斯华绥,《有产业的人》,1907年[②]

罗宾山庄绝不是个人成长史的替代品,它是一幅展开的且可以涂改的画卷……这样的房屋尊重并激发居住者的热情,支持他们表达自我。

——斯维特拉娜·妮基蒂娜,2011年[③]

1922年,约翰·高尔斯华绥(1867—1933)在新版《有产业的人》的序言中(他怀旧地把这套小说称为《福尔赛世家》,这是三部曲中的第一部)为"世家"这个称谓辩护,指出即使在古代,"部落的本能也是主要的动力,而且'家族'的家庭观念和财产意识也像今天一样重要"。日后,他会再为福尔赛系列作品增添数部情节关联的中篇小说和另外六部长篇小说。

> 在书中，上层中产阶级被制成标本，压在玻璃底下，陈列在这座宽敞而杂乱的博物馆中供参观者凝视。它静静地躺在这里，浸泡在自己的汁液中。④

书中的故事始于19世纪80年代中期，终于20世纪30年代初，时间跨度五十年左右，描绘了一幅英格兰的历史画卷，表现英国从维多利亚时代的骄傲自满，到接连经受布尔战争与第一次世界大战的冲击，再进入战后那个信仰缺失的年代。这个系列中最注重建筑象征意义的作品无疑要数第一部《有产业的人》。一切财产，无论是否有生命，都是它表现的主题。宽敞明亮的山顶大宅罗宾山庄是这部小说及续篇的关键元素。

福尔赛家族靠地产发家。1821年，英国西部农家出身的石匠"杜赛特·福尔赛大老板"来到伦敦，开始购置土地、兴建房屋。在小说开头的1886年，他那六个"继承了砌砖与抹灰泥之才"的儿子已经衣食无忧地住进了高档住宅，这些住宅"每栋之间隔着一定距离"，"像哨兵一样"环绕着海德公园。他们和姊妹、子女、姻亲及孙辈穿过公园互相拜访。

> 福尔赛人就是那些中间商，是那些商人，是社会的中流砥柱，是社会习俗的基石，是一切可钦佩的东西！⑤

在小说第一章"老乔里恩家的'庆典'"中，我们看到，这个家族既是一道安全网，也是流言蜚语的集散地。家族成员尽管都忠于福尔赛的利益，彼此间却充满鄙夷与嫉妒。他们充满

1929年，约翰·高尔斯华绥坐在自己的写字台前。当时，他还在创作福尔赛家族的短篇小说，他为这个家族创作的家史小说始于1907年的《有产业的人》。

刻薄的见解，总在预言、谴责、后悔，就像希腊古典戏剧中的合唱团。数十年来，尽管他们之间有过不少恩怨，但面对伦敦盛行的那种"可怕的个人主义呼声"，他们依然"坚定地团结一致"。家就是他们的屏障，它涵盖了——

> 环境、财产、熟人和妻子。他们经过一个世界时，这些东西似乎也在跟着他们一起移动。这个世界有成千上万的人，他们跟福尔赛家族的人一样，也拥有自己的住处。⑥

高尔斯华绥有意按居住者的个性为他们量身打造房屋，他笔下的房屋既可以是巢穴，也可以是囚笼。人物充满渴望地透过窗户抬头望天或凝望窗外，房门被一次次关上，或者不如说是被猛地摔上。老乔里恩是一家之长，他那栋位于斯坦霍普门的公馆融汇古今。大客厅里的——

> 墙壁用锦缎糊着，塞满了从白波-布尔布莱德店铺里买来的家具。客厅里有面大金边镜子，镜子里照出来那些德莱斯登的瓷人，那是些胸部发达的女人，膝前各自抚摩着一只心爱的小绵羊，许多穿着绑腿裤的年轻男子坐在她们脚下……⑦

不过，老乔里恩也做好了拥抱未来的准备：斯坦霍普门的公馆是伦敦首批安装电灯的房屋之一。相反，福尔赛家族最年轻的成员提莫西却住在一栋与其说是家，不如说是陵墓的房子里。他是个遁世的圣贤，由几个年长未婚的姐姐照料。

福尔赛家在伦敦出生的第二代人中最成功、最显赫的一位，就是小说标题中的"有产业的人"。索米斯·福尔赛是位三十一岁的律师，为人精明，掌管着大部分家族事务。作为一位擅长鉴别艺术，尤其是绘画艺术的鉴赏家与收藏家，"他人生的悲剧十分简单，就是难以控制地招人讨厌，又没厚颜无耻到不自知的地步"⑧。而对他最没感情的就是他那个神秘莫测、美得摄魂夺魄的妻子艾琳。

> 上帝赐给艾琳一双深棕色的眼睛和一头金黄色的秀发，这种奇特的搭配更能吸引男人的眼球，据说这也是意志薄弱的一种标志。她身穿一件金色的连衣裙，露出了白皙的颈部和肩部，这使她看上去格外诱人。⑨

他们一结婚，她就后悔不该屈服于他"悄然的坚持"，他这样追求了她两年之久。如今，她难以忍受自己已真正地被他占有。索米斯也像《波因顿的战利品》中的加雷斯夫人一样，是个冷漠的人。他"爱得深沉，但他那藏而不露的情感只在占有的深沟中奔流"⑩，在他眼中，艾琳就是他最珍贵的一件财物。

他们位于蒙彼利埃广场的住宅品位非凡，远比福尔赛家其他成员的住宅更具现代感。

> 房子有一个非常别致的铜门环，窗户改成了向外开，盛满倒挂金钟植物的花盆悬挂在窗户边上，房子后面的小院子（绝佳的设计）里铺了一些浅绿色的瓷砖，院子周围

是一些粉红色的八仙花，它们都被栽在了孔雀蓝的大花盆里。

表面的完美掩盖了内在的不满。在蒙彼利埃府——

> 有两种吹毛求疵在"交战"。女主人的考究是孤芳自赏，她顶多算是居住在这个荒凉的小岛上；而男主人的苛求就好像是一种投资似的，他为了自身的发展而精心经营它……⑪

索米斯收藏的绘画无处安放，值得注意的是，这些绘画——

> 几乎全是风景画，人物在画上都是点缀。这些画显示着他对伦敦的一种莫名的反抗，既反抗伦敦，又反抗高耸的楼房和无止境的街道。他和他的家族、他所属的社会阶级就是在这里度过了一生。⑫

艾琳想离开索米斯，他原本答应感情不和就分居，现在却反悔了。他反而决定在乡下建一栋房子，好让她远离众多追求者的视线。这样，他那些画也终于能有地方安置。这符合他的商业眼光，因为他很清楚伦敦人正越来越渴望新鲜空气。他在里士满公园南面的一处山顶拍下一块地皮，从那里能俯瞰埃普索姆和北部丘陵的壮丽景色。选择建筑师时，他兼顾了审美与家庭和睦：他选中了一位名不见经传的"新派"年轻设计师菲利普·波辛尼,他是索米斯侄女琼的未婚夫。波辛尼坚持室内装饰和布置必须完全听他安排,因为他师从时髦的格拉斯高学派[13],相信房子的外观与内饰必须是统一的整体。查尔斯·伦尼·麦金托什[14]及其信徒既注重形式,也注重氛围。他们的平面图是实用、舒适、便利型设计的典范。由于深受詹姆斯·麦克尼尔·惠斯勒影响,他们也追求一种情绪饱满的氛围,"那种充满象征性的神秘感……大块模糊的图形和中性的背景色,如灰色,能让人得到喘息"。带图案的材料绝不允许出现,装饰品也十分稀少。"在宏大而平静的整体氛围中略显出人意料。"[15]

波辛尼在福尔赛眼中是个"异类","如同一本没有情节的小说",因为他没有一个体面的家。他住在斯隆街(当时是波希米亚社区)。他的起居室不过是办公室里一处凹角,"用屏风隔开,后面摆着一张沙发、一把安乐椅,还有烟斗、酒匣、小说和拖鞋"。令索米斯意想不到的是,波辛尼与艾琳竟然渐生情愫,而且这份感情在他们商量与众不同的罗宾山庄该如何设计、如何装饰的过程中变得愈加强烈。波辛尼在设计与装饰山庄时也一直想着同样与众不同的艾琳,于是摒弃了艺术与工艺风格的带尖顶的舒适设计,也拒绝采用"我们的办法:在房间里摆满装饰品、华而不实的小东西,任何一件东西都能吸引我们的目光"。

> 恰恰相反,我们应该让自己的眼球好好休息一下。一些有力的线条能达到这种效果。整个事情都是有规划的。没有规划,何来的尊严?[16]

尊严，正是波辛尼认为艾琳缺乏的东西。罗宾山庄是一座矩形的二层建筑，围绕一座带顶棚的庭院而建。它更像一条通道而非牢笼，与它所在的那座空气清新的山顶浑然一体。它开阔的窗户所代表的自由，正是艾琳内心的呼唤，她不想做索米斯的妻子，不愿沦为身体与感情的囚徒。索米斯对这里的一切十分陌生，离开伦敦福尔赛府秩序井然的环境，他感到很不自在。但作为美学鉴赏家，他却被深深打动。

> 房子装修得非常大方、气派。大厅中间有一个凹陷的白色大理石盆，里面装有水，周围种满了鸢尾花，从这里到墙根全部都是用暗红宝石色的瓷砖铺成的，一看就知道是上等的好砖。他最赞不绝口的是那幅紫色的皮帘子，因为那面墙上装了一个贴着白色瓷砖的壁炉，用这幅垂下的紫皮帘子可以将它全部遮盖起来。中间的天窗是推开的，一股从外面进来的暖空气从天窗吹入房子的最中央。[⑪]

皮帘背后就是画廊，供索米斯悬挂他的绘画。仆人们住的是"漂亮的宿舍"，而非"普通的阁楼"。高尔斯华绥曾在前文中这样强调艾琳奴隶式的处境："家仆们都忠于艾琳。她虽蔑视所有根深蒂固的传统，但人类都爱吃热食这个弱点，她却认为有权利享受一下。"在罗宾山庄，他们也将获得尊严。

但索米斯却担心自己的新居会"像个军营"，抱怨"好多房间都浪费了"。而房屋装修及配套设施花销从八千英镑涨到超过一万二千英镑也让他很不高兴，何况波辛尼还毫无悔意，一有人批评他的艺术创作和喜好，他就会像首席名伶一样大发雷霆。这位"有产业的人"与波辛尼之间的敌意不断升级。波辛尼认为艺术创作的完整性远比性价比重要。尽管按照福尔赛家的标准，他堪称"居无定所"，但实际上腰缠万贯、生活优渥的索米斯才是真正无家可归的人。

在发现波辛尼与艾琳相爱，很可能已经有了私情之后，索米斯把波辛尼告上法庭，理由是他在罗宾山庄严重超支，尽管他明知这起官司会毁了这位一文不名的建筑师。他继而对艾琳"主张权利"，闯进卧室强暴了她。此时，我们才理解了小说开篇的题词——"你们会回答／这些奴隶为我们所有"①，这是《威尼斯商人》中夏洛克坚持索要一磅肉时的台词。索米斯把艾琳看作自己的财产。波辛尼刚刚输掉官司就得知艾琳遭了强暴，他徘徊在大雾弥漫的伦敦，心烦意乱，结果不慎——或是故意——撞上了一辆马车。

福尔赛家族在波辛尼死后迅速团结一致。索米斯将罗宾山庄挂牌出售，老乔里恩把它买下，作为自己和儿子小乔里恩及全家人的住处。艾琳伤心欲绝，收拾行囊从蒙彼利埃广场出走，不久却又被迫返回这里。

> 她靠在沙发背上，身体缩在她那件灰色皮大衣里，那样子像极了一只被捕住的猫头鹰，紧裹着自己柔软的羽毛抵着笼子的铜丝。她曾经婀娜多姿的身材也不见了，仿佛历经了一场残酷的劳动，她被彻底打垮了；仿佛她再也不

需要展示她的美丽、风姿和亭亭玉立。[19]

小说形成一个完美的闭环，开篇是"老乔里恩家的'庆典'"，结尾是小乔里恩拜访索米斯，瞥见艾琳在客厅门口，眼神"狂乱而迫切"，伸出双手做祈求状，而索米斯当着他的面狠狠摔上门，咆哮道"我们不在家"。这句再平常不过的话却字字真实。

在《有产业的人》出版前，高尔斯华绥已经写过两部以福尔赛家族成员为主角的长篇小说，对人物饱含同情。他自己的家庭与福尔赛家族惊人地相似，祖上也来自英国西部。他父亲很有投资房产的眼光，早在约翰出生前就从伦敦波特兰广场的一栋大宅搬进了金斯顿山的帕克菲尔德庄园，又在附近的库姆比山高处买下一处空气清新的风水宝地，足够他建三栋宽敞的乡间别墅并依次入住。这块地方与罗宾山庄的所在地十分相似，也坐落在一片天然台地上，靠近古橡树林，能俯瞰北唐斯的森林和田野。约翰在第一栋别墅库姆比沃伦住到八岁，在第二栋库姆比利住到十五岁，在第三栋库姆比克罗夫特住到十九岁。1886年，他十九岁时，他们举家迁回伦敦。

或许正是因为这些频繁的家庭变动，高尔斯华绥开始注意到房屋与主人协调一致是何等重要。当然，库姆比山的童年时光让他终生热爱乡村生活。老乔里恩为人公正、对孩子非常慈爱，是高尔斯华绥父亲的写照。他对父亲崇敬有加，与母亲相对疏远，她是一位挑剔而满脑子尊卑观念的女人，迷恋"外在的事物"。频繁地搬家往往是婚姻触礁的标志,高尔斯华绥的父母也的确性格不合。他的朋友福特·马多克斯·福特曾这样写道:"这两位老人都有某种精灵般的强硬,父亲十分凶悍,母亲很显年轻,举止轻浮,帽子上绑着鲜艳的飘带。"㉚两人在晚年分居。

不幸的婚姻是高尔斯华绥小说中常见的主题,艾琳可怕的处境也与他本人的妻子艾达·皮尔森相似,她最初嫁的是约翰的堂兄亚瑟·高尔斯华绥。约翰与艾达相爱,她成了他的情妇与缪斯(他认为自己正是听从了她的建议才成为作家),这样的关系持续了将近十年,直到他们终于在亚瑟去世后正式结婚。他们推迟婚事是因为约翰无论如何也不希望父亲知道这段私情。这种隐瞒与小乔里恩那种引起他父亲强烈不满的毫不掩饰形成对比,在《有产业的人》中,小乔里恩与结发妻子离婚,娶了子女的家庭教师。而他坦白的代价,就是与父亲和子女都断绝了关系。

《有产业的人》中的一条副线讲述了老乔里恩与儿子恢复关系的经过,他在琼与波辛尼订婚后倍感寂寞。高尔斯华绥原本打算让《有产业的人》单独成书,但到了1918年,他又为它写了个很短的续篇《残夏》。小说讲述了艾琳离开索米斯、成为音乐教师的故事。去罗宾山庄凭吊波辛尼时,她先是结交了老乔里恩,后来又跟鳏居的小乔里恩成为朋友,后者爱上了她。另一本新作《在法庭》(1920)写艾琳与索米斯离婚,嫁给小乔里恩,两人定居罗宾山庄。

"没有一定的规划——房子就谈不上有尊严。"高尔斯华绥为罗宾山庄精心绘制了一份详尽的图纸(现藏于大英博物馆),想象波辛尼设计这处住宅是为了给艾琳·索米斯带去她渴望的自由。图为带玻璃屋顶的中央大厅。

高尔斯华绥细致入微地呈现了罗宾山庄的全貌,包括它的外观、它一楼和二楼的布局,还有中间那座带玻璃屋顶的大厅。这座建筑在他心中显然无比真实,罗宾山庄是为艾琳建造的,

产业　131

他也愿意看到它最终成为这个女人的家。他为（小）乔里恩增设了一间画室，他的画功也"有所长进"。在他们的孩子出生后，庄园越来越像个家。妮基蒂娜认为罗宾山庄"有助于以一种不同于伦敦时髦社区的亲密关系重构家庭"。

> 罗宾山庄安放长久的记忆，令人深深眷恋，让人有勇气面对生活的艰辛。它就像露台上的石板，把人物的生活全部连在一起。丈夫与妻子、子女与父母仿佛都生活在同一平面，处在同一层次——每个人都相亲相爱，墙壁是透明的，天花板随时能透进阳光、撒播阳光。[21]

罗宾山庄与伦敦那些一字排列的高大建筑形成鲜明对比，那些房屋把居住者框定在各自的空间内，而罗宾山庄则让住户彼此连接，并与大自然相连。弗兰克·劳埃德·赖特认为罗宾山庄"绵长的地平线"是"人类生活中真正的接地线，宣示着自由"[22]。赖特还相信房屋、家具与装饰应该和谐统一：

> 把人的住所打造成一件完整的艺术品，为它本身注入表现力与美感，使它变得与人类生活密切相关并适宜居住，使它成为一个和谐的整体，能更自如、更恰当地满足居住者的个人需求。[23]

尽管高尔斯华绥的《有产业的人》比赖特1910年出版的《建筑习作与实践》（德语版）早三年问世，但他显然赞同赖特的理念。

家的概念出现在《有产业的人》开篇和结尾，也贯穿了整部《福尔赛世家》系列。在该系列的第三部小说《出租》（1921）中，小乔里恩和艾琳的儿子乔恩与索米斯和第二任妻子的女儿弗洛相爱。然而，在父亲去世后，乔恩得知了母亲与索米斯从前的婚姻纠葛和他强暴母亲的始末，意识到自己必须与弗洛分手。他和艾琳站在罗宾山庄那棵曾荫蔽乔里恩家三代人的大橡树下，决定移居加拿大。罗宾山庄也被租了出去。

母子两个在橡树下又多站了几分钟——望着伊普森大看台被夜色笼罩的那一边。橡树的枝条遮掉他们面前的月光，可是月光却到处照着——照着田野和远处，照着他们后面大房子的窗户。房子长满了藤萝，但不久就要出租了。㉑

在《出租》的最后一章，索米斯——这个在三部曲中令人反感却奇怪地牵动人心的主角，坐在汉普斯特德山的家族墓地旁，回首逝去的"福尔赛时代和福尔赛生活方式，那时，人们可以毫无阻碍、毫无问题地占有自己的灵魂、自己的投资、自己的女人"。而在这个严酷的新时代，"国家占有了，或是将要占有他的投资，他的女人占有了自己，而且天知道谁将要占有他的灵魂"。他感到"变革的潮水"正汹涌而来，但他并不打算抵抗。"它们也会平息、退落，而新的事物、新的财产就会从一种比变革的狂热更古老的本能中——家庭的本能中——涌现出来。"

产业　133

心灵的依靠

霍华德庄园与E.M.福斯特

(1910)

这部小说在我们面前巍然耸立,如同一栋建筑。它从头到脚都是砖木结构,但它同时也是谜团、理想和一个影响深远的象征。

——R.A.斯各特-詹姆斯,1910年[①]

这是我最好,也最接近佳作的一部小说。它有精心设计、贯穿始终的情节,却很少给人腻烦或牵强之感,还囊括了各式各样的人物、社会意识、幽默、智慧与声色。我现在才意识到自己为什么对它不那么看重:书中没有一个人物是我真正在意的……这大概是因为霍华德庄园取代了人的位置,我当时的确很在意它。

——E.M.福斯特,1958年5月[②]

"《霍华德庄园》是对家园的追寻。"[③]1958年,E.M.福斯特(1879—1970)曾这样回顾。这部作品也是献给一栋真实建筑的感伤情歌:它重温了福斯特告别童年家园时的深深失落,1889

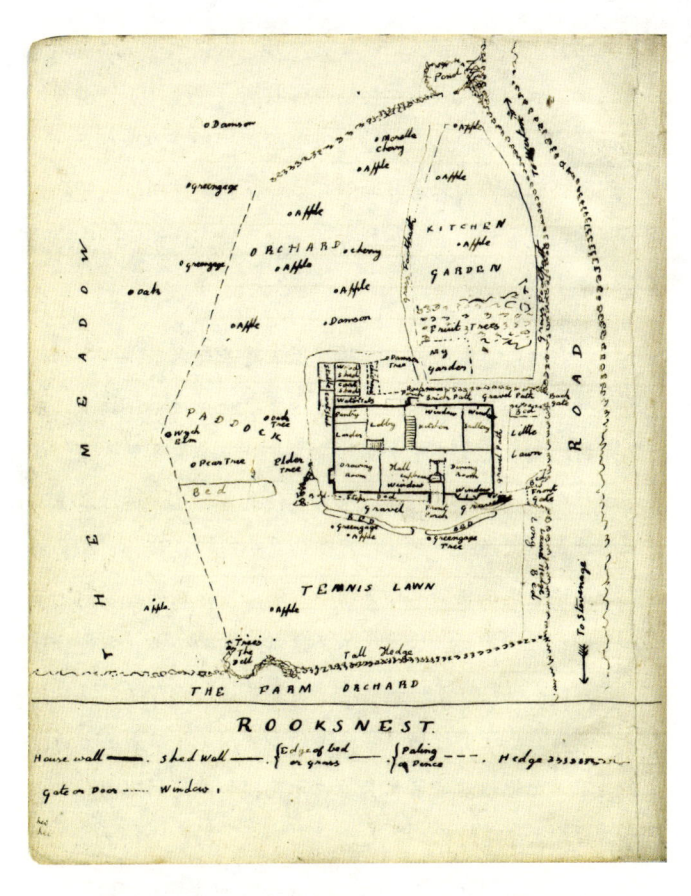

在E.M.福斯特描写童年故居鲁克斯巢的回忆录手稿中,有一幅图画深情而巨细靡遗地再现了房子的布局和周边环境。这幅画现存于福斯特档案馆,也就是福斯特在剑桥国王学院的最后一家。请注意他标注为"我的花园"(My Garden)的厨房园地,以及果园里的大马士革李(damson)、西洋李(greengage)和黑樱桃(morello cherry)。

年，他离开了那个他曾生活十年的地方。鲁克斯巢在小说第一页就占据了核心地位，这座赫福特郡农庄被他化作不朽的霍华德庄园，它的墙上总是浪漫地爬满葡萄藤，挂着玫瑰花环。海伦·施莱格尔，一位思想开明的知识分子，来这里拜访她和姐姐玛格丽特度假认识的威尔科克斯一家。她在一封家书中描述了霍华德庄园。

> 它很旧、很小，不过总的说来看着还顺眼——一水儿红砖。我们目前住在里面都一个萝卜一个坑的，保罗（威尔科克斯家的小儿子）明儿来了鬼知道会发生什么事。从过厅向右走可进入餐厅，向左走便是客厅了。过厅本身其实就是一间屋子。打开过厅里的另一道门是楼梯，顺着一条通道直达二楼。二楼并排着三间卧室，三间卧室的上面是一排三间阁楼。这当然不是这所住宅的全部，不过你注意到的也就这些了——从宅子前的花园一眼望去，正好是九个窗户。还有一棵非常高大的山榆树（抬眼看去左边就是）歪歪地依傍宅第生长，位于花园和草地的中间。我已然喜欢上那棵树了。④

一天后，海伦与保罗在"大榆树的树干下"接吻。她在第二封信中就宣布自己恋爱了，接着又立即追过去一封电报，宣称一切都"结束了"。保罗走了，去父亲在非洲的橡胶厂帮忙。海伦则回到伦敦，回到威克姆广场那栋又高又窄的房子里，那是她和姐姐玛格丽特，还有她们的弟弟蒂比从小生活的地方。

霍华德庄园"逐渐被遗忘了"。然而在保罗的母亲露丝心中，它依然是举足轻重的，是"无比神圣之地"。她生在那里，全身心地属于"这所住宅，属于高耸于上面的那棵榆树"。她嫁给威尔科克斯就是为了让它免遭砍伐。在威尔科克斯夫妇买下伦敦一栋面朝威克姆广场的公馆后，病入膏肓的露丝偶然遇见了玛格丽特。得知她在威克姆广场的家要被拆了盖新公寓，露丝震惊不已。"和你们的住宅生生分开，你父亲的住宅啊——这实在是要不得的。"她说，"这比死去还糟糕。"她暗自决定把霍华德庄园留给玛格丽特。露丝去世后，威尔科克斯一家在她临终的病榻上找到一张字条，上面用铅笔涂写着这个意思，但他们一致决定无视这份遗愿。"霍华德庄园对他们而言是一座住宅，他们并不知道，对她来说，霍华德庄园是一种精神，她是在寻找精神上的继承人。"房子由夫妇俩的长子查尔斯继承，如今他娶了个愚蠢的女人，她叫多莉，这个名字对她再合适不过[⑤]。

然而命运，也可能是露丝·霍华德那不屈的灵魂，介入了此事。亨利·威尔科克斯在女儿艾维订婚后开始追求玛格丽特。海伦不赞成这段恋情，特别是在亨利给他们那位心怀文化追求的学徒伦纳德·巴斯特提出职业建议，却导致后者丢了工作时。但玛格丽特欣赏亨利果决而不畏艰险的男子气概，答应跟他结婚。她发起一场温柔的变革，希望他能看清自己真正的内在，从而调和威尔科克斯表面的物质主义与她妹妹海伦的理想主义。

只需连接起来！这就是她布道的全部内容。只要把平

凡和激情连接起来，两者便会沸腾，人类爱情便会展现在顶点。⑥

在福斯特心目中，对家园的爱至关重要，所以他用房屋象征散文和内心的激情。霍华德庄园是一颗明珠，被安置在一个精巧的环境中。这个环境由另一些房屋构成，它们中的每一栋都反映了人物的个性与理念。它们大都归威尔科克斯家族所有。他们购置产业是为了追求名誉与收益。海伦调侃他们是在"收集房子"。

> 他们在迪西街有一处；两处——霍华德庄园，我闹出的那出大戏就是在那里上演的；三处——希罗普郡一个乡间别墅；四处——查尔斯在希尔顿有一处住房；五处——他在埃普索姆附近还有一处；六处——艾维结婚后应该有一栋房子，而且也许在乡下也置办一栋别墅——这便是七处了。哦，是的，保罗在非洲有一栋小房子，算是八处。⑦

他们信奉一种"行李的文明"，家具都从梅佩尔家具店或海军陆军百货商店批量购置。他们把车开得太快，无暇领略霍华德庄园那棵大榆树"原始的魔力"，非但如此，他们还破坏了它，在它的根须之间建起一座车库，用于停放那辆替代小马的汽车。那匹小马过去曾在马场上吃草。露丝去世后，他们将房屋出租。听到玛格丽特感慨"啊，我原来以为你们都会在那里永远住下去呢"，亨利回答："我们在某种程度上蛮喜欢它的，可是现在我们觉得它既不是一种东西,又不是另一种东西。一个人必须拥有这两者中的一种。"当玛格丽特说"房子是活生生的"时,亨利回答:"我理解不了这些话。"

亨利那栋位于南肯辛顿区杜西街的房子散发着无可救药的男性气息。红褐色的真皮扶手椅矮矮地立在铺地砖的大厅中,供男人们坐在上面吸烟。它的样子"就仿佛一辆汽车产了卵",玛格丽特心想。餐厅装着"华丽的护墙板"和"花团锦簇、鹦鹉鸣叫的镀金墙纸"。这个摆放着"沉甸甸的椅子"和"装了别人赠送的盘子的宽大餐柜"的房间完全是男人的地盘。

> 玛格丽特强烈感觉到这位现代资本家与过去的武士和猎人一脉相承,认为这就是个古老的客厅,领主正在他的乡绅们中间用餐。就是那部《圣经》——查尔斯从布尔战争中带回来的荷兰文版——摆在这里也相得益彰。这样一间屋子,应该有一件战利品。[8]

她接受了亨利的追求,不过她更喜欢待在他希罗普郡的住宅奥尼顿山庄,那是一栋"灰色的大宅,看起来笨笨的,却让人感觉很亲切……上世纪初,这种大宅在英格兰各地广泛修造,这样的建筑风格仍然是民族性格的一种表达"。她越来越清晰地意识到,生活在一栋与环境相得益彰、与居住者气味相投的房子里是多么重要。尽管知道这栋大宅"需要一些消化过程",但她依然决心要"在这些群山间创造新的神圣之所"。

失去威汉姆广场老宅带来的冲击比她想象中还要强烈,那

心灵的依靠 139

里是施莱格尔家几个孩子出生的地方,他们从小就住在那里。他们一直忙着过一种"斯文而不苟且的生活……在伦敦的灰色浪潮上一招一式地游泳",结果忽略了这栋房子的价值。玛格丽特发现失去它"已经教会她比拥有它还多的东西"。如今,她珍视家中的书籍与家具:

> 房子里的每个门把和靠垫都积聚起情感,一种有时是个人的情感,但更多情况下却是对死者的淡淡的虔敬,一种也许已在坟墓旁结束的仪式的延续。①

室内布置非常重要。霍华德庄园的旧家具都被搬进了奥尼顿山庄,这也是玛格丽特对这里倍感亲切的原因之一。旧农庄的住客逃走后,她第一次回到那里。尽管眼前是一片空荡、肮脏、萧索的景象,但她依然能想象孩童在各个房间玩耍嬉戏、朋友过来小住的情景。她欣赏老树"特殊的辉煌",树上迷信地钉满猪的牙齿,树干高耸入云,保护着那栋房屋,"山榆树是一个伙伴,躬身护着这座房子,根须充满力量、勇于冒险,树梢儿却拂动得充满温情"。她甚至幻想自己听见"房子的心脏在跳动,开始轻轻的,随后响亮,继而如同进行曲一般洪亮"。那其实是埃弗里太太正走下隐蔽的楼梯,这位邻居曾是露丝的密友,与她十分投契。"我把你当成威尔科克斯了,"她对玛格丽特说,"你走路的姿势像她。"

玛格丽特回到伦敦,愉快地回想霍华德庄园开阔的空间,还有它的"红砖"和"开花的李树",仿佛它们就是英格兰的精髓所在。威克姆广场被拆除后,亨利主动让施莱格尔一家把家中物品寄放在霍华德庄园。于是"大部分东西都被搬到了乡下,交托给埃弗里太太保管"。

施莱格尔和威尔科克斯两家的境况反映了他们的经济实力。"你和我,还有威尔科克斯一家站在钱上,就像站在海岛上,"玛格丽特对海伦说,"钱在我们的脚下稳如磐石,我们忘了它的存在。只有我们看见我们身边有谁在摇摇晃晃,难以为继,我们才充分认识到可靠的收入意味着什么。"

巴斯特一家饱受贫困折磨。他们居住的地下室公寓位于卡米利亚街,在泰晤士河南岸,他们家那个盖着布的壁炉上"装饰着一个个丘比特",这些,再加上几本书和一个相框,就是伦纳德的全部家当。"它总会给人那种过渡住处的感受,这在现代居住区常听人说起。"伦纳德(海伦在一场贝多芬第五交响曲演奏会结束后不小心拿错了他的伞,他因此结识了施莱格尔一家)是一位诚实而令人感动的悲情英雄。他有文化上的抱负。他读拉斯金的《威尼斯之石》,弹格里格的乐曲,还会花一整夜从伦敦步行到乡下,既为模仿自己的文学偶像乔治·博罗、理查德·杰弗里斯和罗伯特·路易斯·史蒂文森,也因为他自己就是乡民子弟。但他却忠心耿耿地支持他那个鄙俗的妻子,因为她,他那个体面的家庭与他断绝了关系。

灾难降临了,艾维在奥尼顿举行婚礼时,海伦带着巴斯特夫妇擅自闯入,替他们寻求帮助,却发现伦纳德的妻子杰基是亨利十年前的情妇。她跟巴斯特夫妇很快被打发走了。不久,海伦请弟弟蒂比把她的财产分一半给巴斯特夫妇，继而远走德国。伦纳德拒绝接受，巴斯特夫妇的经济状况进一步恶化。海伦在八个月的时间里杳无音讯，其间，奥尼顿被出售，玛格丽特跟亨利结婚，打算在苏塞克斯郡建一栋房子。海伦回到英格兰，依然不肯见玛格丽特，她去霍华德庄园取自己的书，却发现埃弗里太太已经把他们的家具拆封，把房子布置成他们旧家的模样，这位太太的心愿与露丝不谋而合，都希望玛格丽特能入住这里。她在一间卧室里放了一只旧摇篮，墙上挂着家族的佩剑。海伦从德国回到霍华德庄园就是因为思念家中心爱的旧物和书籍，看见这些家具让这栋房子充满回忆，她首先想到的是进一步完善埃弗里太太的布置。

小说在玛格丽特出其不意地来霍华德庄园找到海伦，发现她已经怀了伦纳德·巴斯特的孩子时进入高潮。玛格丽特愤怒地与亨利对峙，为施莱格尔一家对自由与精神世界的追求辩护，反对威尔科克斯一家恃强凌弱的虚伪，还扬言要跟海伦一起回德国去。她陪海伦在霍华德庄园过夜。埃弗里太太像是早有准备，提前吩咐一名伙计送去牛奶。第二天一早，就在查尔斯·威尔科克斯赶来跟施莱格尔姐妹争辩时，满面病容、神色萎靡的伦纳德出现了，他想要赎罪。见到这个"引诱"海伦的罪魁祸首，查尔斯抄起施莱格尔家族的佩剑就要打他，但不等他动手，伦纳德就转身碰倒了一个满满当当的书架，被它砸在身上，最终死于心脏病发作。查尔斯被判处过失杀人，入狱三年。亨利满怀愧疚，心碎不已，他接受了玛格丽特悉心的照料，然后与她、海伦和新生儿一同在霍华德庄园住下来。他已经提前说服子女接受自己的决定——他会先把这栋房子留给玛格丽特,再让伦纳德的遗腹子继承。就在这时,多莉吐露了那个秘密:

> "真奇怪,威尔科克斯太太原本把霍华德庄园留给了玛格丽特,到头来她还真得到了它。"[10]

后来玛格丽特向亨利询问此事,得知了潦草字条的故事,感觉"一些东西在她生命的最深处撼动了她的生命"。露丝的遗愿以某种方式左右着故事的走向。小说结束在故事开始时的季节,海伦带着孩子在田野里愉快地欣赏收割干草的景象。

安排伦纳德·巴斯特的儿子继承霍华德庄园,体现了福斯特对有抱负的劳动者深切的同情(1902—1911年间,他曾在大奥蒙德街的工人大学任教)。他借玛格丽特之口表达了自己的渴望,希望能回归乡村生活,回归那种古老的节奏与深厚的传统:

> 如果还有什么地方可以让你看见生命的有条不紊,看见生命的整体,把生命的无常和它的永恒青春组合在一个视野里,联系起来——毫无恶意地联系起来,直到所有的人成为兄弟,那就是这些英格兰农场。[11]

如今,有了珍惜它的住户和一位祖先曾扎根乡村的继承人,霍华德庄园代表着希望。

E.M.福斯特成年后始终无法摆脱一种漂泊不定、无以为家之感。他最喜欢的就是那些与自己的家族有关的建筑。"房屋能

心灵的依靠

E.M.福斯特成年后始终无法摆脱一种漂泊不定、无以为家之感。1910年,他在加辛顿庄园附近一条小路上羞涩地摆好姿势,让款待他的女主人奥托琳·莫雷尔女士拍照,她是一位热心的业余摄影爱好者。

带给人安全感,是心灵的依靠。"⑩他在致费丝·卡尔姆-西摩的信中说。尼可拉·博曼在她1993年撰写的福斯特传记中对此做了详细阐述:

> 消失的房屋、身处陌生环境的人、家族祖宅的重要性,还有"genius loci",即某地独特的精神气质,以及它为什么值得珍视,是他创作中永恒的主题。⑪

他也缺少父爱。埃迪·福斯特在摩根二十个月大时就去世了,他也十分重视房屋与家庭,正像他儿子日后那样。父亲去世后,摩根一家搬到伦敦的梅尔科姆广场,这栋住宅很像施莱格尔一家在威克姆广场的那处住所。他母亲莉莉开始四处游历,这对一个小男孩而言想必是极其动荡的生活。在他四岁那年,他们不得不搬离梅尔科姆广场,因为那里就要拆除,为新建的梅利本火车站腾出地方。一切以儿子为重的莉莉决定搬到乡下。1879年,她在斯蒂夫尼奇(赫福特郡)附近租下一栋房子,名叫鲁克斯巢。这栋房子以前叫霍华德,得名自一个曾居住于此的家族,居室内面积狭小,既没有自来水也没通电,却给福斯特留下了不可磨灭的记忆。他说,正是这栋房子塑造了他对生活与社会那种"过时的中产阶级"态度。这栋房子无疑让他在人生最重要的性格形成阶段,即四岁到十四岁,过上了安定的生活。

> 我把它放在心上,希望……自己能在这里生活和死去。

> 我们只在那儿住了十年,但它给我留下了难以磨灭的闪亮的印象,这印象并非时刻鲜明,却始终不灭。⑭

他第一个完整的作品是一篇九页的文章,讲述他在鲁克斯巢度过的童年时光,文章是他在自己和莉莉搬走后不久写的,当时他正在托布里奇学校读书。他以地产经纪人般的精确、详细,描述了房屋布局,写到厨房地板红蓝相间的方形石砖、储藏室地板的黄砖、大厅某扇房门里一段令人意想不到的楼梯(在霍华德庄园,玛格丽特也为这样一段楼梯惊讶)、楼上宽敞的房间,还有那股"苹果、老鼠和果酱混合的气味"。他渴望成为这栋房子的主人,但波斯顿夫妇(他们还拥有房子一侧的农场)不肯出售,因为它其实是他们的祖宅。福斯特一生都把它放在心上,他反对1946年提出的一项在斯蒂夫尼奇建设伦敦卫星城的议案,认为它会像陨石一样落入"赫福特郡古老而优美的风景"中。他曾在晚年数次造访鲁克斯巢,当时,那里是作曲家伊丽莎白·波斯顿的家,在其中一次造访后,他写道:

> 这栋房子就是我的童年,我的安全港湾。它的三座阁楼保护着我。我用在《霍华德庄园》中的激情与狂热不过是冰山一角。⑮

如今,一座刻有"唯有连接(Only Connect)"(《霍华德庄园》中最著名的金句)字样的雕塑矗立在福斯特故乡的入口,这条小道从圣尼古拉斯教堂通向一片由田野与灌木构成的开阔风景。由于福斯特的小说声誉斐然,这栋房子及其周边环境都得到了妥善的保护。

福斯特生平最后一栋重要的房屋,是位于阿宾格村的西哈克赫斯特,那是他父亲为他的姑妈劳拉设计的房子,而它的灵感又源自斯提斯德牧师住宅,那是埃迪与劳拉的老家。1925年劳拉去世后,福斯特与母亲搬到这里,一直住到1945年莉莉去世。随后,六十六岁的福斯特搬进剑桥大学国王学院,在那里一直住到1970年去世。鲁克斯巢客厅中的家具(他父亲做的多层壁炉架、火炉围挡、地毯和写字台)跟着他和母亲从一个家辗转到另一个家。它们被摆放在他国王学院的家中。1965年,我在那儿跟他喝过一次下午茶。他谈到梦境,告诉我他是如何一醒来就把它们记录下来的。当时,八十六岁的他看上去就像一只和善的陆龟,在一副充满往日记忆的龟壳中永久定居。[15]

宏大的幻梦

西卵与F.斯科特·菲茨杰拉德

（1925）

整个夏天的夜晚都有音乐从我邻居家传过来。在他蔚蓝的花园里，男男女女像飞蛾一般，在笑语、香槟和繁星中间来来往往。

——F.斯科特·菲茨杰拉德，《了不起的盖茨比》，1925年[1]

盖茨比的房子在他对黛西的幻想中所起的核心作用越发清晰：它必须向她证明，他已达到她那个富豪小圈子的要求，他现在"真正有资格碰她的手"。

——凯瑟琳·帕金森，1988年[2]

弗朗西斯·斯科特·菲茨杰拉德（1896—1940）在《了不起的盖茨比》开头就强调了主导故事的那栋住宅的本质，指出它惊人地造作，不像个家。它是纽约东面"狭长而喧嚣"的长岛北侧一处疯狂的建筑大杂烩，其"中世纪风格的轮廓"如同一座带塔楼的诺曼底市政厅，"一边有一座簇新的塔楼，上面疏疏落落地覆盖着一层常春藤，还有一座大理石游泳池，以及十多公顷的草坪和花园"。一扇"很神气的门"通向"一间高高的哥特式图书室，四壁镶的是英国雕花橡木，大有可能是从海外某处古迹原封不动地拆过来的"。一名"戴着老大一副猫头鹰式眼镜"的醉汉在巨大的书桌旁晃悠，不过出人意料的是，书全是真的。"多么一丝不苟！多么逼真！"菲茨杰拉德称赞道，"而且知道见好就收——并没裁开纸页。"楼上有"一间间仿古的卧室，里面铺满玫瑰色和淡紫色的绸缎……还有一间间更衣室和弹子房，以及嵌有下沉浴池的浴室"。在它点亮俗艳的灯火，举办晚会时，阵阵爵士乐声飘出窗外。

20世纪20年代是躁动不安的年代。"这个国家前十分之一的人过得像王公一样无忧无虑，像合唱团女孩一样漫不经心。"1931年，斯科特·菲茨杰拉德在一篇文章中写道，"今天，爵士时代凭借自身的活力向前飞驰，能量来自那些金钱横流的巨型加油站。"③

西卵是个鲜明的符号，象征着"爵士时代"的堕落与过剩，菲茨杰拉德宣称，这个称谓是他的发明。神秘而富比王侯的杰伊·盖茨比的府第建于十年前的"'仿古热'时期"。它极尽奢华，却丝毫没有家的温馨，连盖茨比跟它也有隔阂。这栋建筑是个工具。他选择这里是因为它能吸引他此生挚爱黛西·费伊的注意，有希望赢得她的仰慕。她与丈夫汤姆·布坎农和三岁的女儿生活在海湾对面，住在东卵的双岬角上。东卵海岸上纯白的殖民地时期大宅标志着这里是世族的居住地，他们"俨然自封为庄重的乡间贵族的代表"。相比之下，西卵则充斥着"灯红酒绿的欢乐"，而且鱼龙混杂，有私酒商、可疑的银行家，还

宏大的幻梦　149

有电影制作人。为了激起黛西的兴趣,盖茨比经常在自己宫殿般的豪宅里点起辉煌的灯火,把那里装点得像座游乐场,请大批宾客来家中狂欢。这些人离开后,他就信步走到海边,越过水面眺望黛西和汤姆家的码头上那束渺茫的绿光。

随着小说的推进,盖茨比那栋造作而丑陋的房子被置于一连串不同的情境之中。它始终萦绕在书中那几位躁动不安的主要人物心头:盖茨比、黛西与汤姆·布坎农夫妇、叙述者尼克·卡拉维(他起初对盖茨比持批判态度,最后却转为钦佩),以及冷峻而自持的乔丹·贝克尔,尼克与她有过一段不温不火的恋情。他们都来自美国中西部(像菲茨杰拉德本人一样),都被吸引到纽约,因为那里是社会变革与经济变革发生的地方。家是炫耀的场所。他们乘汽车与火车不断往返于长岛与曼哈顿之间。在菲茨杰拉德对布坎农夫妇的描写中,属于金钱的金色与绿色反复出现;盖茨比则与银色联系在一起,那是星辰与月亮的颜色。他对黛西的感情是不切实际的。她就像童话中住在塔楼上的公主,是他心中的白月光。

在这个华丽的滨海城郊与纽约之间,横亘着一片"灰烬谷",它由法拉盛草场上大片的垃圾焚烧场构成,是社会底层灰蒙蒙的荒漠家园,"在这里,灰烬堆成房屋、烟囱和炊烟的形状","灰蒙蒙的人拖着铁铲一窝蜂拥上来"。菲茨杰拉德深受T.S.艾略特诗歌《荒原》的影响,因此,用这个意象揭示分裂的美国社会空洞的内核。这个地方也令人联想到艾略特的《空心人》(1925),以及但丁在《地狱篇》中描绘的地狱入口。

在一幅褪色的眼科医院广告上，一双蓝眼睛正透过巨大的眼镜俯视这片"阴沉沉的灰堆"。这景象令乔治·威尔逊着迷，他是个"有气无力""没精打采"的修车厂老板。他活力充沛的妻子茉特尔是汤姆·布坎农的情妇。威尔逊相信这则广告象征着上帝正在凝视他们、审判他们。在小说悲剧性的高潮，他对盖茨比执行了他心目中上帝的判决。

我们通过尼克·卡拉维的视角观察这些人物，他是黛西·费伊的表亲、盖茨比的邻居。他那栋"风雨剥蚀的木板平房"被盖茨比的房子和另一栋大宅夹在中间。在通过乔丹·贝克尔得知尼克认识黛西

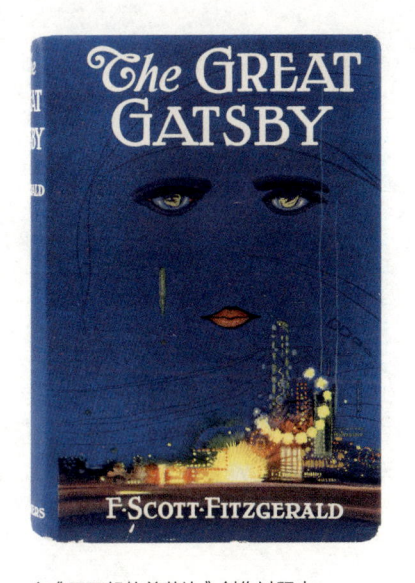

在《了不起的盖茨比》创作过程中，西班牙画家弗朗西斯·古加特为小说创作了这幅令人难忘的封面：黛西无形的面孔悬浮在半空，下方是盖茨比游乐场一般的西卵豪宅。这幅图画将遥不可及的黛西与斯科特·菲茨杰拉德笔下那个极具冲击力的画面，即眼科广告上巨大的双眸俯瞰西卵与纽约之间的荒漠地带，结合在一起。

之后，盖茨比把他请来参加派对。尼克与乔丹重逢，最终见到了盖茨比本人，"一位风度翩翩的年轻汉子，三十一二岁年纪，说起话来文质彬彬，几乎有点可笑"。不过，他脸上偶尔浮现的笑容却含有"永久的善意的表情"。晚会过后，宾客在"一片欢

宏大的幻梦　151

声笑语"中逐渐散去。

>一股突然的空虚此刻好像从那些窗户和巨大的门里流出来,使主人的形象处于完全的孤立之中,他这时站在阳台上,举起一只手做出正式告别的姿势。④

尼克注意到,盖茨比今年夏天款待的客人都有着矫揉造作、乱七八糟的名字(什么斯通瓦尔·杰克逊·亚伯拉姆夫妇、尤利西斯·斯威特夫人、埃克哈特与克莱夫·科恩、克拉伦斯·恩戴夫,还有几乎常年住在那里的克里普斯普林格)。他发现他们对盖茨比"一无所知,仿佛这是对他所表示的一种微妙的敬意"。

>"他是个私酒贩子,"那些少妇一边说,一边在他的鸡尾酒和他的好花之间走动着,"有一回,他杀了一个人,那人打听出他是兴登堡的侄子,魔鬼的表兄弟。"⑤

盖茨比带尼克驱车穿越灰烬谷,去城里跟乔丹喝下午茶,他在路上向尼克讲述了一段显然是编造的身世。

>"我就像一个年轻的东方王公那样到欧洲各国首都(巴黎、威尼斯、罗马)去当寓公,收藏以红宝石为主的珠宝,打打狮子、老虎,画点儿画……同时,尽量想忘掉好久以前一件使我非常伤心的事。"⑥

尼克从更可靠的渠道获知盖茨比完全是白手起家:他最初

在游艇走私贩子丹·科迪手下当学徒,后来又跟职业赌徒梅耶·沃尔夫斯海姆一起行骗。但他对盖茨比的同情与日俱增,尤其是当他从乔丹那里听说黛西三年前曾试图与汤姆解除婚约,因为她得知自己的初恋情人盖茨比已经从欧洲归来,在某种程度上还成了个战斗英雄。乔丹还补充说,黛西跟汤姆在一起根本没有幸福可言。盖茨比托乔丹让尼克请黛西喝下午茶,这样盖茨比就可以顺道过去,邀请她参观自己的豪宅,让她看到自己能给她多少荣华富贵。

那晚尼克回到西卵,看见盖茨比的房子"从塔楼到地窖都灯火通明",仿佛要举办晚会。但当他慢慢踱过去,才发现里面除了盖茨比别无他人。他刚才"打开了几间屋子随便看看",等待黛西造访。他沉浸在"他的幻梦那巨大的活力"之中,带着"一种创造性的热情投入了这个幻梦,不断地添枝加叶,用飘来的每一根绚丽的羽毛加以缀饰"。黛西终于出现时,这栋房子尽管光鲜、华丽,却奇怪地空空荡荡的。他们穿过数不清的房间,黛西发出"着迷的低语"。最后,他们在盖茨比那个简单得惊人的套房里喝查特酒。这里只有一间罗伯特·亚当[27]风格的书房和一间卧室,卧室里唯一的装饰,是一只黯淡的纯金马桶。

> 他一刻不停地看着黛西,因此我想他是在把房子里的每一件东西都按照那双他所钟爱的眼睛里的反应重新估价。有时,他也神情恍惚地朝四周凝视他自己的财物,仿佛在她这个惊心动魄的真人面前,所有这些东西就没有一件是

宏大的幻梦　153

真实的了。有一次,他差点从楼梯上滚了下去。⑧

尼克留他俩在那里深情对视,"沉浸在强烈的感情之中"。

接下来几周,汤姆·布坎农的疑心越来越重。他来到盖茨比家,询问他的出身,发现他的财富来路不明。他不满黛西总不在家,跟她一起参加了盖茨比的下一场派对。房子里的气氛变了。尽管派对上仍是"同一批人,同样的源源不绝的香槟,同样的五颜六色、七嘴八舌的喧闹",可是无形之中却有"一种不愉快的感觉,弥漫着一种以前从没有过的恶感"。汤姆对盖茨比吹嘘的名流无动于衷,黛西也越来越受不了那些粗俗的宾客。"由于她眼中的不赞同,这座大酒店就像纸牌搭的房子一样整个坍塌了。"尽管如此,她还是跟盖茨比萌生了私情。他让这栋房子进入了一个没有派对的新阶段。她下午去找他,他换了新的仆人,免得传出闲话。

随后,盖茨比更进一步,去布坎农家的宅子——一栋克制、优雅的白色公馆——拜访汤姆。两个男人都吃了一惊:盖茨比是因为发现黛西的家与她本人是如此相得益彰,还见到了她幼小的女儿;汤姆则看出黛西爱上了杰伊。为逃避这种尴尬,他们开着对方的车飞速驶向纽约。他们经过威尔逊的修车厂时,茉特尔看见汤姆开着盖茨比那辆独一无二的黄色汽车。在广场大酒店的一间套房里,盖茨比向黛西表白心迹。虽说她不愿否认也爱过汤姆,但他还是自认已经赢得了她的芳心。他们回到长岛,由黛西开盖茨比的车。茉特尔为躲避醋意大发的丈夫猛冲出来，被车撞倒，但黛西并没踩下刹车。汤姆停下来，身后跟着尼克和乔丹，他发现茉特尔已经死去，以为开车的是盖茨比，为了报复，他向威尔逊透露了盖茨比的去向。

在《了不起的盖茨比》中，汽车既是身份地位的象征，也十分危险，它能在转瞬之间把人物从一栋充当背景的房子载到另一栋房子，也给他们带来生命危险。

自童年起，这种躁动不安就在斯科特·菲茨杰拉德心中留下了深深的烙印。他那个富有的母亲从不满足于长时间生活在他们那栋位于明尼苏达州圣保罗市的房子里，他们常常搬家，哪怕只是搬到几条街之外。安德鲁·特恩布尔创作的菲茨杰拉德传记末尾附有他的生平年表，从中可以看出，他很少在同一处地方待一年以上[①]。他不断地外出度假，频繁地更换酒店。"对我们这种人而言，家就是我们从来不回的地方。"

在菲茨杰拉德的处女作《人间天堂》（1920）中，达西主教对阿莫里·布莱恩说，这部作品以小说形式记录了他的普林斯顿岁月。他回到家，在峰会大道599号的阁楼里创作这部小说，那是他父母在圣保罗最稳定的一个家，它就像"一座美式风格的丑陋陵墓"。

当时，即1918年7月，他正在跟南方美人泽尔达·赛尔热恋，他在亚拉巴马州蒙哥马利的谢里登营担任少尉时结识了她。尽管她也同样爱他，却不确定是否应该嫁给他，因为他的收入很不稳定。《人间天堂》的成功让菲茨杰拉德有了结婚的本钱。泽尔达极不喜欢居家生活，像他一样渴望变化。"我讨厌没有摊

宏大的幻梦

开的行李箱的房间。那种生活是如此一成不变。"据说她曾这样感叹。

斯科特和泽尔达频繁地搬家。他曾写过一部记录纽约岁月的回忆录,名为《我的失落城市》(1935),在这本书中,他形容他俩"就像两个幼小的孩子,置身于一座宽敞明亮的未知谷仓"。1922年10月,他们搬到长岛大颈镇盖特韦大道6号,也就是法拉盛至纽约的铁路的起点。大颈镇位于国王角和金沙角这两座岬角的交界处,这片区域属于曼哈顿一处广阔的郊区。泽尔达管这栋房子叫"漂亮的巴比特式小家"[⑬],它并不像汤姆·布坎农的殖民地式公馆或盖茨比风格杂糅的宫殿,而更接近尼克·卡拉维朴素的平房。斯科特和泽尔达始终不适应家庭生活,不过,住在盖特韦大道的那段时间,是他们最接近安定的阶段。他们雇了一对夫妇帮忙整理房间,又为新生的女儿斯科蒂请了一位保姆。斯科蒂于1922年10月26日出生。[⑭]

大颈镇的生活促使菲茨杰拉德开始构思"新的东西——一些超凡、美丽、简单而花纹繁复的东西"。他开始创作《了不起的盖茨比》。

塑造黛西·费伊·布坎农的灵感来自菲茨杰拉德的初恋情人——芝加哥一位初入社交界的年轻小姐吉内芙拉·金。两人曾热恋两年,最后女方的父亲用一句后来出现在《了不起的盖茨比》中的话喝退了斯科特:"穷小子不该妄想娶富家女。"斯科特一生都留存着她的信件,信中的字句不断出现在他的小说中。

国王角和金沙角成了鄙俗的西卵和精英云集的东卵。盖茨比的房子则部分得益于一栋名为"烽火塔"的宅子，它位于金沙角海岸边，是座怪异、愚蠢的建筑，带有塔楼。这栋建筑始建于1917年，是为富有的社会名流阿尔瓦·贝尔蒙特建造的，后来成为威廉·兰道夫·赫斯特的产业。[12]

1925年5月，菲茨杰拉德夫妇横渡大西洋。《了不起的盖茨比》的大部分内容都在意大利的里维埃拉完成。当时，泽尔达正与一位年轻的法国飞行员有染，这让菲茨杰拉德把汤姆·布坎农的嫉妒描绘得更加狰狞。

盖茨比气势恢宏的西卵豪宅非常接近"烽火塔"营造的壮观的哥特幻梦。"烽火塔"位于长岛湾沿岸的金沙角，是为百万富翁阿尔瓦·贝尔蒙特修建的。斯科特·菲茨杰拉德与泽尔达在附近的大颈镇居住时，正值它如日中天。这座建筑在1945年被拆除。

宏大的幻梦

威尔逊修车厂的惨剧发生后,尼克在东卵布坎农家的车道上等出租车。盖茨比从黑暗中悄然靠近,告诉他自己已经叮嘱黛西,一旦汤姆在"那件不愉快的事"之后"做出任何暴行"就给他打个信号。但透过窗户,尼克只看见夫妇俩坐在厨房的晚餐桌前,汤姆把手放在黛西手上。

> 这幅图画清清楚楚有一种很自然的亲密气氛,任何人都会说他俩在一同策划阴谋。⑬

盖茨比坚持"守夜",一直等到房中灯火熄灭才回到自己空无一人的大宅。尼克难以成眠,过去看他,发现他形影相吊,垂头丧气。

> 那天夜里,我俩穿过那些大房间找香烟的时候,他的别墅在我的眼里显得特别巨大……到处都是莫名其妙的灰尘,所有房间都霉烘烘的……"杰伊·盖茨比"已经像玻璃一样在汤姆的铁硬的恶意上碰得粉碎,那出漫长的秘密狂想剧也演完了。⑭

当盖茨比向尼克讲述他最初爱上黛西的情形,详细描述她美丽的家时,我们才意识到,她永远不可能为他冒失去优渥生活的风险,去跟他过朝不保夕的生活。但是,"他已经把自己献身于追求一种理想……他觉得他已经和她结婚了"。尼克离开时回头看了一眼盖茨比,见他形单影只,挥着手,面带"喜气洋洋的、会心的微笑……他那套华丽的粉红色衣服衬托在白色的台阶上，构成了一片鲜艳的色彩"。

盖茨比最后一次出场，是躺在泳池中的充气筏上，身旁漂满秋日的落叶，同时有个"灰蒙蒙的、古怪的人影正穿过杂乱的树木悄悄地朝他而来"。乔治·威尔逊一枪打穿了他的心脏，随即饮弹自尽。参加盖茨比葬礼的只有尼克、杰伊的父亲（他讲了不少杰伊儿时渴望"出人头地"的故事）和那个对图书室有无限敬仰的"戴猫头鹰眼镜的男子"。葬礼过后，那栋已然臭名昭著、外墙布满涂鸦的房子遭到废弃，变得杂草丛生、一片荒芜。尼克走到海边，想象那些"微不足道的房屋"统统消失，这里重又变回"当年为荷兰水手的眼睛放出异彩的古岛——新世界的一片清新碧绿的地方"[15]。他想着盖茨比为实现梦想而遭遇的惨痛失败，带着复杂的心情想到那种向未来张开双臂的乐观。"于是我们继续奋力向前，逆水行舟，被不断地向后推，直至回到往昔岁月。"

盖茨比为黛西设下温柔陷阱，想逆转时光。菲茨杰拉德大概也常常希望时光能够倒转，因为他堕入了一个放纵的恶性循环，终日纵酒狂欢，这种生活摧毁了他和泽尔达的身心健康。1930年，泽尔达患上精神分裂症，余生大部分时光都需要他人照料。他把这段经历写进了精妙却苍白无力的《夜色温柔》（1934）中，又把他后来的好莱坞生活写进了未完成的《最后的大亨》（1939）中。1940年，他死于心脏病，年仅四十四岁。泽尔达成为一位出色的画家，性情却日益狂躁，只比他多活了六年。

对菲茨杰拉德而言，房子从不等同于家。1936年，他为《时尚先生》杂志撰写了一篇名为《作家的房子》的古怪短文，在文中使用了一个贯穿全文的隐喻，把自己的生活与内心比作一栋房子。它幽暗、潮湿的地窖里有"所有被我遗忘的人……所有那些来自我幼年和少年的、阴暗而错综复杂的混合体，是它们让我成为一名小说家，而不是消防员或军人"。他指向一个昏暗的角落，说："我那份幼稚的自恋就埋葬在这里，我不再相信自己永远不会像别人那样死去，也不再以为自己并非父母所生，而是一位君临天下的国王之子。"

他在这所房子里漫无目的地游荡，直到走进阁楼，那里堆满教科书、杂志、地图和信件。"你瞧，这也是图书馆的一种——人生的图书馆，"他这样宣称，"只要待得够久，你就会发现，再没有比图书馆更压抑的地方了。"最后，他带读者来到顶层的塔楼，它令人联想到他父母在圣保罗的房子。

"我曾住在这里。"作家沉吟片刻说。

"这里？住了很久吗？"

"时间不长，只是年轻时住过一阵子。"

"房间一定很狭窄吧。"

"我没那种感觉。"

"你还愿意再回来住吗？"

"不了。即使愿意，也不可能了。"

他微微颤抖，关上窗户。⑯

在菲茨杰拉德有生之年,《了不起的盖茨比》销量欠佳。不过如今,它被公正地誉为菲茨杰拉德的代表作。书中文字的有力、优雅与克制都令人印象深刻。"有些段落构思得独具匠心,让人很难把它视作即兴创作,就像我们难以想象赋格曲能即兴创作一样。"德高望重的文学评论家H.L.孟肯这样写道,"书中充满精巧的细节、迷人的表达和直击人心的思考……这是易读的优秀读物——而这样的效果,只能出自艰难的写作。"[12]

最奇异的回响[1]

诺尔庄园与弗吉尼亚·伍尔夫、薇塔·萨克维尔-韦斯特

(1928、1930)

假如奥兰多就是薇塔,写的完全是你……假如那种现实的光泽偶尔也会附着在我亲密的朋友身上,如同牡蛎壳的光泽……你会不会介意?

——弗吉尼亚·伍尔夫致薇塔·萨克维尔-韦斯特的信,1927年10月9日[2]

诺尔庄园就像她的情人,也正是因此,房屋与继承问题才会在她的小说中占据如此重要的地位。

——奈杰尔·尼科尔森,1966年[3]

诺尔庄园是肯特郡七橡树镇附近的一座都铎时期的宫殿。它在虚构世界最著名的一次现身,是在弗吉尼亚·伍尔夫那部精湛的魔幻现实幻想小说《奥兰多》(1928)中,这部小说是她对挚友薇塔·萨克维尔-韦斯特(1892—1962)深情的赞美。薇塔为诺尔庄园着迷。若不是因为家族产业传男不传女,薇塔

本该成为这座庄园的主人。她不断用自己的作品歌颂它，尤其是在《爱德华七世时代》（1930）中。只有理解了弗吉尼亚与薇塔自1922年建立的热烈而有益的友谊，我们才能真正理解这两部小说赋予这栋宏伟建筑的不同意义。

尽管《奥兰多》始终没提到那栋大宅的名字，但它的原型无疑就是诺尔庄园。我们可以从薇塔那部生动的历史记录《诺尔庄园与萨克维尔家族》（1922）中看出这一点。弗吉尼亚刚结识薇塔不久便借阅了此书。《奥兰多》中的大宅拥有"三百六十五间卧室"，这表示它也像诺尔庄园一样，是一栋历法之宅④，拥有七座庭院、十二个入口和五十二级台阶。同时，诺尔庄园显然也是《爱德华七世时代》中的大宅雪芙隆府，它"铺展开来，犹如中世纪的村落，有方形的塔楼和灰色的围墙，千百只烟囱把细细的蓝烟吐向天空"。薇塔在历史记录中对诺尔庄园的描述与她在小说中对雪芙隆府的描述如出一辙，不过前者似乎多了几分浪漫气息。她形容这栋建筑"温柔而令人肃然起敬"，流露出——

> 一种愉悦，宛如一位老妪，曾经风华绝代、风流多情，看过几代人生生死死，智慧地笑对他们的悲欢离合，深谙宽容与幽默那永恒的秘诀。⑤

薇塔是第三代萨克维尔男爵莱昂内尔·萨克维尔-韦斯特的独生女。她1892年出生在诺尔庄园，从小就生活在这里，一直住到1913年，在诺尔礼拜堂与外交官哈罗德·尼科尔森

图为诺尔庄园的连环画廊,得名于其中悬挂的那幅连环画,它是仿照拉斐尔的西斯廷教堂壁毯连环画绘制的。这幅由约瑟夫·纳什在1844年创作的水彩画呈现了画廊中精雕细琢的壁炉和天花板上精致的石膏花纹;画中人身穿伊丽莎白时代的服饰,再现了伊丽莎白时代的生活风貌。弗吉尼亚·伍尔夫来这里为《奥兰多》寻找灵感时,这幅画就挂在诺尔庄园。

(1886—1968)结婚。诺尔庄园对她而言更像一个人而非一栋建筑,它是她永恒的慰藉,她可以投入诺尔的怀抱,避开严峻、无情而挑剔的母亲维多利亚,她"不是伤害我,就是令我折服,要么就把我迷得神魂颠倒"[⑥]。薇塔在诺尔庄园那片占地十多公顷的建筑与花园中漫步,走在它数百公顷的领地上,待在父亲的图书室里手不释卷地阅读。她总在涂涂写写，十八岁时已经写下五部小说（其中一部还以法语写成）和五部戏剧（尽管并未出版），它们全都藏在她母亲送她的一只精致的镶花储藏柜里。

丧失继承权的失落在她的书中挥之不去。写于1921年左右，但直到1949年才得以出版的《继承人》讲述了一个梦想成真的轻松故事，很有H.G.威尔斯的味道。一名来自伍尔弗汉普敦的保险推销员得知自己继承了一栋肯特郡老宅。一开始，他也像所有人一样，以为自己会立即把房子卖掉，但到了最后关头，他却不顾一切地反悔了。小说在最后一章揭示了他的——也是薇塔的——信念：

> 弄清自己真正想要什么、在乎什么，然后直接采取行动，这难道不是一种最好、最简单的尘世智慧吗？⑦

1923年，她编辑出版了祖上姻亲安妮·克利福德夫人的日记。克利福德夫人是一位意志坚强的女性，尽管是女儿身，却通过卓绝的斗争成功继承了她那处位于威斯特莫兰的产业。薇塔还曾写诗赞美诺尔庄园。诺尔有她专属的花园，她也很有园艺天分，对大自然有着热忱而敏锐的感知。

尽管不得不面对永远无法拥有诺尔庄园的事实，薇塔却扮演着理想继承人的角色，并以此安慰自己。她那略带男子气概的迷人个性男女通吃。与哈罗德结婚前，她拒绝过两位公国继承人，并且终身都与女性保持着恋情。她初见弗吉尼亚·伍尔夫（1882—1942）是在弗吉尼亚的姐夫克莱夫·贝尔召集的一

对生活、文学、爱情、性、友谊与家庭的讨论,是弗吉尼亚·伍尔夫与薇塔·萨克维尔-韦斯特的友谊中最重要的组成部分。这些讨论也为她们的写作带来了灵感:她们都围绕薇塔的家——位于肯特郡七橡树镇的都铎时代大宅诺尔庄园,展开了创作。在这张1933年拍摄的照片中,她们一同坐在刘易斯镇修道士之家的草坪上。

场晚餐会上。当时弗吉尼亚四十岁,作品在高眉文学圈备受推崇,却鲜为外界所知。薇塔三十岁,是广受赞誉的畅销小说及诗集作者。"我简直崇拜弗吉尼亚,想必你也一样。"她给丈夫哈罗德写信说,"她完全我行我素。衣品很糟。我很少对人这么有好感。"而弗吉尼亚尽管深受震动,却十分谨慎,没说太多好话,她在日记中形容薇塔"花枝招展,唇须浓重,浑身像鹦鹉一样色彩斑斓,拥有贵族那种轻盈的闲适,却缺乏艺术家的睿智"。她"不是特别合我胃口"。她让弗吉尼亚感觉自己"纯情、羞涩、像女学生似的"。然而,在凯瑟琳·曼斯菲尔德因意外而骤然离世后,弗吉尼亚亟须另一位女性来充当自己的文学传声筒,她曾与凯瑟琳建立了一种"神奇的绝对理解"的关系。

> 我想,一个女人像我一样关心写作实属难得,这足以让我感受到一种最奇异的回响,仿佛我刚一开口,她脑中就传来回音。[8]

薇塔则处在另一种空窗期,她刚刚结束与明艳招摇的维奥莱特·特莱弗斯持久而激烈的恋情。这段恋情包含多次私奔和数次变装,催生了两部小说,并在她们各自的婚姻中幸存了下来。直到1921年,丹尼斯·特莱弗斯和哈罗德·尼科尔森飞往亚眠与两个私奔的女人当面对峙,两人的关系才终于结束。尽管薇塔还是继续与其他女人保持哈罗德称为"乱来"的关系,但写出更好的作品成了她最大的目标。她把弗吉尼亚视作一位品味绝佳的前辈。

关于生活、文学、爱情、性、友谊与家庭的书面和口头的对话,是两人关系最重要的组成部分。薇塔夸张而迷人的自白回应了弗吉尼亚本人与父母、手足相处中的难题,这令弗吉尼亚深深着迷。她很快把薇塔视作——

> 一位自诩的女同性恋者,而且很可能对我有意,埃舍尔·桑兹这么认为,尽管我已经一把年纪。造物主大概给了她格外敏锐的感官。作为一个势利之徒,我将她的激情回溯了五百年,直到它在我眼中变得浪漫,有如陈年的黄酒。[9]

弗吉尼亚越来越欣赏薇塔的美貌,为受她仰慕而感到荣幸,为她贵族式的漫不经心而倾倒。薇塔既激发了她智识上的兴趣,又触动了她的心弦,况且她一向愿意尝试新鲜事物,因此,她开始给这位新知己写暧昧的书信,并收到更加露骨的回信。这段关系徘徊在肉体关系的边缘,薇塔向哈罗德保证,这段"感情"即使在最热烈的时候也纯粹是"思想上、精神上……智力上的",因为她十分清楚弗吉尼亚脆弱的精神状况和她对性的紧张态度。[10]她们同床共枕过几次,不过这些经历只让弗吉尼亚更加坚信自己并不迷恋同性,而是"一个阉人……一个掩藏激情之火的人"[11]。肉欲的激情退去了,化作一段"拖鞋般温暖的友谊"[12]。

后来,两人渐行渐远。弗吉尼亚出于虚荣,不愿被视作薇塔那个同性恋小圈子中的一员。[13]然而,她们在超过十年的时间里一直保持着亲密而丰富的对话,两人都写出了各自最好的作品。

1926年,薇塔的长诗《土地》出版,诗歌赞颂了肯特郡荒原从古至今的四季美景。这部作品于1927年荣获著名的豪森登虚构文学奖。同年晚些时候，刚完成《到灯塔去》（1927）的弗吉尼亚在日记中写下这样的构思：

> 一部从16世纪初延续至今的传记，就叫《奥兰多》。薇塔，不过会从一种性别变为另一种性别。[⑭]

由此，这部被薇塔之子奈杰尔誉为"史上最绵长、动人的情书"的作品问世，弗吉尼亚在书中"研究薇塔，让她穿过世纪的长河，让她变换性别，与她玩耍，为她穿上皮草和蕾丝，戴上绿宝石，开她的玩笑，与她调情，为她戴上神秘的面纱，最后为她拍了张照片，让她带着狗出现在朗巴恩"[⑮]。

弗吉尼亚曾多次前往诺尔庄园拜访薇塔。第一次是在1924年7月5日，她在日记中记述了这次拜访，字里行间透出一种令人困惑不解的仰慕与社会主义者的愤愤不平：

> 这位大人居住在一颗巨大的坚果中央。你必须穿过绵延数千米的长廊，越过数不清的珍宝——莎士比亚说不定坐过的椅子、挂毯、绘画、对半劈开的栎木铺成的地板，才能来到一张光可鉴人的圆桌旁……一位贵族独自坐在桌前用餐……餐巾叠成莲花的形状。[⑯]

10月，她告诉薇塔自己打算创作《奥兰多》，讲述"一位贵族因热爱文学而饱尝痛苦"的故事，还说自己正在重读《诺尔庄园与萨克维尔家族》，又补充说（并把人与建筑混为一谈）："天哪，你肯定最能理解：你的头脑就是一座丰富而阴暗的阁楼。"她开始写作,整个过程出人意料地酣畅淋漓。奥兰多爱上的那位美丽却粗俗的莫斯科公主就是维奥莱特·特莱弗斯,野兔似的奥地利大公夫人哈利亚特就是薇塔的追求者——拉瑟勒公爵大人,风流倜傥的探险家马默杜克·邦斯洛普·谢尔默丁⑫就是哈罗德·尼科尔森。不过,那栋建筑依然是全书的支柱,奥兰多一次次回去寻求心灵的慰藉、汲取文学的灵感,正像薇塔那样。

> 门一关闭,在确信没人会来打扰后,他拿出一个旧笔记本,上面用男孩稚嫩的字体写着"大橡树——诗一首"。这本子是当年他偷了母亲的丝线缝在一起的。⑬

为强调《奥兰多》与大宅诺尔庄园的关联,小说的初版封面复制了一张都铎时代的贵族人像。这张照片当时收藏在沃辛美术馆,可惜这座美术馆在"二战"期间被炸毁。这部小说一经出版就大获成功,第一年就售出一万一千册。

《大橡树》是薇塔的获奖诗歌《大地》在小说中的化身。《大地》以文学的语言抒发了薇塔对大自然的热爱。

弗吉尼亚尚未完成《奥兰多》的最后一章,六十一岁的萨克维尔勋爵就猝然离世,薇塔不得不面对痛失童年家园与毕生梦想的命运。弗吉尼亚在一个暗示葬礼的章节中写下了一些安慰的话语:"风琴的低吟四处回荡。一副棺材被抬进小教堂。……峡谷中的某座教堂响起钟声。"随后,她写到,尽管还穿着马裤和皮夹克,却已变成女人的奥兰多牵着猎犬,大摇大摆地步入餐厅,接受满堂诗人的祝贺(这些诗人的画像当时就挂在诺尔庄园餐厅的墙上),祝贺她的《大橡树》荣获伯德特·库兹纪念奖,外加二百几尼⑩的奖金。她想借此告诉薇塔,诺尔庄园留给她的永恒遗产,就是它带给她的写作灵感。奥兰多在房子里四处走动,想象——

> 它们苏醒了,睁开眼睛,似乎她不在时,它们一直在打盹儿。她还想象,她看到它们千百次,但从未有一次看它们是相同的……

白天渐渐变成黑夜,她爬上老宅之上的山头,恰逢明月初升。

> 月光下,大地上耸起一座幻影般的古堡。那大宅巍然屹立,所有的窗户都沐浴在银光之中。没有城垣,没有实体。一切均为幻影,一切归于沉寂。沐浴在光亮之中的万物似乎都在等待一位逝去的女王的驾临。奥兰多俯视脚下,看到暗色的羽毛在庭院里飞舞,火炬闪烁着点点光亮,人影跪在地上。一位女王再度跨出銮舆。

奥兰多在山顶迎接这位女王。

"恭迎圣驾,夫人。"她喊道,深深地行了一个屈膝礼,"一切都没有变。我的父亲,逝去的勋爵,将为您引路。"⑳

午夜降临。奥兰多/薇塔谢幕,与谢尔默丁/哈罗德和一只巨大的野鹅消失在空中。这只野鹅的翎毛象征着文学的创造力。弗吉尼亚想借此告诉朋友,把握这份创造力比纠结于失落的过去更有价值。薇塔对《奥兰多》爱不释手。"你笔下的诺尔把我弄哭了,你这个坏人。"她这样写道。

受弗吉尼亚的影响,薇塔在《奥兰多》的激励下也开始创作自己的小说,讲述自己与诺尔庄园关系的变化。1930年出版的《爱德华七世时代》塑造了一位性格与薇塔本人如出一辙的继承人形象。他和他的妹妹被调皮地取名为西巴斯辛和薇奥拉(莎士比亚戏剧《第十二夜》中互换装束的兄妹)。小说中的故事始于维多利亚女王驾崩的1906年,《奥兰多》的故事也结束在这一年。小说的男主人公坐在自己继承的大宅雪芙隆府的屋顶上。这栋建筑显然就是薇塔童年时代的诺尔庄园。

> 他周围是绵延数公顷的红棕色屋顶,每座尖顶之下都端坐着石雕的纹章兽。在宽敞的庭院对面,塔顶上红蓝相间的旗帜无精打采地飘扬。他俯瞰下方的花园,看见母亲的宾客三三两两地聚在一片绿油油的草坪上,有人在树下闲坐,有人在四处走动。他能听见他们的笑声,还有球槌击球的声音。㉑

西巴斯辛的母亲罗摩拉·切恩并没像薇塔的母亲维多利亚那样被逐出诺尔庄园,而是作为雪芙隆府不可动摇的女主人登场,沉迷于奢华的晚会。西巴斯辛容忍了母亲的寻欢作乐,却感觉到自己身下的雪芙隆府——这个在漫长的岁月中一成不变的世界,具有"一种与母亲那个华丽而刺激的世界截然不同的活力"。

> 在这座偌大的房子里,每个人都辛勤地劳作。马倌在马厩里为马儿梳毛;"作坊"里的木匠用刨子刨出飞舞的木屑;玻璃工的金刚钻在玻璃上嗞嗞作响;锻造厂里,铁锤叮叮当当地锤打铁砧,风箱发出风一般的叹息。[22]

客人们离开后,他们中的一个异类留了下来,他是一位著名的探险家,名叫伦纳德·安克蒂尔,具有鲜明的无政府主义倾向(他的教名暗示他与伦纳德·伍尔夫和弗吉尼亚·伍尔夫夫妇观念相似)。他鼓动西巴斯辛打破传统早已为他指定的命运:住在一座"华丽的坟墓"里,待在"一个令人窒息的、美丽却致命的地方",它的暴政"披着爱的伪装",能让"灵魂枯萎"。西巴斯辛和妹妹薇奥拉带安克蒂尔秉烛游览雪芙隆府豪华的套间,这些房间如今已经很少使用。在摇曳不定的烛光中,这些古老的房间和室内的古董家具不再像博物馆的陈列品。面对这幅景象,安克蒂尔激动得难以自持(正像弗吉尼亚一样)。

> 烛光中的古老房间在他心底唤起一份柔情,换作白天,

他绝不会相信这种感觉。这些房间的美,那种他曾以为肤浅、表面的东西,现在却变得意味深长;它们从前曾感受过的某种实实在在的气息,更突出了这种美……矛盾的情绪撕扯着他;他决心克服这股魔力……这座睡美人城堡唯一的居民可以用针把自己从这场压倒性的梦境中扎醒。[23]

他告诫西巴斯辛,雪芙隆府这种"完善、气派"的老宅都已时日无多。这座房子正"自上而下地死去"。在阁楼上,它的骨骼已经"从血肉中抽离","银白的长廊让人联想到苍白的骸骨"。西巴斯辛很可能会把这栋房子和他高贵的姓氏带进坟墓,这些东西"被绑在他身上,像一只可怜的猫的尾巴上捆绑的锡罐"。

不过,西巴斯辛不久前刚迷上罗伊汉普顿夫人,她是他母亲的一位酷似吸血鬼的朋友。他在遭到拒绝之后对自己倍感厌恶,于是效仿祖辈的做法,回雪芙隆府寻求安慰。变化的迹象日益明显。首席木匠韦肯顿的儿子不愿随父亲进入雪芙隆府的木匠工厂工作,而是选择"做汽车生意"。正如《霍华德庄园》《了不起的盖茨比》甚至《奥兰多》写到的那样,汽车宣示着新时代的到来,破坏着家庭这个古老、封闭而安全的世界。西巴斯辛自己就"买了市面上最快的汽车,亲自驾驶"(薇塔本人也喜欢飙车)。在经历了一连串不如人意的恋情后,幻想破灭的他打算跟门当户对的爱丽丝订婚。她沉闷而平庸,却"对雪芙隆府有着深刻的理解"。此外,他还在最高形式的贵族仪式中扮演了自己的角色：在乔治五世的加冕典礼上捧着一块小小的王室徽章。

> 他历代的祖先全都冒了出来，像鬼魂一样站在他周围，对着他指指点点，说他已经无路可逃……他就像一枚棋子，身不由己地木然移向下一个预先指定的方格。[24]

在从威斯敏斯特修道院回来的路上，他看见了安克蒂尔，后者刚刚结束六年的域外漂泊回到国内，看上去"结实而健康"，并且"无比快乐"。安克蒂尔离开后一直在跟薇奥拉通信，打算再等三年，在下一次冒险结束时娶她为妻。他又提起自己多年前在雪芙隆府屋顶上发出的邀请：

> "跟我来吧，你会看到人生是一块难啃的硬骨头……回来之后，你会更能分清主次……你会把雪芙隆府管理得更好。"
>
> "好吧。"西巴斯辛说，"我跟你走。"[25]

《爱德华七世时代》就此结束。但二十五年后，我们又在薇塔的下一部小说《家族史》（1931）中窥见了作为次要人物登场的安克蒂尔、薇奥拉和西巴斯辛。安克蒂尔和薇奥拉此时完全就是伦纳德·伍尔夫和弗吉尼亚·伍尔夫（除了有两个孩子），成了社会主义者与和平主义者，在伦敦和志同道合的朋友过着一种"理智而透彻"的生活。西巴斯辛——"一个不快乐的人"，始终没有结婚。他每年有一半时间在雪芙隆府当他的好地主，另一半时间则远游海外。《爱德华七世时代》不但反映了薇塔对古老祖宅的热爱，还意味着她接受了这类老宅没落的事实。她的叔叔查尔斯·萨克维尔-韦斯特——诺尔庄园的继承者，也认同这种看法。1947年，他把诺尔庄园交给了国家信托基金会。

令人欣慰的是，薇塔在完成《爱德华七世时代》之后不久便找到了诺尔庄园的替代品，它就是西辛赫斯特府，一栋毁弃的伊丽莎白时代大宅。她跟哈罗德在1930年初买下了它。在之后的十年里，他们把这里打造成一个充满个性、朴实无华的家，家中摆满来自诺尔庄园的家具，包括她少女时代装习作的储藏柜。西辛赫斯特府里那座与肯特郡纯净的乡野浑然一体的花园、那间浪漫的塔楼书房，都成了薇塔的心爱之地。在弗吉尼亚中肯的建议和她丈夫坚定的支持下，薇塔过上了安定的生活。她曾在婚后不久告诉哈罗德，自己这一生有三样至爱，分别是诺尔庄园、写作和他——排序分先后。随着时间的推移，她告诉他，他占据了她心中最重要的位置。

纯粹的呓语

令人难以宽慰的农庄与斯黛拉·吉本斯

（1932）

在不祥的碗状天空下，一个男人正在农庄正下方的坡地上耕作，燧石在越发强烈的光线下闪耀着刺眼的白光……他时不时地……抬头看看那座蜷伏在瘦削的山肩上的农庄，某种类似占有欲的光在他那双呆滞的眼睛中闪烁起来。

我想我和奥斯丁小姐有很多共同点。她喜欢让周围的一切都井然有序、舒适宜人，我也一样。[①]

——斯黛拉·吉本斯，《令人难以宽慰的农庄》，1932年[②]

《令人难以宽慰的农庄》，或又可称《好女人的作用》，讲述了一个问题重重的农庄和一个不健全的家庭如何在一位年轻能干的天降奇兵的改造下，像灰姑娘一样脱胎换骨的故事。"让别的文人墨客去描写罪恶与不幸吧。"它的序言中写道。这句出自《曼斯菲尔德庄园》的引言可谓恰如其分。《令人难以宽慰的农庄》不仅是一部欢快的作品，更是一个让混乱家庭重现秩序的故事。芙洛拉·波斯特与范妮截然不同，不过两人都是故事的催化剂,都去到一处地方,然后改变了它的命运。《令人难以宽慰的农庄》与《七个尖角顶的宅第》也有相似之处,因为在故事开头,农场从头到脚都"恶意满盈"(它蜷在高大的摩克山下,像一头蓄势待发的野兽),最后却在一场欢快的婚礼中变得"喜气洋洋"。

斯黛拉·吉本斯(1902—1989)把小说设置在"不久的将来",那时可视电话已经问世,飞天出租车也十分普及。这部小说尖锐地戏仿了当时盛行的,以玛丽·韦伯和希拉·凯-史密斯为代表的"土地与私生子"地域小说,以及D.H.劳伦斯对封建时代的迷恋(借麦八阁先生之口,他是一位经过喜剧夸张的布鲁姆斯伯里知识分子[3])。故事从一开始便直奔主题,毫不拖泥带水。芙洛拉·波斯特在二十岁这年成为孤儿,从父母那里继承的唯一遗产是"父亲坚定的意志和母亲纤细的脚踝",她决定投靠亲戚,同时为自己的小说收集素材,她向自己的城里朋友斯迈令夫人坦言:

> 等我找到一个愿意接纳我的亲戚时,我就会着手改造他或她,改变他或她的性格及生活方式,以此来适应我自己的品位。然后,等我满意了,我就结婚。[4]

她选择投奔父亲的表亲斯塔卡德一家,跟他们一起在苏塞克斯郡腹地生活,因为她经不住他们家地址的诱惑(苏塞克斯郡,嚎叫村,令人难以宽慰的农庄),也难以抗拒朱迪丝·斯塔卡德在来信中阴沉的威胁("孩子,孩子,如果你来到这座注定要毁灭的房子,什么才能拯救你?")。一见到这栋房子,她顿时有种希望成真的感觉,它的"天窗与窗棂"都焕发着"懒洋洋的、动物般的光泽"。这栋建筑在每个时期经历的变化都"像鬼魂一样嵌在砖瓦和岩石中……是一段无声的历史"。长达三页的房屋布局描写很快变得荒诞不经。"农庄的前门正对着一片完全没法接近的耕地,耕地位于农舍后头","一条长长的走廊从房子的二层穿过,然后戛然而止,人是根本进不了阁楼的。这一切都很尴尬"。

随后,吉本斯把注意力转向农场萧索的环境和矛盾重重的居民,深思熟虑地用星号和旅行指南式的语言为读者标示出精彩的段落,因为他们很可能"分不清某句话究竟是文学还是纯粹的呓语":

> 冬日里的太阳渐渐下沉,犹如一颗黄褐色的柠檬,跳动在摩克山的唇边……他巨大的身躯如被狂风折磨的荆棘般粗野,在落日微薄而柔和的火焰上投下影子,显得黑乎乎的……高处,一些白垩色的云在苍白的天空中飘动,天空弯弯曲曲地勾出了丘陵的轮廓,像一个倒置的、巨大的香槟壶。嚎叫村则形似一头精疲力竭的畜生,蜷缩在山谷中。结了霜的屋顶像花椰菜的叶子一般又脆又紫,又如同即将迎接春天的野兽。[5]

这座偏远的苏塞克斯农场的归属问题是小说的核心。这个家族的座右铭——"令人难以宽慰的农庄里永远有斯塔卡德一家",像钟声一样不断回荡。但这个"斯塔卡德一家"指的是谁？终日待在自己五脏俱全的卧室,从那儿统治这个家的是艾达·杜姆姑妈,她靠肥沃的土地维生,下达神谕般的指示,只在节假日下楼。她的子孙后代在楼下吵得不可开交,他们是：阿莫斯和妻子朱迪丝、鲁本（也就是前文那位犁地的农夫）、阿莫斯的孩子塞斯和埃尔芬、阿莫斯的两位异父兄弟（卢克和马克），外加五位表亲（米迦、乌尔克、艾泽拉、卡拉维和哈尔卡维）。四名雇工和几位饱受欺凌的女性农民不时冒出来,以宿命般的口吻重申这栋房子受了诅咒。他们中最值得一提的是老牧羊人亚当·莱姆布莱斯,他十分疼爱"像沼泽里的小老虎一样野的小埃尔芬"和雇来的女仆梅里亚姆·比特尔。她常常成为塞斯那些"不正经"行为的受害者,并以同样高的频率在"荨麻弗里奇牧场那间可怜的小屋里"分娩,在那儿"孕育她令人羞耻的果实"。

就这样,芙洛拉全身心地投入了乡村生活。她给斯迈令夫人发去一封简短的电报（"最可怕的事成真了亲爱的塞斯和鲁本寄些橡胶靴"[⑥]）,开始面对自己艰巨的任务。那座破败不堪的花园"遍布着锦葵、狗屎和油菜"；牛棚里,"没礼貌""没意义""没出息"和"没目的"轮流等待着被人挤奶；在那个"黏糊糊、黑漆漆"的牛棚里,公牛"大生意"在"痛苦的咆哮"中醒来,开始新的一天；在脏兮兮的厨房里,一锅"粗糙的稠粥"在沉闷的炉火上沸腾,"发出不祥的、不怀好意的声音"：

它很可能被赋予了生命，所以在动作上与上方跳动的人类激情保持了出奇一致的节奏。⑦

这份激情属于朱迪丝，她瞪着"被囚禁的眼镜王蛇般的眼睛"对自己淫荡的儿子塞斯大声咆哮，后者那傲人的腹肌"一起一伏，大致应和着稠粥的节奏"；这份激情也属于阿莫斯，他是个狂热的福音派教徒，用"红色的大坑里燃烧着上帝永恒的怒火，散发着刺鼻的臭味"吓唬大家；这份激情也属于埃尔芬，她"像翠鸟一样飞快地穿过厨房，绿色的裙子和飞扬的金发闪着微光"；这份激情还属于招风耳乌尔克，他是个"满面红光的坚强男人"，对埃尔芬一往情深，会爬到她窗外的苹果树上看着她入睡。

芙洛拉以精明的眼光估量各位乡下亲戚的潜能，并设法帮他们实现潜能。阿莫斯在她的启发下萌生了驾着一辆福特货车周游世界的想法，好把罪人们吓得纷纷忏悔。他打算把农场留给鲁本，后者会把这里管理得很好。她请来一位好莱坞制片人，让他签下了忧郁俊美、痴迷电影的塞斯。神经兮兮的埃尔芬终日在荒原上游荡，就像现代版的凯茜·恩萧，希望引起当地的年轻乡绅理查德·霍克·莫尼特尔的注意。芙洛拉把《时尚》杂志和《劝导》推荐给她，告诫她不要吟诗，给她剪了个时髦的发型，让她穿着一身时尚的极简风礼服出现在理查德的成年舞会上。等到舞会结束时，她已经跟他订了婚。

艾达姑妈被巴黎美丽华酒店的简介深深吸引，把年逾古稀的迷人女演员范妮·沃尔德奉为令人心动的榜样,这位女演员"看上去比实际年龄年轻得多"。在故事精彩的高潮,她放弃了对家人的铁腕统治,不再执迷于她曾在小木屋里看见的恶心事,花去自己精心积攒的财富,穿上优雅的黑色皮革飞行装飞上天空,去法国开始了奢华的新生活。表姐朱迪丝把对儿子塞斯病态的依恋转移到一位令人神魂颠倒的伦敦心理医生身上。"大生意"自由了,梅里亚姆学会了节育,跟乌尔克搬进了一栋名叫"白维斯"的现代化别墅。亚当·莱姆布莱斯得到一份工作,带着他自己那群奇形怪状却备受珍爱的牛成为霍克·莫尼特尔家的牧牛人。

令人难以宽慰的农庄摇身一变,成了乡间的天堂。埃尔芬和理查德在这里举行了婚礼。

> 农庄看上去多么快乐和欢愉啊,阳光下的遮阳棚都是勇敢的白色和深红色,从敞开的门看去,花环和牡丹如同粉色的云霞,在漆黑的厨房里熠熠生辉。⑧

斯塔卡德一家有生以来第一次"尽情享乐,开心地玩耍,

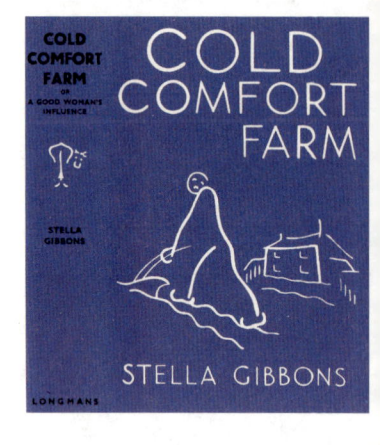

这幅标志性的封面图画展现了鲁本·斯塔卡德在尖牙般的燧石中耕作的情景,简洁地传达出斯黛拉·吉本斯在讽刺巨著《令人难以宽慰的农庄》中营造的氛围。点缀书脊的图案是"大生意"的臀部。

并且以普通人的方式拥有这一切。他们拥有这一切,并不是因为他们强暴了某人,或是殴打了某人,或是具有宗教狂热,或是由于阴郁、世俗的骄傲而注定保持沉默"。

那么芙洛拉自己呢?她巧妙地让满脑子都是"性"的麦八阁先生转而爱上了另一位女仆伦内特,又礼貌地拒绝了鲁本感伤的求婚,继而吸引到一位远比这些候选人更有资格赢得她的远亲——她的二表哥查尔斯,他乘着那架名叫"超速警察2号"的双翼贝利莎蝙蝠飞机从天而降,两人从此上了幸福的生活。这个结局就像是直接从某一部地方性浪漫小说中照搬过来的。

> 她向上瞥了一眼仲夏夜温柔的蓝色苍穹,在它那庄严的深处,没有一朵云彩笼罩。明天又将是美好的一天。①

芙洛拉·波斯特是作者本人经过回忆美化的理想形象。斯黛拉是家中唯一理智、沉稳的成员,她家的喧闹程度不亚于斯塔卡德家族。她熟悉男人的咆哮和怒吼(她的祖父和父亲都是酒鬼,脾气很糟,尽管他们都是受人尊敬的专业人士,分别是工程师和医生),也熟悉女人的颤抖和歇斯底里(她的家庭教师常常被父亲引诱),身边还有一大群装腔作势、总爱多管闲事的叔伯婶母。她与两个兄弟生活在肯特镇,那里当时是伦敦一处破落的城区,他们的父亲就在那里给人开刀。他也像罗伯特·波斯特一样,是个"重视体育、轻视艺术的大个子男人",1926年去世时,也像罗伯特·波斯特一样,"没太让孩子们难过"。然而,就在同一年,母亲的去世却令她悲痛欲绝:母亲在混乱中为子女带去源源不断的爱,把斯黛拉送进北伦敦学院。学校建议她选修伦敦大学学院为归国军人设立的一门为期两年的新闻课程。她在英国联合出版社当了一段时间无线电破译员,随后先是进入《伦敦标准晚报》,继而又进入《女士》杂志,把这份刊物的读书版面打造成阅读眼光一流的书评的好去处。

1928年,当时她还在《伦敦标准晚报》工作,首相斯坦利·鲍德温在皇家文学协会做了一场纪念玛丽·韦伯的演讲。这位作家于一年前去世,在T.S.艾略特、弗吉尼亚·伍尔夫、多萝西·理查森等作家将文学推向现代主义之后,她的小说已不再流行。缅怀乡村生活的时机已到。鲍德温的溢美之词让读者记起阅读地方性小说带来的快感,而韦伯的小说,尤其是《谪仙记》(1917),也因此风靡一时。在哈罗德·曼诺德作品《愉悦的痛苦》(1930)中,乡土文学的荒谬、怪诞达到顶峰。这部小说以一座名叫"荒原之刺"的村庄为背景,出现了米迦、利百加这种以圣经人物命名的角色,在强悍的莱娜以"折断祸根"制服意欲强奸的反派时达到高潮。吉本斯在《女士》上为它写过书评,这两段

身为记者的斯黛拉·吉本斯在三十岁时首次尝试小说创作,便即大获成功。只可惜,《令人难以宽慰的农庄》的盛名掩盖了她日后创作的许多小说。

引文可以证明她在创作《令人难以宽慰的农庄》时曾参考过这部小说:

> 西面,几片相同形状的云彩低低地聚集,像口渴的牲口那样三三两两地挨在一起,面朝井口般的太阳……
>
> 小雏菊的气味浓烈地袭来,那酸臭的气息恍如纵欲后呼吸的那种气味[⑩]。

不过,在创作《令人难以宽慰的农庄》的过程中,吉本斯参考最多的还是玛丽·韦伯的小说。[⑪]韦伯的《谪仙记》押头韵的第一句话中那一连串F["一小片漫无目的(feckless)的云彩匆匆掠过宁静无垠的天空,无人驱赶、无精打采(futile)、难以捉摸,被群山尖利的牙齿(fangs)撕成碎片(fragments),就这样结束了它们短暂的冒险,它们转瞬即逝的(fugitive)生命没留下任何痕迹,只留下几滴眼泪。"[⑫]]也体现在《令人难以宽慰的农庄》中,如"燧石撕碎的田野"(fields fanged with flints),以及一头名叫"没目的"(feckless)的奶牛。《谪仙记》中那栋建筑更加宏伟,但它拟人化的程度丝毫不亚于《令人难以宽慰的农庄》。

> 楼下的大厅有许多镶嵌着小块玻璃的窗户,它们都郁郁寡欢地朝向北方。权力和魔法在这里都不起作用……大门安了半扇玻璃,从外面能看见一盏烛光在屋里游荡,看上去凄凉得难以言喻,宛如一只想从氯仿盒里逃出去的萤

纯粹的呓语

火虫，又像凡人在摸索通往天堂的路。[13]

韦伯在《多莫森林里的房子》(1920)中塑造了"猫头鹰谷"这座建筑，它"散发着邪恶的气息，如同一位迟暮之年的统治者，岁月削弱了他的力量，却没有削弱他独揽大权的野心"，它独特的个性就像"一个阴魂不散的恶魔，盘绕在屋脊之上"。

《令人难以宽慰的农庄》在英、美两国都大受好评。《笨拙》杂志称赞吉本斯以"魔鬼的技巧"嘲讽了"那种粗俗而煽情的流行小说"，这类小说的作者"在伤感的土壤中扎根得如此之深，以至于脑中只有忧伤与生儿育女这类不可避免的事"。"这是本季最精彩的讽刺小说，"M.E.哈丁在《星期六文学评论》上写道，"堪称一部杰作，而且是十年一见的那种。它惊人地有趣，充满愤怒，而且是必要的写作。买下它，好好珍藏吧。"

这部处女作显赫的声誉，让人容易忘记吉本斯此后还创作了另外二十五部小说，此外，她还出版过诗歌、童书和一些短篇小说。她的最后一部小说——《冬日树林》，于1970年出版。吉本斯为人谦逊、内敛，对名流唯恐避之不及，从不寻求媒体关注。在这方面，她效仿了自己文学上的启蒙作家简·奥斯丁。斯黛拉·吉本斯对奥斯丁推崇备至，能将她的作品倒背如流，好几部小说的题词都引自她的小说。芙洛拉最初对令人难以宽慰的农庄的想象，呼应了凯瑟琳·莫兰德对诺桑觉寺的哥特式幻想。她向斯麦林夫人坦言："嗯，等我五十三岁左右的时候，我想写一部和《劝导》一样好的小说，当然，背景会设定在现代。"当她不知该拿艾达·杜姆姑妈怎么办时，她会"翻开《曼斯菲尔德庄园》提振精神"。最后，在小说结尾处，吉本斯向《爱玛》致意，在芙洛拉让艾达姑妈前往巴黎时，戏仿了《爱玛》卷首第一句话，"强调在这个世界上，一位漂亮、明智、拥有健全体质和坚定意志的幸运老太太，能过上多么愉快的生活"[13]。

奥斯丁始终是吉本斯的指路明灯，贯穿她的整个文学生涯。不过，简关注士绅阶层，斯黛拉则格外关注下层阶级。她的故事背景总是很能说明问题。在她最引以为傲的小说《韦斯特伍德》（1964）中，她抨击了汉普斯特德[15]的文人雅士：

> 每栋房屋都像半高不矮的侏儒设计的。到处是塔楼、尖顶、装饰线、灯笼、老虎窗和铅框窗格，天使的雕像、鲜艳的花砖、横开的窗户也随处可见，看来这些侏儒兼顾了伪都铎风格和鲁琴斯式的实用主义。[16]

她不断在作品中书写混乱的家庭、女性间持久而相互支持的友谊。她笔下的结局往往令人不安，与其说浪漫，不如说无奈。她在后来的作品中依然不忘讽刺各个文学流派：《巴塞特》（1946）讽刺了战后盛行的那种乡村探险小说。吉本斯在1950年入选英国皇家文学学会，1954年受马尔科姆·穆格里奇邀请定期为《笨拙》杂志撰文，这些荣誉，都反映了她在当代的崇高声望。

1940年,她借一篇令人捧腹的短篇小说《在令人难以宽慰的农庄过圣诞》重返令人难以宽慰的农庄,讲述了芙洛拉到来之前的故事。这座农庄后来又出现在长篇小说《令人难以宽慰的农庄大会》(1949)中,这部生动活泼的续篇值得被更多人知晓。它抨击了国家信托基金会,极有先见之明。当时,这个机构正逐步从保护土地转向收购房屋,以此抵偿遗产税。她几乎不加掩饰地将它化名为"纺织工的奇想信托基金会",描写它接管了农庄,把它变成了一场异想天开、离奇古怪的噩梦。

> 那种经常出现在农庄里的老爷钟在房间各处嘀嗒作响……威尔士碗柜里装满农家陶器。在小洗涤室,十五把镰刀在水槽上方排成一个半圆。无论是大壁炉,还是各个小壁炉周围,都散落着黄铜马饰。[⑪]

除此之外,它还讽刺了"二战"后那场妄图拯救世界的会议(她借机复活了麦八阁先生,安排他组织——或是阻止——这场会议),也嘲讽了当代作家、艺术家和雕塑家装腔作势的姿态。芙洛拉认定她1932年完成的改造必须推倒重来,于是从南非请回斯塔卡德家族那群顽固不化的男人,吩咐他们把农庄里雅致考究的饰品统统扔掉。"大生意"坐上滑翔机,被他们挂在机尾运回家中。

1978年,《令人难以宽慰的农庄》成为学校指定的阅读材料,2001年入选高中教学大纲。它在当今"一百部最佳英文小说"榜单上依然名列前茅。喜爱它的人数不胜数,利比·珀夫就是其中之一，1981年，他曾在第四电台采访过吉本斯。谈到自己这部著名的讽刺小说时，吉本斯说：

> 我想我无意中为大家提供了一件武器，有了它，人们就可以对抗煽情、对抗那种过度强调混乱与不和谐的创作，尤其是对抗那些喜欢这类作品的人。我觉得这本书能让他们学会对这类东西一笑置之，不至于被它们伤害。

如今，斯黛拉其他作品精妙的文笔与社会影响得到了学者的认可，其中不少都已再版。[18]她憎恨教条主义，而且正如她的侄子雷吉·奥利弗在《出木屋记》(1998)中所言，"她是个矛盾的综合体，正像一切有趣的人一样"。

秘密之宅

曼陀丽与达芙妮·杜穆里埃

（1938）

自那天起，这栋房子就始终萦绕在我心头，甚至在我与爱人相拥时也不例外。

——达芙妮·杜穆里埃，《蝴蝶梦笔记》，1981年[1]

《蝴蝶梦》的主要角色是两个女人、一个男人和一栋房子。正如希区柯克曾指出的那样，在这四者当中，曼陀丽，也就是那栋房子，占据着主导地位。

——萨莉·博曼，2002年[2]

达芙妮·杜穆里埃（1907—1989）是一位著名艺术家的孙女、一位知名演员的女儿，[3]然而从长远来看，她的声誉超越了两位长辈。她最负盛名的作品是令人毛骨悚然的惊悚小说《蝴蝶梦》（1938），在这部小说中，位于康沃尔的大宅曼陀丽先是作为不祥之物登场，最后又被摧毁。讽刺的是，它的原型——位于福伊以西几千米处格里本半岛上的曼纳比利庄园——在《蝴蝶梦》完稿十一年后成为杜穆里埃生平最喜爱的住宅。曼纳比利兴建于伊丽莎白时代,自那时起就是拉什利家族的主宅,它在乔治王时代得到重修,正面增添了六间耳房,中央还新辟了一处庭院。到了19世纪,当时的庄园主人乔纳森·拉什利(1820—1905)在庄园广阔的领地上遍栽树木,种下松树、雪松、桉树和山毛榉,还引入了杜鹃和竹子。达芙妮在1929年发现它时,这里已封闭荒废了近三十年之久,她从宅子那片位于普里德茅斯湾的海滩走进来,穿越了当时已枝蔓丛生的树林。她是从福伊划船过来的,她常常从伦敦喧嚣的生活中抽身来这里散心,或是从费里赛德的家族度假屋来这里躲避专横的父亲。

她初见曼纳比利时就把它想象成一个人,而不仅是一栋房子。

> 这栋房子也在沉睡,就像这世界一样……曼纳比利还会继续沉睡,像童话中的睡美人,直到有人来把她唤醒。
>
> 有好一阵子,我沉默地注视着它……感觉她仿佛沐浴在一个诡异的谜团中。她保守着秘密——不是一个两个秘密,而是数不清的秘密——不让大多数人知道,却愿意向真正了解她的人敞开心扉。[4]

她最喜欢它隐蔽的位置和它与世隔绝的状态。她申请并获准在庄园的地界上活动,在超过十年的时间里,她只是从海滩走过来看一看它,偶尔擅自闯入它破败不堪、蛛网密布的房间。室内颓败的景象为她带来了灵感,启发她在1932年创作了恐怖故事《幸福谷》。这是一个关于时光穿梭的故事。一个女人来这里度蜜月,在散步时发现了这栋房子,透过窗户看到十年后的丈夫佝偻着身体,神色悲伤。随后,她被一个小男孩领去看自己未来的坟墓,发现这孩子就是他们尚未出生的儿子。

传言众说纷纭,有人认为曼纳比利当时的主人约翰·拉什利之所以将它弃置,很可能是因为父母双亡的他曾在这里跟随监护人度过了悲惨的童年,要么就是曾撞见妻子在这里与情人缠绵。⑤曼纳比利化身为曼陀丽庄园,这栋房子就像它的前任女主人吕蓓卡一样,美丽绝伦而又背信弃义。这个因游艇事故而消失在海上的女人是马克西姆·德温特的第一任妻子,德温特家族已经在这里居住了几个世纪,正像拉什利家族几个世纪以来都居住在曼纳比利一样。房子阴沉的形象是逐步建立的,一开始是充满诱惑的侧面描写,犹如预示风暴的雨滴。曼陀丽是那种能登上明信片的名宅,书中那位没有名字的女主角想起自己小时候去康沃尔度假时就买过一张它的明信片。她如今陪伴在一位富婆身侧,饱受欺凌,在蒙特卡洛遇见了丧妻的马克西姆。她与他驾车逃离蒙特卡洛,听他深情地讲述曼陀丽的花园与树林。在一番令人目眩的追求之后,他们结为夫妇,去瑞士度了个美好的蜜月,然后回到曼陀丽庄园。当汽车驶上庄园蜿蜒曲折的长长车道,她的乐观情绪开始消散,那车道"在向前蜿蜒伸展,就像被施了什么魔法的一根缎带"。他们穿过一条由血红杜鹃连成的隧道,"看不见叶子,也看不见枝干,只有一片象征着杀戮的血红色,艳丽而梦幻……它们像怪物似的冲天而起,像军队一样彼此簇拥,这太美了,我想,太浓烈了"。

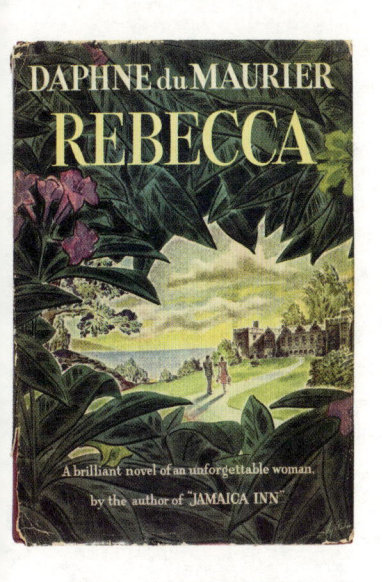

达芙妮·杜穆里埃黑暗的惊悚小说《蝴蝶梦》的一幅早期封面展现了曼陀丽这栋邪恶大宅明亮的一面。这幅画的背景是福伊附近的康沃尔海岸。

她发现房屋本身"优雅美丽、精致而无懈可击，比我想象的还要美"。然而，望着画廊"石筑的大厅，几扇气派不凡的门打开着，通往隔壁的藏书室，大厅墙上挂着彼得·莱利和范戴克的作品，精致豪华的楼梯通向吟游诗人画廊"，她立刻意识到这里不适合自己这样一个"瘦小孱弱、窘态毕露的人，（我）还穿着我那身紧身衣"。仆人们聚在一起迎接她，更让她感到畏惧，"一大群人张大着嘴，露出好奇的神情，盯着我看，就像围着断头台看好戏的观众，而我则像双手反绑着等待处决的犯人"。仆人中为首的是阴郁的丹弗斯太太，吕蓓卡从前的奶妈，如今是一位精明强干的管家，下定决心要打击马克西姆新娶的这位脆弱的少女。丹弗斯太太崇拜吕蓓卡，曾是她最亲密的知己。如今，她想方设法营造一种感觉，仿佛那个死去的女人依然不可思议地活着。丹弗斯太太本身就给人一种活死人的感觉：杜穆里埃至少八次提到她那张"骷髅脸"，博曼说她"就是这栋房子可怖的灵魂"[6]。

秘密之宅　193

第一人称叙事强化了女主人公失真的视角。她在藏书室中找到了些许安慰，在那里满怀憧憬地幻想自己与麦克斯⑦一起慢慢变老，看着孩子们在面前跑来跑去，然而这所房子庞大的规模却让她灰心丧气、寂寞难耐。

> 这会儿，大厅里人已走光，显得特别空阔。我的脚步落在石板上，回声直冲屋顶。这种声音弄得我很心虚，就像人们在教堂里走路，非常不自在，非常拘束。⑧

毫无安全感的她不断在曼陀丽迷宫般的走廊上迷失方向，被吕蓓卡无处不在的个性痕迹侵扰：她的日常工作、她用过的花瓶、她书桌里的文具、她雨衣口袋里那张手帕上的气味。即使在藏书室，女主人公也会"打起寒战，仿佛有人打开了我身后的门，放进一阵穿堂风"，她意识到：

> 我是坐在吕蓓卡的椅子上，斜靠着吕蓓卡的椅垫。长耳狗跑来把头搁在我膝盖上，因为这是它的老习惯，它还记得过去就在这个地方，她曾给它吃糖。⑨

房子里还留存着前任女主人的气息，是她安置了这里华美的家具，打造了绝美的花园。气味，尤其是花香，有力地昭示着吕蓓卡的存在。

马克西姆体贴地打开并重装了宅中宁静的东厢房，但他那位想象力过于丰富的新娘却忍不住要去西厢房探索吕蓓卡曾经的领地。她发现吕蓓卡的卧室，也是全屋上下最好的一个房间，依然原封未动，还保持着吕蓓卡生前的原样：梳妆台上放着她的发刷，衣橱里挂着她的衣服。女主人公在床前那只刻着姓名首字母的睡衣箱里摸索，发现带折痕的睡衣上还残留着吕蓓卡令人难忘的余香。丹弗斯太太撞见她在那里，显得"得意扬扬、幸灾乐祸，神气之中夹杂着一种奇怪的病态激动"，怂恿她"拿起来摸摸看"。

> 质地多轻、多软，是不是？上回她穿过以后我一直没洗。我把睡衣，还有晨衣、拖鞋就这样摆着，全都照那天晚上等她回来时候的原样摆着。那天晚上她再没回来，淹死了。⑩

第二任德温特夫人以为人人都爱慕吕蓓卡，包括马克西姆在内。她不敢插手家中的任何事务，还设法避开访客，她总是不在房子里，仆人们也总是找不到她。"我是个闯入者，徘徊在陌生的房间，坐在不属于自己的椅子上。"

在这座"隐蔽而宁谧"的房屋外，领地与大海也像有生命似的。女主人公梦见"榉树伸开赤裸的白色肢体，相互紧紧依偎，枝条交叉错杂，形成奇特的拥抱"；"低矮的橡树和翘曲的榆树"同它们"盘根错节地纠结在一起"；"节瘤毕露的根部"就像"骷髅的魔爪"；"一棵赤裸的桉树被黑莓灌木死死缠住，白得像漂洗过的骸骨"；绣球花失控地疯长，已经"成了野生植物，枝干高得出奇，却开不出一朵花来，又黑又丑"。

秘密之宅　195

杜鹃竟高达十几米，它们与羊齿蕨绞曲缠绕在一起，还和一大簇无名的灌木胡乱交配……一棵紫丁香与铜榉长到一块儿去了，而那永远与优雅为敌的常春藤，还恶毒地伸出弯曲的蔓须，把这对伙伴更紧地卷绕起来，使它们沦为俘虏。⑪

大海"不断悲鸣"，它那"短促的旋律侵扰着人的神经"。这位新娘凝望海面时，海水的颜色突然改变，"顿时变得黝黯，阵阵白浪也狂暴地奔腾起来，不再像我刚才看见的那种欢快闪光的样子"。

在全书的高潮，曼陀丽、吕蓓卡和丹弗斯太太全都联合起来对付这位倒霉的女主人公。一场盛装舞会以她的名义举办。在庄园上下精心准备晚会时——

> 这栋房子原先严峻、沉寂的气氛已荡然无存。曼陀丽以一种不可思议的神秘方式苏醒过来，不再是我熟悉的那座静谧、萧瑟的古宅。此刻，它显示出某种前所未有的深刻含义，一种无拘无束、扬扬自得、赏心悦目的气氛。整栋屋子令人回忆起消逝已久的往昔年华，那时候，这座大厅就是宴会厅，墙上挂满兵器和缀锦花毯，武士们坐在大厅中央的狭长餐桌旁，发出豪爽的笑声……⑫

她上了丹弗斯太太的当，照着画廊里那幅马克西姆祖先卡罗琳·德温特的画像定做了一套礼服，结果与这栋宅子和吕蓓卡合而为一，因为在曼陀丽举办的上一场舞会上，吕蓓卡穿的正是这样一套礼服。女主人公站在楼梯顶端，心怦怦直跳，心情激动而骄傲，但迎接她的却是可怕的沉默。马克西姆生硬地命令她在客人抵达前换掉这身衣服。她伤心欲绝，跑回自己房间，"像中了邪一样痴呆"，却看见丹弗斯太太站在西厢房敞开的门前，"令人不胜憎恶，扬扬自得。那是一张欣喜若狂的魔鬼的脸"。女主人公换了一身衣裙，竭力掩饰心情、强装镇定，感觉自己就像"一具借托我这形体的泥塑木雕……一具钉上了笑脸的木头架子"。她对新家最初的迷恋被它邪恶的魔法抹去了。

> 焰火筒像离弦的箭，接二连三地蹿入空中。夜空金紫交辉，一片光华。曼陀丽像魔屋似的巍然屹立着，每扇窗子都在闪闪发光，四周的灰墙也被五颜六色的礼花抹上一层华彩。这是一所着了魔的大宅，鹤立鸡群般挺立在黑黝黝的树林的环抱之中。[13]

黎明时分，薄雾降下，女主人公陷入命运的低谷。她头晕目眩，在丹弗斯太太的引诱下，差点从吕蓓卡房间的窗口跳下去。但一声警笛打破了曼陀丽邪恶的魔咒，海上有船沉没。随后，一名打捞沉船的潜水员发现了吕蓓卡失踪的小艇——紧闭的船舱里有她的尸体。马克西姆向女主人公坦白自己因被吕蓓卡激怒而将她杀死。这时，他年轻的妻子更多是欣喜而非震惊。她感觉——

> 吕蓓卡的魔力,就像一团轻淡的雾霭,突然烟消云散,化为乌有。从此,她再也不能附在我身上作祟了……⑭
>
> ……
>
> 尘归尘,土归土。我觉得这下子吕蓓卡再也不是一个血肉俱备的真人,当她的尸骸在船舱被人发现,吕蓓卡就化作了尘灰。⑮

从此,她开始敢于反抗丹弗斯太太。房子也逐渐淡出了小说的叙述。然而,在马克西姆勉强逃脱谋杀指控时,读者能觉察到曼陀丽正不怀好意地等在前方。

终于,它最后一次惊心动魄的出场,成为吕蓓卡本人的化身。她最爱的颜色是红色,她因马克西姆而流尽鲜血。马克西姆逃过起诉后,他们连夜从伦敦驱车回家,登上一座山顶。

> 通往曼陀丽的大路展现在我们眼前。今夜没有月光。我们头顶上的夜空漆黑一片,可是贴近地平线那儿的天幕却全然不是这样。那儿一片猩红,就像鲜血在四下飞溅。火炭灰随着咸涩的海风朝我们这儿飘来。⑯

这并不是曼陀丽最终的结局。尽管庄园已毁,但"对曼陀丽的记忆……却无法抹去"。这部小说有个著名的开头,写女主人公梦回曼陀丽,发现它已是一片被焚毁的废墟。但它还是一如既往地充满敌意:

> 月光能给人造成奇异的幻觉，即使对梦中人也不例外。
> 我肃然站在宅子前，竟断定它不是一个空洞的躯壳，而像
> 过去那样是有生命的、在呼吸着的活物。[17]

《蝴蝶梦》是达芙妮·杜穆里埃最畅销的小说。它涉及好几个达芙妮深有感触的主题：嫉妒（她曾发现丈夫把那位品味非凡的前任未婚妻寄来的信件收在一只抽屉里）、排行中间的女儿所特有的匮乏感、男女之间不平等的关系（例如她曾目睹的父母间失衡的婚姻），还有最重要的地域性问题。她儿子基特曾指出，她对某些地方的感情比对人更深。阿尔弗雷德·希区柯克执导《蝴蝶梦》时曾公开表示，他认为建筑是这个故事中最主要的元素。这部电影也不断通过拍摄角度强调曼陀丽对女主人公的支配。拱形壁炉、大百叶窗和卡罗琳·德温特的肖像，让女主人公显得越发瘦弱、娇小。丹弗斯太太的形象在房屋细节的衬托下，总是显得比本人高大。

虚构的曼陀丽有着与曼纳比利相似的周边环境，但规模更大。杜穆里埃曾告诉马丁·肖克罗斯，她在描写曼陀丽的室内装饰、仆从规模和吕蓓卡的日常事务时，参考了她曾在童年时代多次造访的一座剑桥豪宅——弥尔顿庄园。位于汉普斯特德的远离尘嚣的大宅加农府有一架相当壮观的楼梯，达芙妮九岁时，她父母迁入此地。还有一个更具地方特色的影响或许来自特雷洛瓦伦，这里是她朋友维维安夫妇的家，无疑也是她下一部小说《法国人的小湾》（1941）中的故事背景。

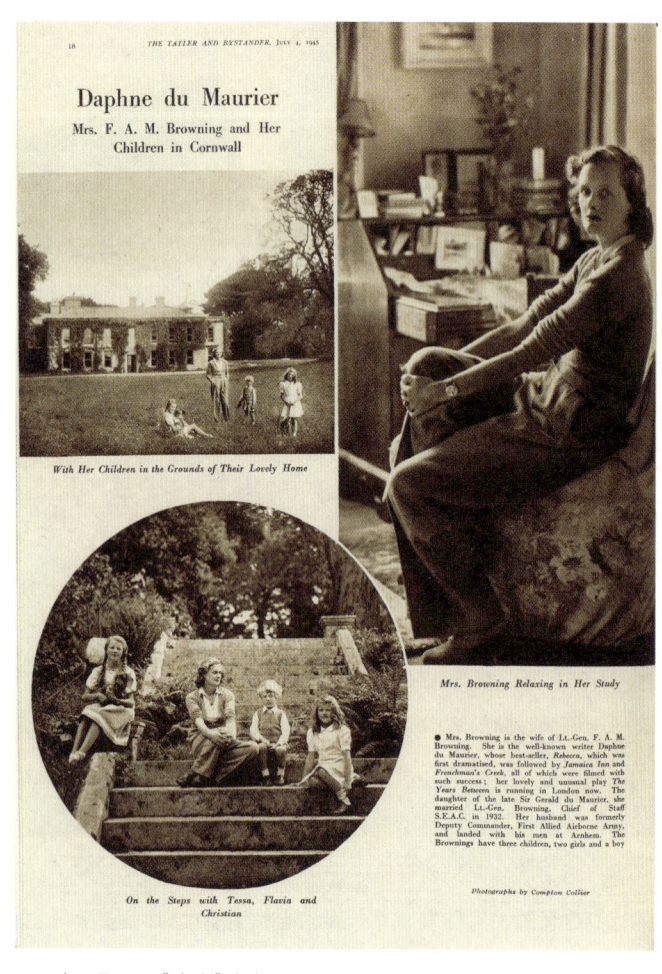

1954年7月4日，《尚流》杂志用一整版篇幅介绍了达芙妮·杜穆里埃浪漫的家园曼纳比利——格里本半岛上那座启发她写下《蝴蝶梦》的建筑。尽管在她创作期间，这栋房屋一直处于荒废、破败的状态，但她在五年后从屋主手中租下它，把它打造成自己和家人二十五年来挚爱的家园。

200　文学之家：那些被经典小说创造的传奇建筑

杜穆里埃始终对现实中的曼纳比利念念不忘。1943年，在初次见到它的十四年后，也是《蝴蝶梦》出版五年后，她梦想成真。拉什利夫妇把曼纳比利出租给她，与她签订了长期租赁合同。在二十五年的时间里，这里一直是她与亲人挚爱的家园。《征西大将军》创作于1945年，即他们迁入曼纳比利两年后，故事的发生地是内战时期的一座大宅。这部小说的灵感源自一间密室，据说，在维多利亚时代那次改建时，有人在这里发现了一具穿骑士服的尸体。1965年，杜穆里埃终于被迫离开曼纳比利庄园，迁往基尔马斯山，它位于几千米外的帕尔镇，靠近泰沃德雷思村。她依然为当地的历史着迷，以基尔马斯为背景写了一部时空穿梭小说《河滩上的宅第》[①]（1969），书名是康沃尔语中"泰沃德雷思"（Tywardreath）一词的字面翻译。她的最后一部小说《统治吧，不列颠》（1972）同样以基尔马斯为背景，书中那位祖母执拗而独立，酷似六十五岁的达芙妮本人，她策划了一场起义，反对美国占领不列颠。

我们不难看出杜穆里埃为何如此迷恋曼纳比利。即使漫步在福伊与格里本岬之间的海滨小径上，你也只能偶尔窥见它被浓密的树荫遮蔽的身影，但它自有一份独特的诱惑。这条小径蜿蜒经过一座小小的沙滩小屋，明眼人立刻就能认出那正是吕蓓卡与情人幽会的地方。主宅归私人所有，但庄园领地上的两座度假屋却可以对外出租。

虔信之家

布赖兹赫德庄园与伊夫林·沃

(1945)

他说出的那个名字,我再熟悉不过。那个名字好像拥有古老而神奇的魔力,人只要一听到它,往昔岁月就会涌上心头,如幽灵般让人魂牵梦萦。[①]

——伊夫林·沃,《故园风雨后》序幕,1945年

布赖兹赫德庄园就像济慈笔下的古瓮,又如同一位纯洁无瑕的新娘,因为它不仅是一件美丽绝伦的艺术品,还有着无比真挚的基督教信仰。

——罗德尼·德拉桑塔与马里奥·L.达方索,1965年[②]

《故园风雨后:查尔斯·赖德上尉神圣和渎神的回忆》创作于第二次世界大战结束前几个月,被大部分读者视作献给逝去时代的挽歌。伊夫林·沃本人在十五年后认可了这种说法:

在1944年春天,谁也不会想到今天人们竟如此迷恋英格兰的乡间宅第。在当时,那些古老的祖宅、我国的主要

艺术瑰宝就像十六世纪的修道院一样，仿佛注定倾颓毁败。于是，我不断地谈论它们，满怀真诚的热情。③

但这部小说还有个隐含的目的。这座处在"精致的人造景观"之中的帕拉第奥式大宅并不仅是问题重重的弗莱特家族的家宅。沃最早为这部小说起的标题是《虔信之家：一部神学小说》。在第一版小说的序言中，他宣称自己的"野心，或是极其不自量力"的目标，是"试着探寻神圣的目标如何作用于一个没有信仰的世界，追踪它在1923—1939年间的局势下，给一个半异教化的英国天主教家庭带来了怎样的影响"。这些，就是它那个几乎被遗忘的副标题所提到的"神圣和渎神的回忆"。

小说的创作背景是沃一生中最重要的经历：1930年，在第一次婚姻破裂一年后，他皈依了天主教信仰。"这本书是写上帝的。"④小说出版后不久，他在致南希·米特福德的信中写道。贯穿全书的布赖兹赫德庄园被塑造成一个分裂的王国，既是异教的桃花源，也是失落的伊甸园。象征天主教信仰的符号反复出现。这座建筑"横卧在酸橙树林之中，像欧洲蕨中的雌鹿"。鹿在基督教中象征虔诚。它巍峨的穹顶就像一顶神圣的帐篷，是罗马圣彼得大教堂的近亲，它高高的阁楼上端坐着把弗莱特家子女带大的无私保姆霍金斯，她手握念珠，壁炉台上摆着一幅表现圣心的石版画。露台上那座欢快的巴洛克式意大利喷泉"似乎总在吸引我们去那里享受舒适与凉爽"，它既喻示着洗礼，也有圣餐的含义。书中时常出现围绕这座喷泉展开的场景：查尔斯第一次来此长住时，喷泉在深蓝的天空下映着银白的月光，它还一次次出现在他的画笔下，又在茱莉亚为自己的罪恶感到绝望时再次被月光照亮。在后记中，它的干涸代表着布赖兹赫德庄园信仰的衰竭，不过后来我们得知事实并非如此。

礼拜堂是这座庄园的核心，它是玛奇曼夫人的丈夫在两人热恋时送给她的结婚礼物，因为"她让我的家族回归了祖先的信仰"。礼拜堂内的装潢表明玛奇曼大人很清楚妻子心仪的是媚俗的华美，而非伟大的艺术。

> 墙壁上画满穿印花棉罩衫的天使、蔓枝蔷薇，还有鲜花盛开的草地、活蹦乱跳的羔羊、用凯尔特文写成的经书，以及全副武装的圣者，它们清晰明快的色彩排成错综复杂的图形。用浅色橡木雕刻出的三联画有独特的质感，像是在黏土模子里做出来的。圣体灯和所有的金属家具都以青铜制成，表面是手工敲打出的点点铜绿。通往圣坛的台阶上铺着草绿色地毯，地毯上点缀着白色和金色雏菊。⑤

塞巴斯蒂安带赖德来这里参观时，后者哑口无言，只说出一句"天哪"。赖德照主人的样子用手指蘸蘸圣水钵中的圣水，行了跪拜礼，轻描淡写地把这番举动归结为"单纯的礼貌"。但这其实是一个前兆，预示着他有一天会诚心行礼。

在序幕中的1943年，"没有家、没有儿女，人到中年，连爱情也没有"的查尔斯·赖德上尉随部队转往威尔特郡的布赖兹赫德庄园。他二十出头时就熟悉这里的一草一木，又曾在三十

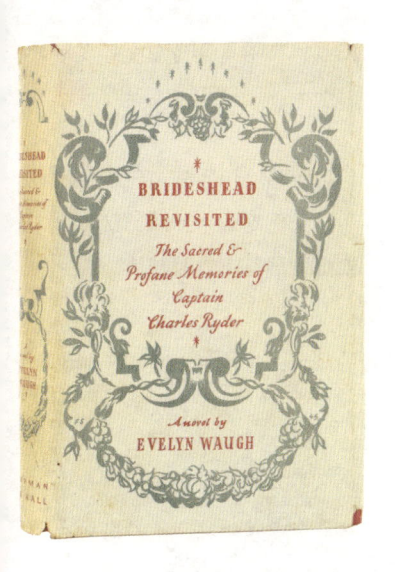

《故园风雨后》(1945)的初版带有一个优雅的洛可可风格防尘套，并打上了完整的标题，暗示这部小说正像他1945年1月在写给南希·米特福德的信中提到的那样，"是写上帝的"。

出头时回到这里。这所房子和其中那户人家曾帮他宣泄情感、净化心灵。如今，三十九岁的他开始对自己与他们的关系做漫长的回顾——这构成了全书的主要内容。他在1923年初到牛津时便认识了"令人神魂颠倒"的塞巴斯蒂安·弗莱特，他"有一种中性的美，那种美在极致的青春中高声歌唱爱情，可第一股寒风吹来，它便凋落了"。对塞巴斯蒂安而言，头一股寒风便是父亲的遗弃。他父亲与情妇一同远走威尼斯，导致塞巴斯蒂安怀疑自己存在的意义，也难以抵抗母亲充满控制欲的支配。在牛津，他抱着泰迪熊，迟迟不肯告别童年。查尔斯被他迷住了，尤其是在塞巴斯蒂安一阵风似的把他带到布赖兹赫德庄园的家中时。听到塞巴斯蒂安说出下面这番话，查尔斯意识到他与家人是何等疏远：

> 我不想让你跟我的家人混在一起。他们都太有魅力。我这一辈子，他们都在夺走属于我的东西。你如果被他们

的魅力迷住，就会变成他们的朋友，而不是我的朋友。我不会让他们这么做的。⑥

最初，查尔斯喜欢的主要是塞巴斯蒂安，但受邀去布赖兹赫德庄园长住后，他转而爱上了这个壮观的家园——既爱这个地方，也爱其中那户人家。随着小说的发展，布赖兹赫德会赐予赖德三件礼物，重要性依次递增。

第一件礼物是一个世外桃源般的环境，让他可以跟塞巴斯蒂安玩耍嬉戏，弥补童年的缺憾。

> 我仿佛获得一种自己以前从来不知晓的短暂魔力，仿佛拥有了快乐的童年。只不过，这个童年的玩具是丝绸衬衫、烈酒、雪茄，以及各种可以说是罪孽深重的恣意妄为。我们获得了孩童般的清新快乐。⑦

保姆霍金斯一边在阁楼上的育婴室里织毛衣，一边咯咯地笑他们"真是两个孩子"。她虔信上帝，又酷似古代传说中的一位命运女神，体现了沃糅合世外桃源与伊甸园的意图。

第二件礼物是一份志业：布赖兹赫德庄园的辉煌的美景，将查尔斯心中尚不明晰的艺术向往引向建筑绘画。

> 生活在这围墙之中，等于受了一次美学教育。你可以从一个房间漫步到另一个房间，从索恩风格的图书室走到中国式客厅：镏金的宝塔，谦卑的中国古代官员。⑧

他在一块洛可可石膏板上画下一幅浪漫的风景画——"凭着不错的运气和愉快的心情,我画得很成功。画笔似乎圆满完成了我对它的期待。"接下来,他又开始临摹大喷泉,"让整幅作品呈现出一种相当不错的皮拉内西㉙风格"。作画时,他"感觉到身体中活跃着一个全新的精神体系,那石间奔涌喷流的池水仿佛就是能真正赋予人生命的源泉"。离开牛津后,他进入巴黎的美术学校。1926年归国后,他应塞巴斯蒂安的兄长布里迪之邀,为他家在伦敦的宅第玛奇曼府创作了四幅风景画。这项委任使他名声大噪,逐渐成为知名建筑画家。

沃对建筑有着浓厚的兴趣,他把写作过程视为建造而非创作。"要想成为作家,而不是一个受过教育、能写点东西的聪明人,就必须具备非凡的精力与宽广的视野,能构思并完成某种结构。"㉚

布赖兹赫德送给查尔斯的第三件,也是最大的一份礼物,是宗教信仰。塞巴斯蒂安——全书最有魅力的人物,简单地概括了弗莱特一家各不相同的宗教信仰:

> 布赖兹赫德(长子兼继承人)和科迪莉娅是狂热的天主教徒,布赖兹赫德很痛苦,可科迪莉娅像小鸟般快活;茱莉亚和我算半个异教徒,我很快乐,可我觉得茱莉亚并不开心;大家都认为妈妈是个圣人,而爸爸是被逐出了教会——但我不知道他们到底谁更幸福。㉛

他轻飘飘的总结未免太过粗略。他妹妹科迪莉娅的评述更

虔信之家 207

为中肯,尤其是在神召问题上。她是个狂热的信徒,一心想得到神召成为修女,但却事与愿违。不过,她充满爱心、慷慨无私,是这个家庭的中心人物,像《李尔王》中她的同名人物[⑫]一样热心。她敏锐地形容母亲玛奇曼夫人"像个圣徒,又不是圣徒",尽管这位夫人的名字来源于西班牙神秘主义者、阿维拉的圣特蕾莎修女[⑬]。最初,自幼丧母的查尔斯陶醉在玛奇曼夫人的关注中。他很乐意被她请进她的客厅,那是一个散发着独特女性气息的房间,与"气氛庄严而阳刚"的主宅形成鲜明的对比。室内的装饰揭示了她的个性:

> 挂上数不清的能让人产生美好联想的水彩小画。空气中充满新鲜花朵的香甜和混合干花的霉味。她的书房以软皮护墙,紫檀木的小书柜里摆满博大精深的诗集和神学经典。壁炉架上摆满了各种私人小藏品——一尊象牙圣母雕塑、一个圣约瑟夫石膏像,还有她三个当兵的弟弟牺牲后,别人为他们画的微型肖像。[⑭]

这三兄弟的形象是对玛奇曼家的男性那种文弱的个性毫不掩饰的指责——她正请人为他们制作一本纪念册。小说中一个次要的主题,就是战后这一代人如何借今朝有酒今朝醉的放纵生活来麻痹自己的负罪感。

玛奇曼夫人想劝查尔斯皈依天主教。"在我造访期间,我们有过多次短暂交谈,话题总会转移到神学方面。"起初他受宠若惊,随后,他很快意识到自己其实是受了"怂恿"。玛奇曼夫人真正的目的是通过他掌控放浪的塞巴斯蒂安,后者已经开始酗酒。见查尔斯拒不从命,她就指责他"残忍至极""冷酷邪恶"。查尔斯离开布赖兹赫德庄园,以为自己再也不会回来。

> 我感觉我把自己的一部分也留在这里了。我以后无论去往何方,都会感觉到它的存在,绝望地寻找它……一扇门从此关上,一扇我在牛津寻找并找到的墙上的矮门。我将它打开后,并没有发现什么迷人的花园。⑮

塞巴斯蒂安也离开了童年的世外桃源,去黎凡特⑯四处游荡。科迪莉娅"曾以为塞巴斯蒂安得到了神召"。在小说最后,我们意识到她一直是对的。塞巴斯蒂安心中有种深深的匮乏感,因为他是家中次子,家人并不指望他出人头地。他由保姆和母亲带大,对男人和女人都没有真正的肉欲,渴望照顾他人而非被人照顾。所以,他像对待孩子一样小心翼翼地照料自己的泰迪熊阿洛伊修斯(圣阿洛伊修斯是位出身高贵的西班牙耶稣会修士,因照料瘟疫患者而感染去世)。在非斯一座狭窄的小屋里,他以无私的善意对待残疾的德国士兵库尔特。赖德去探望他。

> 在满天星光下,四面围墙中的旧城里……光滑的石板路面上积着厚厚的灰尘,一个个人影悄无声息地经过,他们穿着白色长袍,穿软底拖鞋或赤脚,有力地走着。空气中洋溢着丁香花、熏香和木柴烟雾的气味——现在,我总

算知道是什么把塞巴斯蒂安吸引至此,并让他逗留这么久。

我们最后一次得知他的消息,是从科迪莉娅那里听说他正努力成为一名见习教徒,还是时常酗酒,他"会活下去,一半身陷俗世,一半超脱凡尘。他会拿着扫帚和一大串钥匙,每天慢条斯理地到处晃荡,成为大家都熟悉的一个身影。他会成为老神父们最喜欢的人,也会成为新信徒们嘲笑的对象"。

迷人而多情的茱莉亚有着最复杂的信仰。保姆霍金斯笑她永远也当不了修女,她似乎一直都我行我素,完全不顾礼义廉耻,包括婚后与同为已婚人士的查尔斯展开恋情。然而,正如沃在描写二人初次结合时古怪的用词所暗示的那样,查尔斯和她的关系与他对她家族的感情存在不祥的关联。

> 这就好像一场关于她纤纤细腰的转让交易,交易契约已经拟定并签章。我作为该项资产的永久持有者,正第一次进入它,并将从容不迫地享受它、开发它。⑫

然而在内心深处,茱莉亚痛苦万分,既为他们的情事,也为自己——在天主教意义上——重婚的事实。她被这样一个想法折磨:母亲去世是因为"我的罪孽吞噬了她,把她害死了,这罪孽比她自己致命的疾病还要残忍"。当为人正派、铁面无情的布里迪因为不满她与查尔斯姘居而不让她见自己的未婚妻时,她震惊地恍然大悟,得出了这个结论。她坐在古喷泉旁一个最阴暗的角落,向查尔斯哭诉自己的罪恶感。她在与人姘居,"我很久很久以前就听到过这个词，那时，霍金斯奶奶在壁炉边做着针线活，圣心画像前的夜灯还亮着"，而且她现在已经"没有退路，门都已被闩上。所有的圣徒和天使都守在墙边"。

这盏夜灯让人不由得想到曾在礼拜堂中燃烧的圣灯，它的光焰是信仰永恒的象征。这盏圣灯在玛奇曼夫人去世、布里迪关闭礼拜堂时熄灭，仿佛象征着弗莱特一家终于放弃了信仰。但科迪莉娅却准确地预言："你知道，上帝不会让他们离开太久。"

> "我不知道你还记不记得在塞巴斯蒂安第一次喝醉酒的那天晚上，妈妈给我们念过一个故事……故事里，'布朗神父'好像说：'我抓住了他（那个小偷），我用看不见的钩子和无形的绳子抓住了他，长长的绳子足以让他游荡到世界的尽头，但只要轻轻一拉绳子，就能把他拉回来。'"⑬

"拉动命运之线"是G.K.切斯特顿⑭一部短篇小说的名字，也是沃为《故园风雨后》第三部分内容起的标题。在这一部分中，查尔斯目睹了玛奇曼勋爵终于在临终前回到布赖兹赫德庄园，不顾布里迪的期望，把房子留给了茱莉亚（她"一直都是那么美，更加适合这里，适合多了"），因为他认为布里迪的妻子穆斯普拉特夫人是个庸俗不堪的女人。然而，正当查尔斯开始想入非非、以为自己不但赢得了公主还得到了城堡时，他的世界却在他耳边崩塌。尽管他竭力制止顽固的天主教神父麦凯为玛奇曼勋爵行临终圣礼，最终却不由自主地跪在茱莉亚和科迪莉娅身旁，与她们一同祈祷这个垂死之人能做出忏悔的表示。当玛奇曼缓缓画下十字，茱莉亚也决定放弃那段不为教会承认的姻缘。查尔斯与她和布赖兹赫德庄园这户人家之间的关系猝然中断。

伊夫林·沃毫不讳言自己是以霍华德庄园为蓝本塑造了布赖兹赫德庄园。小说出版前，曾在1944年11月的《城乡》杂志上刊登过一段节选，当时，他同意在节选开头配一幅由康斯坦丁·阿拉加洛夫创作的插图，画的是赖德上尉站在信奉天主教的霍华德一家那栋祖宅跟前。沃这样做，既是因为霍华德庄园的建筑风格适合这个故事，也是为了掩人耳目，好让人们不去关注他的密友利根一家。这家人居住在莫尔文附近的马德雷斯菲尔德庄园。这座带护城河的都铎式红砖大宅在阁楼上设有育儿室（婚姻破裂后，沃在这里创作了《黑色恶作剧》），还有一座工艺美术风格的礼拜堂，正像沃在《故园风雨后》写到的那座一样。利根一家并非天主教徒，不过他们的确有位远

1942年的伊夫林·沃看上去俨然就是《故园风雨后》的叙述者查尔斯·赖德上尉本人。1930年皈依天主教后，他把自己的许多心路历程都写进了这部小说，也几乎不加遮掩地刻画了他的朋友。

居意大利的父亲、一位生性拘谨的继承人、一位酗酒的次子和两位个性十足的女儿，他们都非常喜欢伊夫林。据多萝西·利根夫人回忆，有他在家中就好像"家庭成员中多了一位迫克"[30]。沃充满挫折的童年让他特别容易为家族着迷，他在创作中还借鉴了普伦凯特-格林家族、帕肯汉姆家族（坚定的天主教信徒）和米特福德家族的某些元素。在小说初版的前言中，一条免责声明斩钉截铁地指出（可能主要是写给利根一家的）：

> "我"不是我，"你"也不是他或她，
> "他们"也不是他们。
>
> 伊·沃（E.W.）

《故园风雨后》再现了沃早期的文学创作中的情节。《衰落与瓦解》（1932）和《赢者通吃》（1936）中的大学募捐活动与小混混儿，再次出现在牛津的场景中。在早前那些虚构建筑，如国王星期四、安克雷奇府、道汀府、赫顿庄园、布特·马格纳府和马尔弗雷庄园的基础上，沃又塑造了一栋宏伟的乡间大宅。《邪恶的肉身》（1930）中那群光鲜靓丽的年轻人再次登场，尽管起着不同的作用。沃在《多升几面旗帜》（1942）中对军队表达的失望情绪，预演了赖德在《故园风雨后》前言中的愤世嫉俗。此外，1943年还有两件大事影响了这部新小说的创作：父亲去世后，他得以自由地抒发童年的匮乏感；此外，他还说服朋友赫伯特·杜根（一位弃教的天主教徒）的家人，在朋友临终前请来一位牧师。

虔信之家

玛奇曼勋爵临终前回归天主教信仰，不但促使他放浪的女儿茱莉亚斩断了与查尔斯的婚外情，还潜移默化地促成了赖德本人皈依宗教，尽管我们并不知道这种转变究竟在何时发生，又是如何发生。这件事传达得如此隐晦，以至于很多读者都没看出他皈依了宗教。然而，序幕和第一部第四章都预示了这个结局。在序幕中，他手下的排长胡珀说，"你比我更了解"在布赖兹赫德庄园的"罗马天主教堂"里举行的礼拜仪式；在第一部第四章，赖德这样回忆自己初到布赖兹赫德庄园时的情景：

> 或许，至福直观[21]本身就同这一卑微的体验在起源上存在遥远的关联。总而言之，我在布赖兹赫德过着充满青春和柔情的日子时，相信自己离天堂是很近的。[22]

小说暗示了这个转变的必然性。当时，他在摩洛哥，听完科迪莉娅讲述塞巴斯蒂安的近况，他在半夜惊醒，脑中浮现出：

> 一幢北极圈里的小木屋，一个设陷阱捕猎的孤独猎人。猎人穿着毛皮大衣，与油灯、柴火为伴。屋里的一切都干燥、温暖、井然有序。屋外，寒冬的最后一场暴风雪正肆虐横行，积雪在门口堆积，悄无声息地在木门外积压着越来越沉重的压力。门闩在插销中挤得越来越紧……[23]

看到玛奇曼勋爵最后虔诚的姿态，他脑中再次浮现出这个画面，只不过此时"雪崩终于发生，雪崩后的山坡空无一物，最后的回声消失在白茫茫的斜坡上，新的土堆闪闪发光，一动不动地躺在静静的山谷里"。在后记中，赖德参观小教堂时说了一句祷文，"一句我刚学会的古老的祷告文"，至此，他的皈依得到了证实。

在沃的小说中，名字至关重要。弗莱特家的成员大都背离了他们古老的信仰。赖德（Ryder）的名字暗示一位求索的骑士（rider）。塞巴斯蒂安的名字来自一位隐藏信仰的圣人，科迪莉娅代表热忱，茱莉亚则与异教时代的罗马有关。布赖兹赫德（Brideshead），"一位拥有古老神力的魔术师的名字"，充满了神学指涉——基督的新妇（bride）、教会的首脑（head）。先知耶利米那句"Quomodo sedet sola civitas"（"城市为何孤寂而立"）贯穿全书。他在犹太人的圣殿被摧毁时发出的这句悲叹被用在熄灯礼拜上，那是哀悼基督之死的仪式。科迪莉娅在布赖兹赫德礼拜堂被改作世俗用途时说过这句话。小说末尾，赖德在踱过布赖兹赫德荒废的花园时，也想起了这句话——那座花园已被兵营厕所和随意开辟的道路占用，喷泉用带刺铁丝网拦住，里面布满肮脏的烟头，而这一切很快也要全部沦为练兵场和迫击炮射击场：这里已是名副其实的孤寂之城。

> "建筑者不会知道他们的作品将落得怎样的用途，他们用旧城堡的石砖搭起一座新房，一年又一年，一代又一代，他们给这房子添砖加瓦，将其延伸扩大。一年一年过去，公园里最粗壮的树木长大成材，可一场突如其来的霜降来临，胡珀的时代来临了。这里全被荒废，一切成就毫无意义。"㉝

不过，当他踏入礼拜堂，他意识到弗莱特一家的家园并未彻底凋敝。

> "建造者始料未及的一些东西从他们的作品中产生了，从一场惨烈的、小小的人间悲剧中产生了，我在其中扮演了一个角色。一些我们当时没人想到的东西产生了。一团小小的红色火焰——在临时营地的铜铸大门前，一盏设计得丑陋不堪的铜铸灯盏再次点亮；古老的骑士从他们的坟墓里曾经见过那火光，又亲眼看着它熄灭；那火焰再一次为其他士兵燃烧，这些士兵远离故土，他们的心灵留在了比阿克城和耶路撒冷还要遥远的地方。如果不是因为这些建造者和悲剧演员，灯光不会重新点亮。今天早上，我找到了它，它在古老的石块中再度燃烧。"㊵

在小说最后，布里迪、茱莉亚和科迪莉娅都出现在巴勒斯坦，来到世界上离基督教发源地最近的地方。弗莱特家的全体成员都"回归了祖先的信仰"。查尔斯·赖德也加入了他们的行列：如今，他不只为美而活，也为真理而活。

巫师的塔楼

我的秘密城堡与多迪·史密斯

（1948）

我真是太了解这座城堡了！你有没有画平面图？……我尤其喜欢厨房……我想，这将是一部能令许多人身临其境的著作，因为读者能住在里面，就像狄更斯那样。

——克里斯托弗·伊舍伍德致多迪·史密斯的信，
1949年10月26日[1]

我方才又向高塔望了一眼。满月的光朗照塔身，我诡异地觉得那不仅是一堆死气沉沉的石头。它是否知道自己正扮演一个有生命的角色——穿越多少世代后，就在它的地牢里，再次圈进一名沉睡的囚徒？

——多迪·史密斯，《我的秘密城堡》，1948年[2]

《我的秘密城堡》拥趸众多，并且个个性格迥异，从克里斯托弗·伊舍伍德、乔安娜·特罗洛普、亚米斯蒂德·莫平、朱利安·巴恩斯，到杰奎琳·威尔逊和J.K.罗琳。罗琳曾把卡桑德拉·莫特梅恩奉为"我见过最迷人的叙述者"。出版七十年后,这部小说已然在最受英国国民喜爱的小说榜单上名列前茅。我一直很喜欢它,在我刚开始考虑要选取哪些重点刻画建筑的小说时,它便是首先跃入我脑海的作品之一。我惊讶地发现,这部小说尽管深植于萨福克郡乡村的土壤,但它却是在马里布的一栋海滨别墅里完成的。当时,多迪·史密斯(1896—1990)像女主人公的父亲一样,陷入了创作"瓶颈"。她受到好莱坞吸引,想来这里写剧本、赚快钱,结果却脱离了自己的土壤,非但没能写出曾令她声名鹊起的热门剧目,还对英国思念成疾。因此,她以一部小说再现了自己20世纪30年代的心境。

故事的主人公是穷困潦倒的莫特梅恩一家。詹姆斯·莫特梅恩曾在20世纪20年代早期写过一部备受好评的现代主义小说《雅各布·雷斯林》,但自从向妻子挥舞切蛋糕刀并殴打前来阻拦的邻居,结果坐了三个月牢之后,他就再也无心写作。出狱后,他只想求个清静,于是签下了"天赐"四十年的租约。"天赐"是萨福克郡一座破落的城堡,有着都铎风格的装潢。他怀着满腔的热情把它打理得井井有条,在里面摆满漂亮的古董。然而,在小说开篇,他手头拮据,变卖了凡是值钱的东西。大概是本性受到了过多的压抑,莫特梅恩终日把自己关在位于门房的书房里读侦探小说、编填字游戏,只有吃饭时才现身,完全把现实世界抛诸脑后。

这个家完全由陶佩兹支撑。詹姆斯在孩子们的母亲去世五年后娶了她。她给一位知名艺术家当过模特,时尚感很强。尽管她有点爱大惊小怪,但她凭借非凡的持家才能忠心耿耿地照

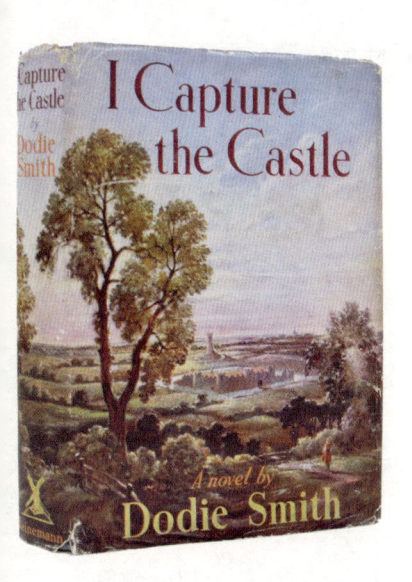

多迪·史密斯著作《我的秘密城堡》（1949）的初版封面，表现了女主人公卡桑德拉·莫特梅恩带着爱犬赫洛伊斯缓缓走向"天赐"的情景。那是她浪漫的城堡家园，外围矗立着比城堡还要古老的贝尔摩德塔。

料莫特梅恩及其家人。她偶尔当模特的收入和前任管家之子、同样忠实的斯蒂芬提供的资助，是这家人仅有的收入来源。十五岁的托马斯还在上学，故事是由十七岁的卡桑德拉讲述的（牧师说她是"带点贝基·夏普③味道的简·爱"）。城堡是小说中不变的存在，既是背景又是演员。它把自己庞大而坚决的存在强加于他们的生活，既是卡桑德拉的浪漫源泉，亦是她二十岁的漂亮姐姐罗斯前进的阻碍，尽管它也是她吸引合意追求者的手段。这些追求者中的一位会再次激发詹姆斯的写作灵感，不过，这得等到他被困进"天赐"古老的塔楼之后。

卡桑德拉沉醉于萨福克郡（"在一马平川的乡野映衬下，天空也好像越发辽阔"），也很享受自己那个荒废的家园展现的浪漫情怀。但罗斯却认为，"被囚禁在泥沼环绕的废墟里谈不上什么浪漫"，而且"对生活十分不满，因为她从没遇见过一个能入她法眼的男人"。罗斯决心嫁给有钱人以此拯救自己的家庭,她把自己吊在厨房的晾衣架上,想跟一个形如古代滴水石兽的魔鬼做交易。交易很快起了作用,快得惊人:两个美国青年敲门求助,想请人帮他们把陷在泥泞小路上的汽车弄出来。原来他们是西蒙·科顿(留着可疑的尖胡子)和他同父异母的弟弟尼尔。

西蒙是城堡所在领地的新主人,也非常欣赏《雅各布·雷斯林》这本书。他们请莫特梅恩一家去他们奢华的伊丽莎白式庄园大宅斯寇特尼参观。在那里,卡桑德拉感到古老的过去"似在眼前,如清风拂面"。罗斯则为这里豪华的浴室感到热泪盈眶。科顿夫人直言不讳地谈起詹姆斯写作上的失败,这激励他走上了一条古怪的研究之路。而他花在斯寇特尼图书室的时间和他频繁的伦敦之行似乎更让他难以专心写作。年轻的科顿兄弟对城堡有着截然不同的观感。尼尔"想全面了解城堡如何布防——尤其喜欢把死马用投石机抛出墙外这个想法"。西蒙则是"亨利·詹姆斯那种美国人,深深地爱上了英国"。

> 我们穿过庭园之后,西蒙抬眼望着基筑。"有满天星斗作背景,贝尔摩德塔显得多么高大,多么黝黑呀!"他叹道。我能看得出,他在自己心里已然营造出美妙、浪漫的情绪。④

他爱上了罗斯,而罗斯却对他的钱更感兴趣,她对尼尔芳心暗许。"他觉得英国就是个笑话",见到"天赐",他的第一反应是:"这是什么鬼地方——厄舍府⑤吗?"他的梦想是拥有一座养牛的牧场,去开阔的西部生活。随着故事逐渐展开,小说中出现了不少月光下的嬉乐场面,他们在城墙内外玩闹嬉戏,在护城河中裸泳,在玩一个"叫作'谁排第二'的猴子学样游戏"时坠入爱河。斯蒂芬爱慕卡桑德拉,卡桑德拉爱慕西蒙,他的读书品位与她如出一辙,而西蒙和尼尔都爱慕任性而迷人的罗斯。人人都为爱情揪心,直到几次巧妙的转折将一切(几乎)推上正轨。

小说第三章足足八页的题外话"我们如何来到城堡"表达了卡桑德拉对城堡的感受,她认为它是有生命、有知觉、有魔力的。

> 我们攀爬向前——荆棘似乎在绊住汽车,一路阻挠。我记得当时自己联想到了《睡美人》里的王子……一旦进入(城堡),我们又陷入了大门甬道的昏暗之中。这便是我对城堡最初的感受:周遭厚重的岩石给人的印象分外深刻。当时,我年幼,实在无从了解太多的历史和往事,于我而言,城堡是一则童话,奇异而厚重的寒气则像巫术、魔咒,令我紧紧抓住罗斯。⑥

城堡的各个部分影响着故事的走向。"在这个房间我能写出多少东西啊!"莫特梅恩初次探访门房时这样感叹。但他什么也没写出来。门房是个连接处:透过门房那几扇带石柱的窗户,他既能望见前面的小路,又能望见后院。莫特梅恩人虽不在亲人身边,却不断为他们分心,此外,分散他注意力的还有访客和忠实的本地图书管理员带给他的侦探小说。正像他的名字暗示的那样,他写作的手已经死亡。⑦

这部小说开篇第一句话十分有名,讲述女主人公卡桑德拉坐在厨房窗台上,沐浴着落日的余晖,脚踩在水槽里,身上披着毯子保暖,在笔记本上写下"为了自学写小说——我打算给每个人物画像,再加入对话"。在小说中,厨房和水槽都非常重要。从传统上讲,厨房常被视为家的心脏,而"天赐"的厨房有个壮观的炉床。

> 火光烁烁,从炉灶围栏间沉稳地漫出来,从盖子掀开的炉顶漫出来。刷了白浆的四壁被染成了玫瑰色,连黑暗的房梁也被染成了金黑色。最高一根横梁距离地面超过九米。罗斯和陶佩兹就像火光闪烁的巨大山洞里的两个小矮人。⑧

随后,史密斯毫不犹豫地将读者的目光从这幅浪漫的画面拉回现实,写到卡桑德拉脚下水槽里的碳酸味和漏雨的房顶渗入的水滴。她用三本写作笔记中的第一本记录事件。这三个本子分别是牧师送的那本价值六便士的(3月),斯蒂芬送的那本价值一先令的(4月和5月),以及西蒙送她的那本价值两先令的(6—10月)。

三本笔记赋予《我的秘密城堡》三幕剧式的架构,其中充满生动的对话和冲击力极强的短句,充分体现了五十三岁的多迪·史密斯知名剧作家的身份。

她的成长经历非同寻常。她两岁丧父，随美丽而胆怯的母亲与亲戚同住，生活在曼彻斯特一栋宏伟而古怪的房子里，那里有三架钢琴、四间卧室。她像卡桑德拉那样在厨房的煤气灶前洗澡。她受到一大帮热爱戏剧的亲戚的宠爱，包括外祖父母、姨妈、舅舅、表亲等人，也是家庭喜剧表演中的明星。

在她十三岁那年，她母亲改嫁，对方名叫亚历克·杰拉尔德·塞顿-奇泽姆，是个令人讨厌的废物。他们搬到伦敦，住进巴特锡区的一套公寓。多迪进入圣保罗女子学校。她饱读诗书，钟爱E.内斯比特和福尔摩斯系列，但非常讨厌《呼啸山庄》。

十八岁丧母后，她与朋友合租了一间卧室兼起居室，初试演员职业，随后，又进入托特纳姆宫路的传奇家具店W.H.希尔之家工作。在那里，她很快开始管理印刷品与玩具陈列区，形成了自己独特的穿衣风格与室内装饰风格，并与已婚的店主安布罗斯·希尔秘密交往。她依然热爱戏剧，试着写了些剧本，从1929年的《秋天的鳄鱼》到1938年的《亲爱的章鱼》，结果连续五年刷新票房新高。《妇女界》杂志编辑詹姆斯·德鲁贝尔认为这些剧目之所以成功，是因为她"比大多数剧作家都更贴近普通人的心灵"。

她最终嫁给了亚力克·比斯利，他是W.H.希尔之家的广告经理，小她七岁，英俊得堪比偶像明星。他一生致力于维护她的利益，是一位敏锐的评论家、聪明的财务经理和体贴的"贤内助"。

  多迪和亚力克渴望拥有一处能供她安心写作的乡间疗养地，他们的一大爱好就是探索老宅，幻想将它们改造后搬进去住。1934年五旬节①，他们开车穿越萨福克郡，途中，他们在迪斯以东几千米处见到了温菲尔德城堡。这里是萨福克郡的德拉波尔公爵家族15世纪的住所。公爵在都铎时期的宫廷斗争中失势，城堡从此辉煌不再，余下的部分——包括朝南、带门房的前部，在西面城墙上镶嵌的一栋朴实的都铎风格房屋和一道环绕城堡的护城河——以三千英镑的价格出售。维护城堡所需的花销、

《我的秘密城堡》的背景曾受到堂皇却破败的温菲尔德城堡启发，这座护城河环绕的城堡是萨福克郡德拉波尔公爵家族在15世纪的住所。多迪·史密斯趁它1934年对外出售时游览了城堡内外，十五年后在小说中再现了它。

远离伦敦的位置和它破败不堪的现状,都让人对温菲尔德望而却步。[10]

他们转向埃塞克斯郡,在某一天发现了芬沁菲尔德——"一栋美得惊人的别墅"。

> 五条道路通向一片绿地和一个池塘,四周都环绕着房屋和农舍……这地方的布局完美得难以言喻……同时对我而言,它还有一种神秘的不真实感,恍如梦中之物。[11]

他们查看了独栋农舍巴雷特之家。最初,多迪反对搬过来,因为她在里面发现了"一堆破布和稻草,一定是流浪汉睡过的",这跟莫特梅恩一家初来"天赐"时卡桑德拉的发现如出一辙。但后来,他们点起谷仓里巨大的壁炉,又发现了一片果园和一个池塘,面对这样的魅力,她改变了主意。

1939年,他们将巴雷特之家出租,起程前往美国,表面上是为了监督《亲爱的章鱼》的纽约首演,实际上却计划一旦战争爆发就留在那里。因为亚力克是一位坚定的和平主义者,留在国内,他将会面临被当作良心犯投入监狱的危险。这个决定深刻地改变了多迪写作事业的发展。她受到好莱坞吸引,去那里从事电影剧本创作,内心却渴望回到英国。思乡之情让她想起了温菲尔德城堡。她开始计划创作一部小说,讲述一个穷困潦倒的家庭在萨福克郡一栋浪漫却破败的城堡中生活,家中有位父亲——一位曾经名噪一时的作家,却把才华浪费在无谓的琐事上(正像她自己一样),还有一位失去母亲的年轻女主人公,她喜欢浪漫的想法,却又有严重的实用主义倾向(也像多迪自己)。但她很快就将它弃置一旁。直到1948年,在战争结束一段时间之后,她才重新回到城堡的构思上。望着窗外的太平洋,她重新开始创作《我的秘密城堡》。温菲尔德被她深情地化作"天赐"城堡,她还在它附近安排了一座可爱的村庄,让人很容易联想到芬沁菲尔德。

但无论是温菲尔德,还是芬沁菲尔德,都不具备小说所需的重要元素,那就是"贝尔摩德塔,一座更古老的城堡仅存的遗迹"。它神秘而充满情调,莫特梅恩一家正是因为看见它耸立在萨福克郡一马平川的风景之上,才决定来到"天赐"。史密斯赋予它远胜于脚下那座颓败城堡的不祥特质,为它注入了魔法甚至巫术的色彩。据牧师推测,贝尔摩德塔的名字与腓尼基太阳神贝尔有关。

莫特梅恩家的姑娘们每年都会上塔庆祝仲夏的到来,点起熊熊篝火,在仪式上载歌载舞。罗斯第一次见到这座塔楼时,想起了"《兰开夏女巫》中德姆代克嬷嬷居住的高塔"。史密斯儿时曾非常喜欢W.H.安斯沃斯的《兰开夏女巫:彭德尔森林传奇》,塑造贝尔摩德塔时,她借鉴了书中的马尔金塔,它"严峻"而"遗世独立……塔身浑圆,十分高大,……是周边农村的地标"[⑩]。二者都是城墙要塞,最初由撒克逊人建造;二者的入口都比地面高出六七米。在德姆代克嬷嬷移走门前的台阶后,马尔金塔只有借助梯子才能进入。史密斯逆转了这些特征:贝尔摩德塔门外有台阶,但进门之后必须爬梯子下去。

这个特征特别契合小说令人捧腹的高潮，即治愈莫特梅恩的写作障碍。罗斯和陶佩兹去伦敦为罗斯与西蒙的婚礼挑选妆奁。托马斯和卡桑德拉受某种心理学理论启发，认为被关进另一个地方能消除前一次囚禁造成的障碍，于是悄悄在贝尔摩德塔配备了父亲所需的物品，引诱他进去，然后撤掉梯子——这个细节安排得独具匠心，因为梯子是莫特梅恩的杰作《雅各布·雷斯林》中一个独特的元素。他们强硬的爱起了作用。孤独感和卡桑德拉无意间的一句话共同启发了莫特梅恩，让他创作出另一部革命性的著作，尽管他的闭关过早地结束了——陶佩兹回来了，带来一个爆炸性的消息：罗斯抛弃西蒙，与尼尔私奔了。

贝尔摩德塔对卡桑德拉尤其重要。那是她藏笔记的地方，她也经常依靠它写作。她用文字"刻画"城堡和其中的居民，她自己也被它深深吸引。她跟西蒙每次重要的会面都发生在这里。当西蒙来帮卡桑德拉准备仲夏庆典时，他们就在塔内搜集木柴。

> 我们来到塔前，他先是站了一阵子，抬头望着天幕下的高峻塔影。
>
> "它有多高？"他问道，"一定得有二三十米，少不了吧？"
>
> "十八，"我告诉他，"看起来格外地高，因为它孤零零的。"
>
> "它让我想起以前看过的一幅画，名叫'巫师之塔'。"[13]

拿到木柴之后,西蒙拉她上来,同时说:"瞧啊——给你看看魔法。"

> 来自城壕的水汽缭绕着爬上了贝尔摩德塔。山坡的低矮部分已经被盖住了……水雾形成的地毯爬过来,据我们只有几米了,随后它停住了——西蒙说我一定对它念了咒语。在下面的城壕一带,雾气升腾得颇高,唯有城堡的几座塔楼尚清晰可见。[33]

在最后一章,西蒙与卡桑德拉一起坐在贝尔摩德塔下,提出要带她去美国。尽管卡桑德拉认为"他说话的语气让我确信只要我同意,他就会向我求婚",但她还是明智地拒绝了,因为她明白"那不过是一时冲动……其中夹杂着对我强烈的喜爱与对罗斯的恋慕之情"。她也拒绝了他送她上大学的提议。"我只想写作。没有哪所大学能教我这个,除了生活。"

人们对卡桑德拉最后的结局做过不少猜测。她会嫁给西蒙吗?我想不会,尽管她曾伤感地重复那句"我爱你"。他爱的是英格兰,而不是她。鉴于她在很大程度上是作者年轻时的化身,我们可以把赌注押在斯蒂芬身上,他让人不禁想起多迪那位满怀爱意的丈夫亚力克。这两人都因为长相英俊而为电影试镜,也都决定终其一生,都要从物质与精神上支持自己曾一厢情愿爱上的人。

多迪迷人、尖锐且意志坚定,从未想过与人共住一室或生儿育女,而是跟亚力克养了好几只大麦町犬——庞戈、弗利和巴兹,还有十五只小狗。它们启发她写下自己最负盛名的作品《101斑点狗》(1956)。这部小说是在他们回到英国,搬回巴雷特之家三年后写的,他们在那里度过了余生。多迪活到九十四岁高龄。她留下一份非同寻常的遗产——两部截然不同的小说,它们在她去世后依然吸引着读者,一部凭借其中的斑点狗,另一部则凭借其中那座令人难忘的城堡。她在《我的秘密城堡》中预见了这一点:

> 作家中那些具有独创精神的人——在某种意义上,或许只有他们才真正称得上是创作者——深深沉浸,奉上完美的作品。它们自成一体,而不是某个链条上的一环。随后,他们会再次沉浸,去打造另一件同样独特的作品。

庞大的废墟

歌门鬼城与马尔文·皮克

(1947—1959)

整座城堡好似大病初愈,或即将生场大病……这座谜城好像从沉睡的铁条坚石中醒来一般,在喘气时留下一个真空地带,堡内的众多人偶,就在这真空地带间行走生活。

——马尔文·皮克,《歌门鬼城》[1]

歌门鬼城……集众多寓意于一身,它象征着心灵,它能唤起温柔的怀旧之情,它专断的权威激起反叛,它可怕的温床孕育未知。

——莱斯利·格林恩·马克斯,1983年[2]

葛洛恩家族的古堡歌门鬼城,是当代小说中最像人的一座建筑。它在泰忒斯·葛洛恩系列(又称泰忒斯系列、歌门鬼城系列)小说中发挥的作用超过了我们迄今为止考察的所有重要建筑,也与它们完全不同。它是往昔、童年与记忆的化身。它初次登场时破败的模样,显示它的力量正与日俱减。但从前的它绝非如此。泰忒斯四处查看时,看见一座"褪色的旧马戏场",那儿的——

> 地板即使色泽已褪去大半,仍隐约可以看出是深红色的,三面墙是亮黄色的,栏杆则是青苹果绿与天蓝色相间,门框也是天蓝色的。③

如今"它颓废而破败,在阴影中郁郁寡欢",耸立在山上——

> 永恒地站在那儿向多变的天色挑战……一块连着一块的石头往上爬……一块连着一块的灰石头。这巨石堆有一种要隆向天空的感觉,一块叠着一块,越来越重,虽然笨重,但是在死沉沉的日子里仍然是活的。④

皮克笔下这些隐喻凸显了歌门鬼城的感知力。书中人物被称作"城堡的气息"。城堡墙上"开着许多凹窗",常春藤"横跨建筑南翼的外墙,像一只黑色的手掌",燧石塔拔地而起——

> 犹如一根手指,耸立在状如拳头、棱角分明的石建物间,以冒渎之姿,狂妄地直指上天。晚上,高塔回响着猫头鹰的叫声;白天,高塔静静地站着,投下长长的影子。⑤

小说反复提到"城堡的躯体",把纵横交错的走廊比作城堡的动脉。城堡"花岗岩的肺腑"发出刺耳的摩擦声。夏天,"砖石结构渗出汗珠,安静得吓人";秋天,"残破的城堡在雾气中若隐若现,散发着季节的气息,每块冰冷的石头都吐着秋气"。

> 牙齿般大小的百扇窗户反射着晨光。这些窗户不像玻璃,倒更像骨头。⑥

"成片的常春藤"像"千万片心形的眼睑湿漉漉地眨动",藤蔓在外墙上飘荡,"像死尸的长发"。一个被放逐的人物带着渴望凝视"歌门鬼城被折断的长长脊梁"。它古老的声音"无休无止,不绝于耳",它"花岗岩的肺腑"在夜间发出嘎吱嘎吱的声响。(这里的)传统要求泰忒斯听从"那些堆砌成灰色塔楼的石头的声音",直到死去。

> 沉郁的仪式转动着它的车轮。在这些墙垣之内,心的动荡被每一段沉睡的阴影嘲笑。那热情,不比烛火强烈,在时间的哈欠中闪烁不定,因为歌门鬼城很庞大,足以遮天蔽地,碾碎一切。⑦

在1965年播出的广播剧《泰忒斯诞生》中,皮克进一步强化了葛洛恩家族古宅的拟人效果,让歌门鬼城中"活跃的鬼魂"担任叙述者的角色。

> 我透过无数砖石的缝隙呼吸。
> 我是一个砖石构筑的世界。
> 我是它的骨血……
> 也是笼罩它的梦境。⑧

荣格的人格原型——再生原型、骗子原型、精灵原型——

贯穿该系列的每部作品。巨大的城堡阴郁而不可捉摸，是一位无处不在的母亲，而且恰如其分的是，它也是泰忒斯强大的母亲——城主夫人葛楚德的化身，她与歌门鬼城有最深刻的联系。她的名字让人不禁联想到另一位置身城堡、饱受折磨的王子哈姆莱特[①]。她"庞大的身躯岿然不动"，深红的头发在头上盘成编结复杂的发髻，投下巨大的"阴影"。一长串白猫跟在她身后。一只牛雀在她红色的头发里筑巢。她是"硕大的"城主夫人葛楚德，她对泰忒斯的爱"像烂泥一样沉重而不成形状"。

这部史诗传奇被归入哥特幻想小说的行列，但它其实更接近中世纪的寻宝或朝圣之旅（四部曲中第一部的题词引用了班扬的名言），在这段旅程中，泰忒斯艰难地离开母亲去寻找他那位行踪不明的姐姐，挣扎着摆脱命运的桎梏。小说的形式也不断变化。《泰忒斯诞生》（1946）奠定了故事基调，介绍了葛洛恩家族和他们奇奇怪怪的随从：长得像长腿昆虫的男管家傅莱、女里女气但医术高明的普恩斯瓜乐医生、胖得吓人的厨子阿必沙·斯威特。史迪帕克——"一个孤独的恶魔"，逐渐得势，他迷倒了城堡里所有的女人，只有沉闷、乏味的城主夫人除外；他还帮城堡里的男人们办了不少事，随后直捣城堡的心脏，一把火烧了图书室。这巨大的损失逼疯了泰忒斯的父亲塞浦奎夫大人。史迪帕克则借此掌握了"歌门鬼城的核心"。

在该系列的第二部作品《歌门鬼城》（1950）中，史迪帕克继续崛起。而已经继任为第七十七代葛洛恩城主的泰忒斯则一直在反抗传统的枷锁，它束缚着他的现在与未来。他逃离城堡，进入激动人心的森林世界,满怀热情地寻找他的姐姐费莎公主,以此宣示自己作为独立的人的身份。他因此受到惩罚,被囚禁于苔堡,锁在母体内的另一个母体之中。史迪帕克给丝蕾格嬷嬷投毒,把城主发疯的双胞胎姐妹饿死在一座遥远的公寓,又害死了泰忒斯的姐姐费莎公主。在史迪帕克犯下的这些滔天罪行败露之后,傅莱、普恩斯瓜乐和泰忒斯联手作战,想请他入瓮。可他却杀死了傅莱,遁入城堡最深处的壁龛。然而,在歌门鬼城与葛楚德叠加的威力面前,他根本不是对手。

在追捕史迪帕克的过程中,整座城堡被点亮,它作为血肉之躯的最壮观的形象跃然纸上:

> 早在消息还未传遍歌门鬼城前,人人都已感受到无所不在的窒息气氛,连肢体、手指也不例外,最微小的石缝都为之震动……这些墙壁既闪着地狱的色泽,又微带天堂的颜色;既有天使的华服,也有撒旦的鳞片。[30]

一场"滔天的黑暗洪水"淹没了城堡,如同一场凶残的清洗,把它化作一座孤岛。所有人都逃进城堡顶层避难。葛楚德指挥着一支舰队,搜遍了所有尚未被淹没的角落。泰忒斯直到最后才找到并消灭了史迪帕克,穿过一丛丛杂乱的常春藤将他擒获,俨然一位复仇天使。但泰忒斯这样做并不是为了拯救歌门鬼城,而是为了给费莎和傅莱报仇。讽刺的是,史迪帕克尽管是个连环杀手,却有着管理城堡的潜质,能把城堡经营得像过去任何一位城主治理下的一样好。而泰忒斯只求脱身。

> 我根本不在乎城堡的心脏是否健康,你明白吗?……
> 我想做我自己,做一个自己想做的人,一个活生生的人,
> 再也不是什么符号、象征……去他的歌门鬼城。⑪

他成不了第七十七代葛洛恩城主,但他会成为一个全新家族的开创者。他把歌门鬼城和他母亲令人窒息的势力抛在身后,策马远走,去寻找真正的自我。

> 他体内有股力量像大树汁液一样越升越高。那不是歌
> 门鬼城的力量,也不是王室的尊严,那些力量都虚有其表。
> 那是想象力骄傲的力量。⑫

了解《歌门鬼城》作者的生平,能让我们更好地理解这个雄心勃勃、令人迷惑的怪诞故事。马尔文·皮克(1911—1968)是一位杰出的插画师,他笔下的文字所呈现的画面感丝毫不亚于它的文学性;他还是一位诗人,只是太过沉迷于绚丽而空洞的语言,反倒是丧失了情感上的敏锐。他的插画与中世纪动物寓言里的怪物图鉴、超现实主义、勃鲁盖尔和博斯一脉相承。他尤其喜欢狄更斯,赞赏狄更斯为笔下人物命名时那种"滑稽的贴切",喜欢"他书中那些黑暗的、不死的、影响深远的芸芸众生"。⑬他对黑暗中城堡的描写,致敬了《荒凉山庄》开头大雾弥漫的场景:

> 黑暗覆盖着歌门鬼城四翼,黑暗躺在圣洗房的玻璃门
> 上,黑暗让自己无形的身影碾过城主夫人窗外一层又一层

庞大的废墟

的常春藤叶子。黑暗又把自己往墙上压,除了触摸,没有任何方法能知道墙的存在……黑暗用自己永远在扩大、无所不在的身躯把一切都吞噬。黑暗覆盖着中庭,天空上有云朵飘过,可是在黑夜里什么也看不见。[11]

1945年,他接到为《荒凉山庄》绘制插图的工作,这让他对切斯尼高地阴沉的壮丽有了全新的认识,它是一座覆盖着苔藓与常春藤的"巨型迷宫",有着奇形怪状的石雕怪兽和陵墓。迷宫在《荒凉山庄》和歌门鬼城系列作品中都是一个关键意象。狄更斯的人物迷失在大法官法庭的走廊和伦敦的街道,正如皮克笔下的人物迷失在歌门鬼城古堡和《泰忒斯独行》(1959)中的水底世界。在那里,在那座被他比作"黑暗马戏场"的竞技场,泰忒斯看到了"大批流离失所的人"。他们是"孤独的汤姆大院"里那些潦倒居民的近亲。此外,皮克丰富的精神世界还融合了约翰·多恩、柯勒律治、杰拉德·曼利·霍普金斯、赫尔曼·梅尔维尔、詹姆斯·乔伊斯、T.F.鲍伊斯和T.S.艾略特等人的特点。《泰忒斯独行》呼应了艾略特的《荒原》。

在为丈夫写下的回忆录《远在天涯》中,皮克的妻子梅芙·吉尔莫着重强调了他在中国度过的童年时光,这段经历一直影响着他的想象。他的父母在中国相遇:厄内斯特·皮克是一位随船医生,贝茜则是随船助理。马尔文十一岁前几乎都生活在中国,主要居住在天津,只有两年除外。他看过父亲做截肢手术,也参观过太平间。时常出现在他诗文中的怪胎和残废,来自低矮棚户区中的悲惨世界。这些棚户区依傍着中国城市的高墙,就像歌门鬼城外属于异乡人的棚屋。中国令人印象深刻的风景、奇丽的山峦、茂密的森林、无垠的沙漠、蜿蜒的河流和星罗棋布的岛屿滋养了他的想象;富有浓郁异国情调的绘画与建筑、森严的社会等级与古老的仪式,也同样为他插上了想象的翅膀。皮克审视词语时"就像在倾听一种未知的语言,一种象形的语言"[⑤],这是自幼生活在象形文字中形成的自然反应。

1922年,皮克一家回英格兰定居。皮克医生成为萨里郡沃灵顿地区的一名社区医生。马尔文的哥哥朗尼当时在伊尔萨姆学院寄宿。那是伦敦东南一所专为传教士之子开办的学校,他也随哥哥一起进入这所学校就读。埃里克·德雷克和他的兄弟伯吉斯都是启迪人心的教师,满脑子现代观念。马尔文于1929年离开这所学校,先是进入克罗伊登艺术学院,随后又进入皇家艺术研究院。1933年,他迁往萨克岛,来到埃里克·德雷克创立的艺术村,在那里的一间画室度过了两年时光。1935年回伦敦后,他成为威斯敏斯特艺术学校的教师,在那里认识了梅芙·吉尔莫,于1937年与她结婚。他们住进她母亲位于巴特锡区的一套公寓。两个人都事业有成,举办了多场展览。皮克开始为声誉卓著的书籍绘制插画。

1939年,战争来临前,马尔文请缨随军画师一职,还得到了奥古斯特·约翰的举荐,却未能入选。要是他成功入选,泰忒斯系列作品恐怕就没机会问世了。相反,他明珠暗投,加入了普通陆军,在三年时间里被六次转调英格兰各地,因为各部

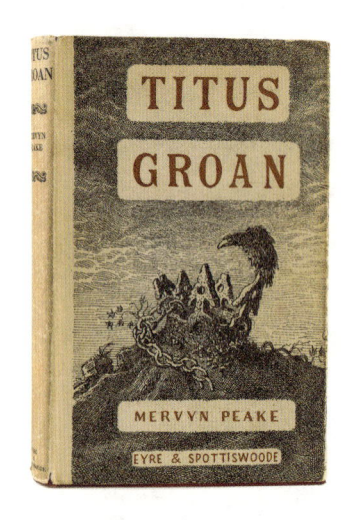

马尔文·皮克为《泰忒斯诞生》设计的防尘套,传达出继承人泰忒斯难逃命运摆布的感觉。这部小说是他创作的歌门鬼城系列小说中的第一部。

门都认为他不能胜任工作。他远离画室,远离家庭生活的舒适,辗转于英国各地监狱般的军营,长时间的间隔让他有了写作的时间,但他手边没别的材料,只有自己的想象。他后来在一档电台访谈节目中说,他想写的东西是"某种搬家车式的小说,我可以把脑中的任何想法像家具一样塞进去,无论它们有多可怕或多美丽"。在这段充满挫折的岁月里,他没日没夜地创作《泰忒斯诞生》,歌门鬼城那些荒谬而毫无意义的仪式就是对军队礼仪的戏仿。《泰忒斯独行》中的马祖海奇会说,官员们"什么也不是,我亲爱的孩子,他们什么都不是,全是猪头猪脑、满肚子垃圾的烂泥巴的东西"。

到了1942年,他再也无法忍受军旅生活,遭遇了精神危机。1943年,他因病退伍。康复之后,他接到几幅战争题材绘画的工作。他与家人一同回到萨克岛,开始创作泰忒斯系列的第二部作品。这部作品描绘的城堡与萨克岛有着千丝万缕的联系。小说第三章写到"城堡粗糙的边缘……像破碎的、不规则的海岸线";连绵的阴雨把城堡本身也变成了一座岛屿,有海湾也有岬角；在追捕史迪帕克的过程中，小说提到了几处萨克岛独有的地貌。城主夫人葛楚德对泰忒斯说：

> "你已经到了北基石，越过了污血区和银矿区。我知道你到过哪些地方。你到了双指区，也就是小衫区开始的地方，峭壁区从那里开始变窄。双指区那两座塔之间现在都是水。我说得对吗？"[⑯]

战争和它造成的后果深刻地改变了泰忒斯系列作品。《泰忒斯诞生》中充斥着皮克挫败的心情，因为他被迫毫无意义地蹉跎时光；《歌门鬼城》则展现了遭受攻击的感觉。不过，这两部作品背负的伤痕都不如《泰忒斯独行》深，写这部小说前，皮克曾在1945年战争结束后，奔赴满目疮痍的德国做事实核查。这段经历深刻地影响了他的想象世界。他只身前往贝尔森，以绘画见证并记录德国实验科学家的暴行造成的伤亡。回到英格兰后，他决定把这些经验用在"一项伟大而光荣的创作中"。

> 我觉得可以让葛洛恩长一双巨大的、想象中的翅膀，让它们庄严地、荒谬地、神奇地、无华地、壮丽地在人世间展开，成为英国文学史上绝无仅有的存在。[⑰]

他的创作从围绕童年经历和心爱的萨克岛展开的幻想转向科幻小说，他的创作灵感来自他的德国见闻、伦敦大轰炸和他的兄弟在远东的经历，还有在广岛和长崎投放大规模杀伤性武器的新闻。

庞大的废墟　239

马尔文·皮克的文学师承包括约翰·多恩、柯勒律治、杰拉德·曼利·霍普金斯、赫尔曼·梅尔维尔、詹姆斯·乔伊斯、T.F.鲍伊斯和T.S.艾略特,《泰忒斯独行》从头到尾都呼应了艾略特的《荒原》。

在《歌门鬼城》最后,泰忒斯离开城堡,骑着浪漫英雄的经典坐骑——一匹骏马——远去。他决心按自己的心意生活,尽管他依然保留着一块取自歌门鬼城的护身符——"一小块燧石"。本系列的第三部作品《泰忒斯独行》属于科幻而非奇幻小说,故事背景换成了一座高科技的城市,"那里的科学家为了科学的荣耀、为了赞颂死亡而像工蜂一样辛勤地工作"。在那里,天空中密布着微型的机械间谍(这个设想预言了无人机的出现)和飞艇,社会被撕裂,分为纵情享乐的富人和不见天日的难民,后者遭受着黑帮和大骗子的掠夺。泰忒斯被两名戴头盔的士兵紧追不舍,其中一人脸上有道伤疤,让人想起史迪帕克。他把快活而古怪的马祖海奇视作好友,与雕塑般完美的朱诺初尝禁果,在邪恶化身维利的追击下穿过建在地下的水底世界,又被齐妲捕获。她那个"铺着白色骆驼皮地毯、挂着暗红挂毯"的房间奇异地呼应了葛楚德的房间。

泰忒斯逐渐意识到,尽管自己无比厌恶歌门鬼城对他的榨

取,但它毕竟赋予了他一个身份。在"一段悠长的回忆中",他看到:

> 歌门鬼城绵长而发光的轮廓,故乡蜥蜴栖息的石头,还有将一切抹去的、他最后一次在小木屋门口见到的母亲。湿淋淋的巨大城堡宛如背景幕一般从后方逼近。"你会回来的,"她说过,"每一条道路都会带你回到歌门鬼城。"

他的确回来了,艰难地涉过孤寂的虚空,直至最终认出一大块地衣覆盖的巨石,那是他小时候曾在上面玩"城堡之王"的地方,爬上去就能望见城堡。

> 一声枪响。又一声。响了七声。声音就在巨石后方。他的家乡自远古以来的仪式——在黎明时分鸣枪,那是为他鸣放的,为他这位第七十七世城主,泰忒斯·葛洛恩,歌门鬼城的城主鸣放的,无论他身在何方。⑬

但泰忒斯并没回家。一旦确认歌门鬼城会始终守在原地,他就能从它身上汲取力量。他起程去探索新的世界。

这些旅程将会如何,我们不得而知。这套小说的第四部只写了开头两页,又列举了一些泰忒斯打算探索的地域。皮克的脑力陷入衰退,只勉强完成了《泰忒斯独行》⑭。他在书中多次提到自己遭受的痛苦。"我迷失了方向。"泰忒斯受审时曾这样悲叹。他无法向听者传达"我心中的事实"。四十七岁时,皮克被确诊患有帕金森综合征和早衰等多种疾病,先是接受了当

庞大的废墟

时盛行的电击疗法，随后又接受了额叶切除手术。"我感觉好像一切都被夺走了。"术后，他这样告诉朋友迈克尔·默尔科克。他在私人护理机构度过了人生最后十年，去世时，享年五十七岁。他这一生过得丰富多彩，生命中充满欢笑与友谊，而且高产得惊人。他的墓碑上镌刻着他本人的诗作，他在这首诗中写道："活着就是奇迹……无论未来如何，想象之心／永远是高远而不可度量的星宿。"歌门鬼城将永远萦绕在每位读者的脑海中。

深深扎根

袋底洞与J.R.R.托尔金

(1954—1955)

我觉得,只要夏尔还在,安全又自在,我就会发觉流浪更容易忍受——我会知道,还有那么一个地方,它是稳固的安身立足之地,纵然我自己再也不能立足彼处。[①]

——弗罗多,见J.R.R.托尔金作品《魔戒同盟》[②]

袋底洞让比尔博的人生有了方向:实际上它就是他真正追寻的对象。袋底洞在他心目中是个神圣的所在,每当他陷于险境……它的形象就会浮现在他眼前,就像祈祷那样。

——韦恩·哈蒙德,1987年[③]

正如另一部由牛津学者创作的童书《爱丽丝梦游仙境》一样,《霍比特人:去而复返》(1937)的故事也从一个地洞开始,不过二者的相似之处仅限于此。《霍比特人》中的洞穴并非梦境的入口,而是虚构作品中最令人难忘、引人向往的住所之一——坐落在"山下"的袋底洞,霍比特人比尔博·巴金斯的家。[④]它圆形的前门刷着漂亮的绿漆,"正中央安着一个亮闪闪

The hill : hobbiton~across~the Water~

J.R.R.托尔金这幅画作呈现了霍比屯这个秩序井然的小小世界,画面上能看到袋底洞绿色的圆形大门,那是比尔博·巴金斯和弗罗多·巴金斯的家,也是《霍比特人》与《魔戒》的故事中至关重要的起点和终点。

的黄铜把手"。进门便是——

> 圆管一样的客厅,看着像个隧道,不过和隧道比起来可舒服太多了,而且没有烟,周围的墙上都镶了木板,地上铺了瓷砖和地毯,屋里摆着锃亮的椅子,四周钉了好多好多的衣帽钩,那是因为霍比特人非常喜欢有人来上门做客。⑤

隧道通向一连串房间:左侧的房间都有深陷的圆窗,窗外是斜坡上整洁的花园和草坪,一直延伸到河边;右侧是满满当当的储藏室和宽敞的地窖。霍比特人的国度,即《魔戒》中的"夏尔",是"一个广袤而受人尊敬的国度,有着体面的居民,良好的道路,一两间客栈;不时有矮人或农夫缓缓走过,兜售东西"。霍比屯是个极其安宁的地方。

> 这附近的英雄寥寥无几,根本就找不到。这一带的刀剑大都已经钝了,斧子都是用来砍树的,盾牌也改成了摇篮或盖饭菜用的东西。⑥

建造地下家园的做法强调了根基的重要性,也是最古老的霍比特家族固有的习俗。初来乍到者往往把房屋建在地面,尽管他们依然遵循开圆窗之类的传统。

一位名叫甘道夫的著名巫师闯入了比尔博平静的世界,他来招兵买马,找人"加入我策划的冒险"。让比尔博出乎意料的是,到了第二天夜里,一大群矮人已经聚集在袋底洞,而他自己已经答应跟他们一同上路,向一条恶龙索回它很久以前从霍比特人的祖先手中窃取的大批财宝。他母亲奔放的图克血统战胜了父亲一方偏胆怯的巴金斯血统。不过,面对越来越大的危险、越来越艰险的旅程,他的决心动摇了。"我干吗要跟人家来蹚飞贼什么的浑水!真希望我这会儿是在自己美妙的洞府家中,坐在壁炉旁边,听着水壶咕嘟咕嘟烧水的声音!"他自言自语。在经历了几次不愉快的交锋,又侥幸逃出食人妖的魔爪之后,他们终于抵达一处安稳的家园,也就是"最后的家园"——埃尔隆德和他的精灵们在幽谷的住处。

> 无论你是想要吃东西、睡觉、工作,还是讲故事、唱歌,或者只是坐着发呆,或是把所有提到的这些事情全都混在一起做,他的房子都是一个完美的所在。⑦

幽谷纵然是个疗愈身心、激发灵感的好地方,也是日后一百一十一岁高龄的比尔博在《魔戒》开头时为自己选定的隐退之地,但它无法取代夏尔那让人感到亲切又舒适的环境。比尔博遥远的家园不断出现在《霍比特人》当中,如同回荡不休的钟声。下面是十余处描写中的两个例子:当一只鹰从半兽人手中救下他的性命,得意地问他:"还有什么能比飞翔更幸福?"

> 比尔博本想说"好好洗个热水澡,睡个懒觉,在草地上吃早餐",不过,他还是觉得什么都不说为好。⑧

而在他被精灵围困时——

> 他又想起了自己的霍比特洞府，洞府中自己最喜爱的客厅和客厅炉火前那把舒适的椅子，还有水壶烧开水时咕嘟咕嘟的声音……"我真希望能回到自己的霍比特洞府，坐在温暖的炉边，沐浴在油灯的光芒里！"[9]

在整部小说中，历险的情景与舒适愉悦的片段交替出现。在他们与座狼、半兽人、蜘蛛、森林精灵的战斗和比尔博盗取一枚历史悠久的戒指并从恶龙史矛革手中逃脱的经历中间，穿插着他们与朋友抽烟斗的画面、温暖的旅店中觥筹交错的情景，还有丰盛的饭菜、热腾腾的澡盆和真正的床铺。对于一个讲述从恶龙手中夺取宝物，高潮部分有五支大军交战的故事而言，如此强调家的舒适很不寻常。然而，整部《霍比特人》中，都充斥着"舒适""根"，尤其是"家"这样的字眼，这也成为托尔金作品的独特标志。

《霍比特人》这个睡前故事是他为自己的孩子和他那些喜爱精灵的同僚创作的，其中有许多只有他们才懂的玩笑。这也是一次试水，是为另一部更为宏大的作品投石问路。他将断断续续为那部作品工作二十年之久，并不断完善，直至生命尽头，它就是《精灵宝钻》。

> 我想创作一大批神话传说，每个故事都多少有点关联，大到宏大的宇宙变迁，小到浪漫的童话——大的从小的中汲取烟火之气，小的则在广袤无垠的背景上描绘辉煌的图景，我可以干脆把它们献给英格兰——我的祖国。[10]

深深扎根 247

"《魔戒》不过是我在1936—1953年间创作的一套作品的末尾部分,全本的长度几乎是它的两倍。"他在回复W.H.奥登寄来的一封热情洋溢的信(1955年6月7日)时这样解释。他笔下博大精深的传奇故事,是他毕生研究英格兰、威尔士、北欧的古代语言文学的结果,也得益于他在高校教授英语期间的业余写作。他先是在利兹大学担任准教授职务,随后又升任教授一职,最终成为牛津大学的英语文学教授。

对矮人的暗示最早出现在《嬉乐不再的小屋》中。托尔金在一本学校练习册上写下这个故事(现藏于牛津大学博德利图书馆)。他当时患了战壕热,正在养病。故事里,一名旅人来到一座山脚下,看见——

> 一栋小小的房子,上面开着许多小窗,都用窗帘遮得严严实实。不过也正因如此,投向窗外的那束光线才显得格外温暖、格外美妙,一如室内那一颗颗满足的心。他顿时对长途跋涉失去了兴趣,打心眼里渴望有好心人陪伴左右——受巨大的渴望驱使,他转身走向小屋的大门。

他敲开门,询问这是谁的房子,被告知它就是马尔·凡瓦·迪亚列瓦,即"嬉乐不再的小屋",多年前由林多和薇瑞建造,现在住满他们的亲朋好友。见旅人面露惊讶,不敢相信如此狭小的地方竟能容纳这么多人,看门人说:

> 房子虽不大,但住户更矮小。要想进去,得是个子很

小的人才行。要么就自愿踏上门槛,变作同样矮小的人儿。[11]

旅人被请进去享受一夜的"盛情款待",发现自己置身于一个名叫"重获嬉乐"的大厅。一群欢笑着的孩子走进来,饭后,大家都走进"那个叫'篝火'的房间听故事"。他们听到的故事,就是托尔金之子克里斯托弗最终以《失落的传说之书》为名出版的精灵传说的最初版本。到了1936年,出于对矮人的喜爱,托尔金开始构想一个全新的种族:霍比特人。

二十年后,托尔金的文风从《霍比特人》中推心置腹的慈爱口吻,变成了《魔戒》三部曲(1954—1955)中吟游诗人式的吟唱,他缔造了一部爱国主义神话,"适合这个拥有长久诗歌传统的国度中那些成熟的心灵阅读"[12]。C.S.刘易斯说它:

> 就像一道晴日惊雷……在这部作品中,那种浪漫动人、洋洋洒洒、率性坦荡的英雄传奇再次回归,重现在这个近乎病态地反对浪漫主义的时代。[13]

托尔金描绘了一个安稳而根深叶茂的世界,再以其中温暖的细节铺垫即将到来的艰难冒险。在这段旅程中,袋底洞既是起点也是终点。《魔戒同盟》的楔子赞美了夏尔的宁静,宣称霍比特人在此安居已有千年。在随后的三章中,托尔金深情地刻画了霍比特人国土上的种种细节,随后才将故事推向更为广阔的中土世界,那里有精灵、人类、矮人、食人妖、巨人、可怕的食尸鬼、幽灵、树人、会说话的动物、巫师。那些巫师在环境恶劣的塔顶上实施杀戮与破坏。在这个幻想世界,霍比特人的国度占据着中心地位。正如汉弗莱·卡彭特所言:

> 这个新故事的主题相当宏大,但它讲述的主要是这些小矮人所展现的勇气。本书的内核深藏在夏尔的客栈与花园之中,它们象征着托尔金挚爱的关于英国的方方面面。⑭

袋底洞是"一条连接熟悉世界的脉络,贯穿整张奇幻之网",是一座"架设在读者的世界与书中世界之间的桥梁"⑮。比尔博·巴金斯在冒险之旅中幻想破灭,意识到真正的宝藏就存在于自己家乡所在的"宁静的西部,在那座山丘上,在山脚下的霍比特洞府里"。而《魔戒》中的弗罗多、梅里、皮平和山姆也都从对夏尔的回忆中汲取力量。故事始于(夏尔纪年)1401年9月22日的袋底洞,这天,比尔博穿上一件带有精美刺绣图案的丝绸马甲举办了一场聚会,欢庆自己与诸位表亲和继子弗罗多共度的漫长岁月。聚会以比尔博消失告终。他把袋底洞和魔戒都留给了弗罗多。当晚,甘道夫告诉弗罗多,"素来安稳而亲切的"夏尔正处在危险之中。黑暗的大幕正在降下。

弗罗多手中这枚戒指绝不仅是一件能让人隐身的简单道具。它其实是"至尊魔戒",具有主宰世界的魔力,它也是魔多的黑暗之王索伦追寻的目标。弗罗多的使命则是将它摧毁,从而拯救整个中土世界,而不只是为了拯救夏尔。弗罗多震惊不已。尽管如此,他还是在三位勇敢友人的支持下肩负起这项使命:

他们是他的表亲梅里雅达克·白兰地鹿（梅里）、佩里格林·图克（皮平）和他的园丁山姆怀斯·甘姆吉（山姆）。他们逐渐成长为这部作品中最伟大的英雄。梅里和皮平暗指那些像托尔金一样参军入伍，作为军官，参加第一次世界大战的校友。山姆则是"英国士兵的写照，像是我在1914年战争中结识的那些列兵和勤务兵，我认为他们远远比我优秀"[⑯]——托尔金后来这样写道。

他们都常常渴望回家。弗罗多从风云顶的堡垒废墟上回望，"头一次清晰地意识到自己已无家可归，身处险境。他满腔苦涩，多么希望命运将他留在心爱的宁静的夏尔"。正是对夏尔的思念和它所代表的一切，让他们甘愿踏上这段旅程。夏尔的生机勃勃、欣欣向荣与他们穿越的那些死气沉沉或濒临死亡的地带形成鲜明对比。在摩瑞亚的矿坑里，弗罗多的思绪飘向——

> 比尔博还居住时的袋底洞。他由衷希望自己能回到那里，回到那些日子里，修剪草坪，在花丛间散步；由衷希望自己从来没听说过摩瑞亚，没听说过秘银——更没听说过魔戒。[⑰]

但他依然不改投身冒险的初衷，尽管他发现自己已经被戒指左右，越来越难想起自己的家园。是梅里和皮平，尤其是山姆，保持了从袋底洞和夏尔汲取精神力量的能力。在米那斯提力斯的一座高塔上，梅里思索着他们奇怪的处境，对皮平说：

> "我想,最好还是先爱适合你爱的,你必须有个起步的地方,扎下一些根,而夏尔的土壤是很深的。"⑬

山姆与弗罗多艰难地穿过魔多,身后紧跟着咕噜,此时,山姆唯一渴望的就是"在袋底洞的老厨房里守着壁炉,吃一顿晚餐或早餐"。见弗罗多瘫倒在地,山姆背起他,"并不比在夏尔的草地或打草场上嬉戏时背起一只霍比特小猪更费力气",从此,山姆就一直背着他前进。在魔戒与咕噜坠入末日裂缝中那道燃烧着熊熊烈火的深渊之后,山姆发现弗罗多又成了从前的他,"夏尔那些好时光里亲爱的主人"。欢庆结束后,弗罗多告假要回"我的家"——夏尔。阿拉贡恩准了他,表示"一棵树要在故土上才长得最好"。

小说的最后几章,即"归家"和"夏尔平乱",讲述了他们如何平定袋底洞和夏尔遭受的破坏。可是身心俱疲的弗罗多最终决定与精灵们一同远航,离开中土前往西方仙境。重新以袋底洞为家的是山姆怀斯·甘姆吉、他的妻子小玫和无数来自甘姆吉家的小矮人。在整个旅程中,袋底洞都为他们照亮了前进的方向。托尔金让山姆成为袋底洞的主人,借此向年轻的工人阶级致以谢意,他们曾在1914—1918年与1939—1945年间无私地为国捐躯。

是什么给托尔金带来灵感,让他如此不合常理地摒弃了巫师萧索的塔楼、精灵浪漫的林中居所、矮人富丽堂皇的山洞和人类宏伟的城市,转而塑造出具有纯正英式风情的夏尔和真正堪称脚踏实地的袋底洞?约翰·罗纳德·雷尔·托尔金(即

J.R.R.托尔金）于1892年1月3日出生在南非奥兰治自由州首府布隆方丹。19世纪七八十年代，人们在金伯利和威特沃特斯兰德发现了钻石和黄金。于是，他的父亲，时年三十二岁的亚瑟·托尔金，在1889年登上了开往开普敦的轮船，展现出比尔博继承自图克家族的那种寻宝热忱。他放弃了劳埃德银行伯明翰分行薪资微薄的工作，换取了非洲银行的工作岗位，希望能挣到足够的钱，理直气壮地迎娶未婚妻梅布尔·苏菲尔德。到了1890年底，他已经升任布隆方丹支行经理。他邀请心爱的梅布尔去南非与他团聚，他们1891年在开普敦大教堂成婚。他们的次子希拉利于1894年2月出生。

在度过了一个"寒冷"的夏季和一场蝗灾之后，梅布尔于1895年4月带着孩子回到英国，好让他们与祖辈团聚并强健体魄。他们与外祖父母约翰及艾米莉·苏菲尔德住在伯明翰城郊的肯斯黑斯。同年11月，他们得知亚瑟患了风湿热。梅布尔准备去探望他，但还没来得及动身就得知他已经去世。梅布尔跟两个儿子搬进萨利洞的一栋简陋的半独立住宅。萨利洞是一处宁静的小村庄，距肯斯黑斯三千米左右，距伯明翰市中心六千米左右。托尔金认为，在萨利洞度过的四年"大概是我一生中最漫长、对我影响最深远的时光"[13]。在他四岁到八岁的那几年，他家所在的乡野宛如"一片失落的天堂"。

> 我被带回祖国的乡村，这里与我记忆中的景象——炎热、干燥、荒凉——截然不同，这更加深了我对英国乡村

的热爱。我能把它画成地图,描摹它的每一寸土地。我强烈地爱着它,这份爱是某种逆向的乡愁。这些草甸让我感受到一种双重的回归……那里有座老磨坊,两位磨坊主真的会用它磨粮食;那里还有一大片池塘,水面游弋着天鹅;那里有个沙坑;有个开满鲜花的美丽山丘和几间老式农舍;远处还有一条小溪,溪上是另一座磨坊。[30]

托尔金素来与母亲一方的家人更为亲近,他在给儿子迈克尔的信中写道:

> 虽然顶着托尔金这个姓氏,但我在艺术品位、天赋、教育上都是苏菲尔德家的后代。对我而言,那个郡的每个角落(无论美丑)都带有一种难以言喻的"家"的味道,与世界上的任何地方都不相同。[31]

1955年,在致信出版商驳斥那种认定夏尔就是牛津郡的谬见时,他声称,"它其实多少有点像维多利亚女王钻禧纪念时代[32]的一座沃里克郡村庄",又解释说自己就在这样一处地方长大。他著名的手绘图《山岭:隔河眺望霍比屯》是萨利洞及其周边乡村的一幅理想图景,上面画着磨坊、带圆窗的农舍和花团锦簇的花园。

1900年,梅布尔带着两个儿子来到伯明翰,以便他们入学。1904年她去世后,萨利洞、伍斯特郡和沃里克郡在托尔金心目中变得越发神圣。托尔金在《霍比特人》和《魔戒》中使用了当地的地名，以此向故土致敬。"袋底洞"这个名字致敬了他亲爱的姑妈简·内夫位于伍斯特郡的农庄多姆斯顿庄园农场。这是一栋风格杂糅的老宅，坐落在一条巷道尽头。托尔金1923年第一次去那里疗养。他很满意自己对法语"cul-de-sac"的英语化处理，满意到反过来又将比尔博那些势利的表亲命名为萨克维尔[35]·巴金斯。在《魔戒》第一部中，弗罗多、山姆、梅里和皮平在动身前往图克地时穿越了绿丘乡野（Green Hill Country）和林尾地（Woody End），这两个地名应该是在向萨利洞的绿丘（Green Hill）和林尾（Wood End）两地致敬。

托尔金曾参加过第一次世界大战，尽管如此，在进入学术界之后，他却更倾向于在想象中冒险，而不是亲自上路。他创作生涯的大部分时光都在北牛津度过。他骑车往返于北沼路上的家和各个学院、图书馆与教室之间，在本地酒馆与C.S.刘易斯、查尔斯·威廉姆斯这些挚友共度欢乐时光。1958年，他在写给狄波拉·韦伯斯特的信中这样描述自己：

> 一个不折不扣的霍比特人，唯有身高是个例外。我喜欢花园、树木和尚未机械化的农田；我抽烟斗，喜欢美味、质朴的食物（不经冷藏），但讨厌法式烹饪；我喜欢装饰性的马甲，甚至在这个无聊的时代也有胆量穿它；我爱吃蘑菇（从地里采摘的那种）；有着简单直接的幽默感（这一点就连最赞赏我的评论家都觉得讨厌）；我喜欢晚睡晚起（如果可以的话）；我不爱出门旅行。[36]

深深扎根　　255

"我是一个不折不扣的霍比特人,唯有身高是个例外。"J.R.R.托尔金在1958年告诉一位记者,"我喜欢花园、树木……甚至在这个无聊的时代也有胆量穿装饰性的马甲。"

而他也有崇高、伟岸的一面。W.H.奥登在写给他的信中说:

> 我想我还从没告诉过您,对我而言,在本科时代听您背诵《贝奥武夫》是一段多么令人难忘的经历。您的嗓音分明就是甘道夫的声音。[25]

托尔金四岁丧父,十二岁丧母。在某种程度上,甘道夫和凯兰崔尔就是他们理想化的替身。他还喜欢把妻子的形象浪漫化,幻想成精灵少女露西恩,而自己则是她身为凡人的灵魂伴侣贝伦。就像夏尔是霍比特人心灵的港湾一样,让他天马行空的幻想有所依凭、不致飘远的,是他的日常生活,那种"简单、平凡的"有家有室、养儿育女的生活。他深深地根植在这种生活之中。在家里,他是慈祥的圣诞老人,每年都给约翰、迈克尔、克里斯托弗和普莉希拉写信,他还是笨拙的司机布里斯先生,也是辛劳的画家尼格尔,这位画家终日忙于俗务,只画出一片完美的叶子,尽管他要画的是无数棵树。甘道夫留在跃马客栈那几行诗句原本有着截然不同的用途,不过,我想它们很好地反映了安稳的心灵家园在托尔金心中是何等重要。

> 真金未必闪亮,
> 浪子未必迷途;
> 老而弥坚不会凋萎,
> 深根隐埋不惧严霜。[20]

古老魔法的堡垒

霍格沃茨魔法学院与J.K.罗琳

（1997—2007）

> 伏地魔与哈利……有个本质上的相似之处——这两个男孩都在孤独中长大，缺少本该疼爱他们的亲人，也都在某处地方而非某个人身上找到了这份亲情的替代品。这处地方就是霍格沃茨。
>
> ——比阿特丽斯·格罗夫斯，2017年[①]
>
> 霍格沃茨自成一个世界，它更像一个人物而不是一处场景。
> ——克劳迪娅·芬斯克，2008年[②]

我的这本书从一座充满魔力的城堡写起，也将以一座这样的城堡结束。霍格沃茨学校——"古老魔法的堡垒"[③]——也像我写到的第一座城堡奥特兰多一样，处处充满神秘与危险：这所学校中有地道、魔怪、从画像上走下来的鬼魂和可以四处走动的铠甲。但它也是一个充满慈爱的地方，是让魔法学徒哈利·波特有生以来第一次感受到爱与赞赏的家园。

哈利尚在襁褓中时就成了孤儿，从小跟姨妈德思礼一家生活在萨里郡小惠金区女贞路4号。这家人行为怪异、待人刻薄。人生的前十一年，他过着灰姑娘一般的生活，遭到鄙视与奴役，睡在楼梯下的储藏间里。但在J.K.罗琳创作的七部曲中的第一部，也就是《哈利·波特与魔法石》（1997）开头，一个名叫鲁伯·海格的长毛巨人闯入了他的生活，告诉哈利他的父母都是魔法师。他必须离开"麻瓜"（不通魔法者）的世界，去霍格沃茨魔法学院上学。他得从国王十字车站九又四分之三站台出发，登上霍格沃茨特快列车。这列壮观的蒸汽火车将闪电般地穿越英国，驶向遥远而多山的地带。

一看见那座城堡，新生们就爆发出一声响亮的"哇"。

> 狭窄的小路尽头突然展开了一片黑色的湖泊。湖对岸高高的山坡上耸立着一座巍峨的城堡，城堡上塔尖林立，一扇扇窗口在星空下闪烁。④

海格的身份很快被发现，他是看管学校的神奇动物的猎场看守。在他的带领下，哈利和其他新生乘小船渡湖，驶入一个地下港口，沿途经过蔓生的常春藤。他们下船登岸，爬过一段岩石通道，最终从城堡前方的草坪出来，走进它宏伟的橡木大门。

> 石墙周围都是熊熊燃烧的火把。天花板高得几乎看不到顶。正面是一段豪华的大理石楼梯，直通楼上。⑤

他们先是被成群经过、忙着聊天的鬼魂吓了一大跳，随后被带进大厅,里面点着悬浮的蜡烛。在这里,新生们被按照个性划分学院,四座学院分别以学校四位创始人的名字命名:格兰芬多是勇敢者之家,拉文克劳属于聪明人,赫奇帕奇代表忠实与公义,斯莱特林则意味着狡黠与野心。这个选择由神奇的分院帽做出,它以诗句斟酌每名学生的去向。它先是考虑让哈利进入斯莱特林,随后又接受了他本人的意愿,允许他进入格兰芬多,这让哈利松了口气。哈利吃了一顿每个孩子梦想中的晚餐,然后走进自己的寝室,在一张四柱大床上酣然入睡。床上挂着红色的帷幔,床铺用一个暖床器烘得暖暖的。在学院的公共休息室,壁炉旁摆放着舒适的扶手椅,孩子们在炉火上烤面饼和棉花糖。"将来学院就是你们的家。"严厉又慈祥的麦格教授解释说。

事实证明此言非虚。哈利发现,自己作为邪恶巫师伏地魔没能杀死的婴儿,即所谓"大难不死的男孩",早已名声大噪。丑小鸭变成了白天鹅,他终于如鱼得水。很快,"城堡变得比女贞路更像个家"。他在这里找到了另一个家:校长阿不思·邓布利多是位慈父般的导师,海格出人意料地扮演了母亲的角色。在《哈利·波特与魔法石》中,他温柔地把襁褓中的小哈利送到了德思礼家。[6]在该系列的最后一部作品《哈利·波特与死亡圣器》(2007)中,海格以同样的温柔把哈利已然死去的躯体扛回霍格沃茨,"双臂因抽泣而颤抖,在他身上洒下大颗大颗的泪珠",这个画面让人不禁联想到圣殇。[7]

在格兰芬多,罗恩·韦斯莱和赫敏·格兰杰成为哈利忠实的伙伴。城堡不断地令新生们惊奇。

> 霍格沃茨的楼梯总共有一百四十二处之多。它们有的又宽又大；有的又窄又小，而且摇摇晃晃；有的每逢星期五就通到不同的地方；有些上到半截，一个台阶会突然消失，你得记住在什么地方应当跳过去。另外，这里还有许多门，如果你不客客气气地请它们打开，或者确切地捅对地方，它们是不会为你开的；还有些门根本不是真正的门，只是一堵堵貌似是门的坚固的墙壁。想要记住哪些东西在什么地方很不容易，因为一切似乎都在不停地移动。⑧

霍格沃茨带来舒适与奇迹，也带来挑战。正像在《曼斯菲尔德庄园》中一样，这个新家也面临威胁。尖酸、势利的德拉科·马尔福沿袭了其家族对麻瓜出身的魔法师的敌视态度。神秘的魔药学教授西弗勒斯·斯内普也同样处处与他们作对。可怕的生物潜藏在城堡的管道、密道和错综复杂的地下。最可怕的是，伏地魔正寻求长生不老、统治世界，他曾是霍格沃茨的一名学生，以前叫汤姆·里德尔。他在十一年前被打败，但在这个过程中，他杀死了哈利的父母，还企图杀害他们的孩子。但哈利幸存下来，成为传奇人物——"大难不死的男孩"。随着剧情的发展，我们发现邓布利多在悉心教导哈利，希望他能对抗"黑魔头"，保护学校和自己。

该系列每部作品的时间跨度都是一个学年，从9月开始到暑假结束。霍格沃茨始终占据着中心地位。在这些作品中，哈

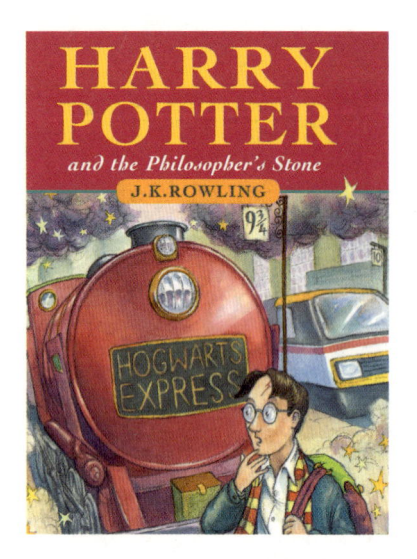

在哈利·波特冒险七部曲的第一部中，哈利乘一列蒸汽火车转眼间来到霍格沃茨城堡。在他学习如何打败大反派伏地魔期间，这座仿佛有生命的魔法城堡既是他的家园，也是他的救星。

利和朋友们一级级升学。他们在《哈利·波特与魔法石》中是十一岁，在《哈利·波特与死亡圣器》中已经十七岁。在《哈利·波特与魔法石》中，一个可以使人长生不死、带来荣华富贵的魔法护身符被藏在霍格沃茨，由一只骇人的巨型三头犬看守。在《哈利·波特与密室》（1998）中，哈利和朋友们需要去发现斯莱特林创始人萨拉查深藏在学校地窖中的凶残蛇怪。在《哈利·波特与阿兹卡班的囚徒》（1999）中，霍格沃茨看似受到了臭名昭著的小天狼星布莱克的威胁，但真正的反派却是罗恩的宠物老鼠斑斑，由小矮星彼得伪装而成，他曾背叛过哈利的父母和小天狼星。在《哈利·波特与火焰杯》（2000）中，欧洲魔法学校的冠军们来参加三强争霸赛，伏地魔对比赛做了手脚，给哈利设下圈套。

危险在《哈利·波特与凤凰社》（2003）中进一步加剧，霍格沃茨被魔法部副部长多洛雷斯·乌姆里奇控制。作为反击，城堡开放了有求必应屋，供那些反抗她统治的人躲避。他们可以在那里练习重要的黑魔法防御术，以挫败伏地魔对学校的下一次攻击。在《哈利·波特与混血王子》(2005)中，霍格沃茨遭到摄取灵魂的摄魂怪入侵（它们是威胁夏尔的黑骑士的近亲），邓布利多之死将全书推向高潮。最后，《哈利·波特与死亡圣器》描绘了学校遭受的一次毁灭性的打击，写黑魔头因哈利舍己救人的牺牲而被永远地打败。哈利坦然赴死的决心至关重要：他克服了对死亡的恐惧，而伏地魔则极力逃避死亡。

霍格沃茨城堡是个奇幻而浪漫的创造物，为吸引想象力丰富的儿童而精心设计，那些就读于综合走读学校的孩子也包括在内，罗琳本人正是在这种学校读书的学生。在接受斯蒂芬·弗莱采访时，她坦言自己从未上过寄宿学校，随后又说：

> 让孩子们在某个地方一起过夜对剧情至关重要。霍格沃茨不可能是走读学校，因为如果他们回家跟父母交谈，每个星期还得回到学校，在夜里四处奔走，那么冒险隔一天就会中断一次，所以它必须是一所寄宿学校。⑩

在另一篇访谈中，她解释道：

> 在小说中，寄宿学校替代了家庭。学生们与同龄人生活在一起，不受父母管束，也无须为惹恼父母而内疚。⑪

寄宿学校是一个英国味十足且十分常见的文学设定，这项传统从《汤姆求学记》(1857)开始，一直延续到由安吉拉·布拉吉尔、弗兰克·理查兹、安东尼·巴克里奇和伊妮·布赖顿创作的无数作品中。但没有一个建筑能像霍格沃茨这样形象鲜明，广受喜爱。它在《哈利·波特》系列故事中占据着无与伦比的重要地位，既是效忠的对象，也是最终的奖赏。

家庭，无论幸福或不幸，都推动着剧情的发展。这套系列故事围绕哈利·波特、汤姆·里德尔和西弗勒斯·斯内普之间的关联展开，这三个被遗弃的男孩都在不同阶段把霍格沃茨视作另一个家。邓布利多告诉哈利：

斯图尔特·皮尔森·赖特在2006年为J.K.罗琳绘制了这幅素描肖像。2005年，她向斯蒂芬·弗莱坦承自己从未上过寄宿学校。她创造霍格沃茨学院不仅因为它可以让她笔下的人物在不受父母干扰的情况下投身冒险之旅，还因为它扮演了家的角色。

> "伏地魔对这所学校比对任何个人更有感情。霍格沃茨是让他最开心的地方，是他感到像家的第一个地方，也是唯一的地方。"哈利听到这些话有点儿不舒服，因为这也正是他对霍格沃茨的感受。[10]

哈利与伏地魔、斯内普的不同之处在于后两者都来自不幸的家庭，而哈利则不同，他尽管自幼父母双亡，却从魔法幻影中看到父母非常爱他。家宅反映了家庭的深层状态。德思礼家所在的女贞路恪守传统。布莱克家所在的格里莫广场像它的名字一样严峻而古老，[13]它在《哈利·波特与凤凰社》中变得像霍格沃茨一样活力十足："哈利感觉他们真的在与这栋房屋作战，而且它战斗力很强。"伏地魔的父母所在的冈特家与里德尔家都悲凉而凄苦。唯一真正令人满意的住所，是韦斯莱家所在的"陋居"，一个像袋底洞一样温馨、舒适的地方。哈利加入这个大家庭，与罗恩结下了兄弟般的友谊，把韦斯莱夫人视作母亲，最终娶了罗恩的妹妹金妮。

把学校塑造成书中最令人难忘的角色，反映了J.K.罗琳对"知识就是力量"的信念，这从她对文学与神话典故的旁征博引中可见一斑。阿不思·邓布利多一心要教会他手下的年轻魔法师正确使用魔法。他相信，他们能借助榜样、实验、研究、直觉的力量学习（同时对健康和安全忽视到可笑的地步）。在该系列的最后一部作品中，三个小伙伴意识到自己接受的教育是何等重要。事实证明，赫敏渊博的草药学知识、罗恩精湛的棋艺和哈利高超的魁地奇技巧都是必不可少的技能。学习如何使用霍格沃茨那座魔法图书馆同样重要，它有时会做出暴力的举动。这是一座记忆宫殿，拥有"数以万计的藏书，数以千计的书架，数以百计的狭窄巷道"，馆内的藏书都凶猛地捍卫自己。借此，罗琳想证明知识既能用于善举，也能用于恶行。汤姆·里德尔查阅《尖端黑魔法揭秘》，海格学习龙的饲养，赫敏在《强力药剂》中学会如何制作复方汤剂，罗恩一直保留着《神奇的魁地奇球》，直到归还日期已经过去很久。

哈利的冒险也像托尔金笔下霍比特人的冒险一样，遵循着约瑟夫·坎贝尔在其比较神话学经典著作《千面英雄》中列举的史诗惯例。英雄和他忠实的伙伴踏上冒险之旅，经受千奇百怪的试炼。约翰·格兰杰曾指出：

> 哈利·波特的每次冒险都是一个闭环，而且每次都像前人奥德修斯、埃涅阿斯与但丁的冒险一样分为三个步骤，即从尘世进入魔界、在魔界发轫、最终载誉归来，中途通常还会穿插一趟冥界之旅。[⑬]

不过，史诗中的场景和地点很少能像英雄本人一样魅力十足。在故事最后的霍格沃茨大战中，城堡各部分都积极地发挥作用。画中人走下画框，一队人称"无头猎手队"的幽灵飞奔着投入战斗，雕像和铠甲大步前进，就连课桌也奋起作战。顽皮捣蛋的皮皮鬼把疙瘩藤的荚果扔到食死徒头上，学校地界上的神奇动物与植物也都加入战斗。家养小精灵一窝蜂涌进入口大厅，带着小刀和砍刀。学生、精灵和巫师都在战斗中阵亡，连哈利·波特本人也不例外。不过，哈利被复活了，又披着隐形衣重返战场。

> 城堡里空荡荡的。他独自大步行走着，感觉像个幽灵，仿佛自己已经死了。那些相框里的肖像仍然空着，整个学

校是一片诡异的死寂,似乎所有活下来的生命都集中在了大礼堂,死者和哀悼者都挤在那里。[15]

他再次与伏地魔对决,后者最终被自己的反弹咒语击败。胜利的邓布利多大军将奇迹般地重建学校,让它比从前更加辉煌。十九年后,哈利的儿子,以他最敬爱的导师命名的阿不思·西弗勒斯,将登上霍格沃茨特快列车。

罗琳本人的生活是否曾给她创作霍格沃茨带来启发?罗琳生于1960年,与妹妹一同在迪恩森林附近长大,就读于塞得伯里的怀登学校。她自幼就博览群书,E.内斯比特、多萝西·L.塞耶斯、南希·米特福德、C.S.刘易斯、查尔斯·狄更斯和J.R.R.托尔金都在她钟爱的作家之列。她曾把简·奥斯丁的《爱玛》称作指路明灯,并在《苏格兰人报》的一篇访谈中说伊丽莎白·古吉那部富有深刻基督教寓意的《小白马》"对哈利·波特系列作品产生的直接影响……远超其他著作"[16]。月亮坪庄园在《小白马》中的重要性不亚于霍格沃茨在哈利·波特的冒险中起到的作用。罗琳在作品中直接向《小白马》致敬,写哈利·波特睡在一张用暖床器烘得暖烘烘的四柱大床上,置身一座天花板有如星空的塔楼,在一只独角兽的带领下探索地下走廊,这些都是玛丽亚·马列威特六十年前的经历。

比阿特丽斯·格罗夫斯、约翰·格兰杰和克劳迪娅·芬斯克这些学者揭示了罗琳广博而纵深的文学知识,并巧妙地追溯了她作品中的文学典故,从那些顽皮且显而易见的(以《曼斯菲尔德庄园》中那位难缠的姑妈诺里斯太太之名命名管理员的猫）到那些隐晦艰深的（《哈利·波特与死亡圣器》开头引用了埃斯库罗斯的一首诗，第二章题为"纪念"，引自丁尼生一首含义晦涩的诗）。[17]这套作品还深受炼金术思想影响——罗琳在1998年说自己在动笔前"阅读了大量与炼金术有关的著作"[18]。对伏地魔而言，魔法石就是另一个形式的圣杯，即长生不老之药[19]。涉及炼金术的典故穿插在全部七册作品中。四座学院也分别对应土壤、空气、火焰、水这四种基本元素。阿不思·邓布利多、鲁伯·海格和小天狼星布莱克等人的名字令人联想到炼金过程中的三个阶段，即白、红、黑。炼金术士视寻找为己任，哈利则在学院的魁地奇队伍中担任找球手。他的守护神是一头雄鹿，鹿在炼金术中代表渴望神的恩泽。新灵魂都诞生在"上帝的裂隙"（God's hollow place），而我们知道，哈利就出生在英格兰西部一座名叫戈德里克洞（Godric's Hollow）的小村庄。一个专门展示霍格沃茨系列作品中宗教元素的网站把这套书称作"有史以来最受欢迎的炼金术作品"[20]。

罗琳这部由七本书构成的史诗长达一百余万字，篇幅比钦定版《圣经》长百分之三十。作为一部现代小说，它的道德感强烈得异乎寻常。无论是对任何魔法都持批判态度的基要主义基督徒，还是那些对该系列持轻蔑态度，认为它风靡一时纯属侥幸，本质上不过是一套复古寄宿学校小说的评论家，都对第七部，也是最后一部小说，感到疑惑不解，它也是这套作品的高潮之作。哈利·波特——"被选中的人"，以类似基督的形象出现,做好了受难的准备,要从邪恶之徒手中拯救世界。"我想,这本书清楚地反映了我在宗教方面的信仰与矛盾。"[20]罗琳在本书出版后说。

罗琳关注的焦点是如何构建一个给人带来滋养与支持的家,这也是人们普遍关心的话题。这套作品另一个更为宏大的主题,就是要让人们知道,在正义与邪恶无尽的对决中,这样的家庭教育能成为有力的武器。

后记

    我描写的这二十座虚构建筑或简陋或宏伟，或舒适或可怖，或凄凉孤寂或备受珍视。其中一些遭到了破坏，另一些则从灾难中幸存下来。人们心怀感激地回到其中一些，又明智地避开另一些。这些文章背后的潜台词，是对家园的本质的追寻。家究竟是一座奖杯，对事业成功、婚姻美满的肯定，还是我们与生俱来的负担？它究竟是一个值得我们为之奋斗的地方，还是一个与我们的童年纠缠不清，进而阻碍我们成长的所在？我们究竟应该留在那里，还是应该把它当作迈向成功的跳板？在人生的不同阶段，我们借家园达到不同的目的。我文中各具特色的虚构家园，正印证了家对人类而言是何等重要。

    时代在变。"二战"后的几十年中，家庭生活备受重视，但现代科技降低了家庭生活的技术门槛，导致它在20世纪60年代遭到拒斥。70年代，"唯我一代"逐渐占据主流，人们开始崇尚个人主义，迷恋游牧式的生活，更愿意把资源投入到自己身上，而不是用于经营家庭。到了1983年，伦纳德·卢特瓦克已经能够想象"在20世纪和21世纪，移动的住所——汽车、房车、飞船——或许会成为人们的家园"。然而，在过去三十年中，面对水泥、砖块飙升的价格，生活在路上的浪漫幻想逐渐褪色，从一栋设施完善的住宅升级到另一栋更高级的住宅，成为人们普遍的生活方式。如今，从事搬家业务越来越无利可图，而且许多年轻人根本买不起房。租房成为新的常态。

我想，今天，我们正重新审视那些失落的家园，找到昔日的根基，并打下新的根基，建立新的连接，也重新发现已有的连接。有了网络搜索引擎和社交媒体，这个过程变得空前容易。人们热衷于追溯家族史、建造花园来装点家园。而我们每个人，无论是租户还是业主，也都欣然接受挑战，争相创造日后能让我们的后代深情怀念的家园。作家们也再次开始在小说中传达自己的理念，强调家所蕴含的情感而非金钱价值。把房屋视作主角的小说必将再次涌现。

地名录

《奥特兰多城堡》

奥特兰多城堡,意大利佩鲁贾

贺拉斯·沃波尔从未造访过这座阿拉贡式的城堡。它俯瞰意大利海港小城奥特兰多,有着恰到好处的哥特风格,气势恢宏。

草莓山庄,英国特威克纳姆

沃波尔自建的这座仿哥特式住宅能让人更好地理解他的思想。山庄的花园一周七天免费开放。主宅开放时间为周日上午11点至下午4点,周一中午12点至下午4点。

《曼斯菲尔德庄园》

戈德默沙姆庄园,英国肯特郡,奇勒姆

在创作《曼斯菲尔德庄园》的过程中,简·奥斯丁时常造访这座位于肯特郡奇勒姆的住宅,她的兄长爱德华于1808年继承这处产业。在新发行的十英镑钞票上,它成为简·奥斯丁肖像的背景。从一条纵贯庄园的小道上,人们能将主宅尽收眼底,并清晰地看到建于18世纪的装饰建筑。庄园每年6月在英国国家花园计划规定的日期开放。夏天,古德汉姆庄园历史建筑中心每周一上午9点至12点、下午1点至5点开放。(godmeshamheritage.webs.com)

斯通利修道院，英国沃里克郡

这里是简母亲的家族利一家的祖宅，他们在此居住了四百年之久。1806年，简与母亲和姐姐卡桑德拉随表亲托马斯·利牧师造访斯通利修道院。这里的礼拜堂和庄园领地都由汉弗莱·雷普顿设计，后来都作为索瑟顿庄园的设施出现在《曼斯菲尔德庄园》中。园区周日至周四开放，从上午11点开放至下午5点。进入主宅需由导游陪同。

查顿庄园，英国汉普郡

简·奥斯丁曾在此居住十年，如今这里已被改造成她的纪念馆。庄园一周七天开放，圣诞节和1月除外。（ww.jane-austens-house-museum.org.uk）

《威弗莱》

阿伯茨福德，英国罗克斯堡郡，梅尔罗斯镇

这座沃尔特·司各特梦中的城堡，主宅、花园和领地向公众开放，主宅也提供住宿。（www.scottsabbotsford.com）

特拉凯尔府，英国皮布尔斯郡，因纳利森镇

这座城堡定期向公众开放。它那座带有熊形雕像的大门想必为图里-维奥兰城堡的创作带来了灵感。这扇大门自斯图亚特王朝终结后，就再也没有开启过。（www.traquir.co.uk）

《呼啸山庄》

哈沃斯牧师住宅，英国约克郡

如今这里是纪念勃朗特家族的博物馆。（www.bronte.org.uk）

托普·惠滕斯

哈沃斯高处一栋废弃的农舍,常被视作呼啸山庄的原型,但它的规模无法与呼啸山庄相提并论。

《七个尖角顶的宅第》

塞勒姆,美国马萨诸塞州

那座据说曾启发霍桑创作的房屋就坐落在这里。它如今是一座纪念霍桑与这部著作的博物馆。(www.7gables.org)

《荒凉山庄》

荒凉山庄,英国布罗德斯泰斯市

这座杂乱却魅力十足的房屋曾是查尔斯·狄更斯的夏季别墅,多年后,它被更名为荒凉山庄,并辟为博物馆。如今它又重新成为私人住宅。

罗金汉姆城堡,英国莱斯特郡

狄更斯常来这座城堡做客,这里是他的朋友沃森一家的住宅,据说与切斯尼高地多有相似之处。这处城堡至今仍归沃森家族所有,定期向公众开放。(www.rockinghamcastle.com)

《汤姆叔叔的小屋》

汤姆叔叔的小屋博物馆,加拿大安大略省,德累斯顿

这座博物馆为纪念人称"地下铁道"的奴隶逃亡路线而建,但实际上与哈丽雅特·比彻·斯托的小说并无关联。

《夏洛克·福尔摩斯》

夏洛克·福尔摩斯博物馆，英国伦敦

这座博物馆为纪念夏洛克·福尔摩斯而建，位置就在如今的贝克街221号B（柯南·道尔创作福尔摩斯系列时，这个地址尚不存在）。（www.shelock-holmes.co.uk）

《波因顿的战利品》

兰慕别墅，英国苏塞克斯郡，莱伊镇

亨利·詹姆斯在写完《波因顿的战利品》之后不久就定居于此。如今这里由国家信托基金会维护，定期向公众开放。它体现了詹姆斯对家的设想，与波因顿本身相比，它更像加雷斯夫人最后那个优雅又不失简朴的家里克斯。（www.nationaltrust.org.uk/lamb-house）

《福尔赛世家》

库姆比别墅，英国金斯顿山

高尔斯华绥亲笔绘制的罗宾山庄建筑图纸被收藏于大英博物馆。它的现实原型是高尔斯华绥位于金斯顿山的童年家园库姆比别墅。

《霍华德庄园》

鲁克斯巢，英国赫福特郡，斯蒂夫尼奇小镇

E.M.福斯特在赫福特郡的童年故居如今是私人住宅。周边的田园是散步的好去处。

《了不起的盖茨比》

金沙角，美国纽约长岛

尽管"烽火塔"已被拆除，但金沙角依然保留着不少壮观的大宅。游客可以参加定制旅游项目，观赏这些住宅。（sandspointpreserveconservancy.org）

《奥兰多》与《爱德华七世时代》

诺尔庄园，英国肯特郡，七橡树镇

这里如今归国家信托基金会管辖。诺尔庄园定期向游客开放。（www.nationaltrust.org.uk/knole）

《蝴蝶梦》

曼纳比利庄园，英国康沃尔郡，福伊镇附近

曼陀丽庄园的灵感来源于一栋私人住宅，它被掩映在浓密的林木间，几乎隐去了形迹。不过庄园领地上有两座度假屋对外出租，其中一座靠近庄园著名的船坞。（www.menabilly.com）

《故园风雨后》

霍华德城堡，英国约克郡

这座建筑符合沃对布赖兹赫德庄园外观的描述，并成为近期拍摄的一版电影的取景地。城堡定期向公众开放。（www.castlehoward.co.uk）

马德雷斯菲尔德庄园，英国伍斯特郡，莫尔文镇

马德雷斯菲尔德庄园是沃的朋友利根一家的住宅，具有布

赖兹赫德庄园某些特征，尤其是那座艺术与工艺风格的礼拜堂。这里偶尔对公众开放。（www.madresfieldestate.co.uk）

《我的秘密城堡》

温菲尔德城堡，英国萨福克郡

一处私人房产，能从毗邻的公共地块上欣赏它。

《歌门鬼城》

萨克，英国海峡群岛

虽然歌门鬼城纯属虚构，但皮克的第二部作品却提到了这座岛上的诸多具体地名，他曾在此居住多年。

《霍比特人》与《魔戒》

萨利洞水磨坊，英国伯明翰

与托尔金的时代相比，如今萨利洞周边多了许多建筑。这座村庄在托尔金的创作中占据着近乎神圣的地位；启发他创作了夏尔这个乡间天堂。这座磨坊被建成博物馆，得到了妥善保护。（www.birminghammuseums.org.uk/sarehole）

注释

序言

① 原文"Gird its loins",字面意思为"扎起腰带",指为某事做好准备。——编者注(注释若无特别标示,皆为编者注)
② 《空间的诗学》,加斯东·巴什拉著,玛丽亚·乔拉斯译,企鹅出版社2014年版。——原注
③ 《奥兰多》第4章,弗吉尼亚·伍尔夫著,霍加斯出版社1928年版。——原注
译文参考林燕译《奥兰多》,人民文学出版社2015年版。译文略有改动。——译者注
④ 重印于《心灵的潮汐:论作者、读者与想象的访谈与文章》第42—43页,厄休拉·勒古恩著,香巴拉出版社2004年版。——原注

逼真的幻象

① 贺拉斯·沃波尔作品《奥特兰多城堡和神秘的母亲》导读第19页,费德里科·S.弗兰克著,博览出版社2003年版。——原注
② 《奥特兰多城堡:一个中世纪故事》第1章,贺拉斯·沃波尔著,1747年版。——原注
本章译文均采用封宗信、耿晓谕、张巨文译《奥特兰多城堡》,宝华文艺出版社1998年版。部分译文略有改动。——译者注
③ 见《简述哥特文学与建筑的关系》,杰西卡·伊莎著,http://exeter.academia.edu/JessicaEsa。——原注
④ 现藏于得克萨斯州休斯敦市萨拉·坎贝尔·布莱弗基金会。——原注

⑤ 出自贺拉斯·沃波尔致亨利·西摩·康威的信，1747年6月，《贺拉斯·沃波尔书信》第37卷，第269页，耶鲁大学出版社网络版。——原注

⑥ 《贺拉斯·沃波尔》第140页，R.W.凯顿-克雷默，梅休因出版社1964年版。——原注

⑦ 《旁观者》第415期，约瑟夫·艾迪生著，1712年6月26日。——原注

⑧ 出自贺拉斯·沃波尔的书信，1762年8月21日，见《贺拉斯·沃波尔与英国小说》第9页，R.R.梅哈特拉著，布莱克威尔出版社。沃波尔在此处指的是斯宾塞《仙后》中阿尔玛那座明显拟人化的城堡。——原注

⑨ 《为幻想寻找寓所：贺拉斯·沃波尔与草莓山庄》第7页，马里昂·夏尼著，阿什盖特出版社2013年版。——原注

⑩ 此处涉及"艺术模仿自然"的概念，这是欧洲一个传统的美学观点，首先出现在亚里士多德的名作《诗学》中。莎士比亚的名句"举起镜子照自然"就是对这一概念形象化的表述，也体现了这一传统观点所蕴含的现实主义精神。

⑪ 哥特体又称"哥特手写体"。——原注

⑫ 《奥特兰多城堡》前言。——原注

⑬ 《奥福德伯爵贺拉斯·沃波尔书信集》第3卷。——原注

⑭ 《英国法释义》第2卷，第208页，威廉·布莱斯通著，克拉伦登出版社1766—1770年版。——原注

⑮ 《奥特兰多城堡》，第2版前言，1765年版。——原注

⑯ 作者在前言中称其为"奥特兰多城堡的文学后裔"（《英国小说中的建筑》第83页，沃伦·亨廷顿·史密斯著，耶鲁大学出版社1970年版）。——原注

⑰ 现归国家信托基金会管辖。维恩别墅也在简·奥斯丁的生活中占有一席之地，见本书第2章。——原注

⑱ 出自托马斯·加里致贺拉斯·沃波尔的信，1736年7月15日。引自《为幻想寻找寓所》前言，第8页，夏尼著。——原注

⑲ 《贺拉斯·沃波尔》第41页，凯顿-克雷默著。——原注

迷惘之屋

① 简·奥斯丁致卡桑德拉的信,1814年6月13日,选自《简·奥斯丁书信集》,黛德丽·勒·费伊著,牛津大学出版社2011年第4版。——原注

② 《空钱袋、喜剧精神颂、致记忆与诗句中的青春》,乔治·梅瑞狄斯著,麦克米伦出版社1892年版。——原注

③ 该书完稿于1799年,但直到1817年12月她去世五个月后才首次出版。——原注

④ 《曼斯菲尔德庄园》第5章,简·奥斯丁著,托马斯·艾格顿出版社1814年版。——原注。
本章《曼斯菲尔德庄园》译文均参考孙致礼译《曼斯菲尔德庄园》,译林出版社2004年版。部分译文据上下文略有改动。——译者注

⑤ "曼斯菲尔德庄园"这个名字或许是在向法官曼斯菲尔勋爵致敬,他于1772年做出一项反对奴隶制的判决,这项判决具有里程碑式的意义。——原注

⑥ 奥斯丁在1813年1月29日致卡桑德拉的一封信中提到她对圣职的兴趣。引自《简·奥斯丁书信集》第210页。——原注

⑦ 《曼斯菲尔德庄园》第25章,简·奥斯丁著,托马斯·艾格顿出版社1814年版。——原注

⑧ 范妮的母亲希望托马斯爵士能对儿子威廉日后的发展有所助益。领养范妮是个更实惠的选择,尽管这位准男爵曾担心"表亲相恋",也担心必须为她提供优渥的生活。不过,范妮的姨妈诺里斯太太安抚他,说大可不必如此。——原注

⑨ 《曼斯菲尔德庄园》第2章,简·奥斯丁著。——原注

⑩ 《曼斯菲尔德庄园》第1章,简·奥斯丁著。——原注

⑪ 这句双关语是否是作者有意为之尚且存在争议,不过,奥斯丁紧接着写了句俏皮的抵赖:"好了,求你们不要怀疑我说了句双关语。"表明她很清楚这句话的双关义。——原注
克劳福德小姐将"海军少将"(rear admiral)和"海军中将"(vice admiral)

⑪ 简称为rears和vices，而这两个词又分别有"后部"和"罪恶"之意，因此本句具有双关义。译文以中文谐音模拟原文的双关效果。——译者注
⑫ 考伯是奥斯丁最喜欢的诗人。她在《爱玛》和《理智与情感》中也引用了他的诗句，还曾在书信中提到他。——原注
⑬ 《曼斯菲尔德庄园》第9章，简·奥斯丁著。——原注
这两句话引自英国诗人司各特的长诗《最后一个吟游诗人的歌》。——译者注
⑭ 《曼斯菲尔德庄园》第16章，简·奥斯丁著。——原注
⑮ 《曼斯菲尔德庄园》第38章，简·奥斯丁著。——原注
⑯ 《曼斯菲尔德庄园》第41章，简·奥斯丁著。——原注
⑰ 《曼斯菲尔德庄园》第48章，简·奥斯丁著。——原注
⑱ 《回忆录：我的姨妈简·奥斯丁》，卡罗琳·奥斯丁著，简·奥斯丁协会出版社1867年版。——原注
⑲ 查顿庄园没有礼拜堂。简为索瑟顿庄园安排的那座令生性浪漫的范妮大失所望的现代风格礼拜堂，借鉴了华威郡石庄园的礼拜堂。简曾在1806年8月6日与母亲同游这座庄园，住了十天左右。——原注
⑳ 时年十九岁的长子爱德华"总是冲在前头，跟猎犬一起"。引自《简·奥斯丁、爱德华·奈特与查顿：商业与社区》第88页，琳达·斯洛陶博著，林鸽出版社2015年版。——原注
㉑ 引自《简·奥斯丁生平》第424页，大卫·诺克斯著，加利福尼亚大学出版社1998年版；《奥斯丁文稿，1704—1856》第252卷，R.A.奥斯丁编，斯波蒂斯伍德出版社1942年版。——原注
卡桑德拉把style（方式）拼成了stile（窗框）。——译者注
㉒ 出自简·奥斯丁致弗兰克·奥斯丁的信，1809年7月26日，《简·奥斯丁书信集》第184页。——原注

连通两个世界

① 《祖父的故事》第2卷,第73页,沃尔特·司各特著,罗伯特·卡戴尔出版社1831年版。——原注

② 《高阶英式景观园林》,选自《18世纪的乡村生活》第47页,梅维斯·巴泰著,NS出版社1983年第2版。——原注

③ 《巴黎的罗伯特伯爵》第25章,沃尔特·司各特著,罗伯特·卡戴尔出版社1832年版。——原注

④ 《自传体回忆录》第219页,C.R.莱斯利著,汤姆·泰勒编,提克诺与菲尔兹出版社1855年版。——原注

⑤ 译文参考屠岸译本。——译者注

⑥ 《百伦泰出版社及其创始人,1796—1908》第39页,百伦泰出版社1909年版。——原注

⑦ 《威弗莱》序言,沃尔特·司各特著,1828年版。——原注

⑧ 《评论季刊》,1826年3月14日,见《沃尔特·司各特爵士对简·奥斯丁作品〈爱玛〉的评论》,威廉·雷泽尔著,《现代语言协会会刊》第43卷,第48页,1928年第2期。——原注

⑨ 《玛丽亚·埃奇沃思简介》,凯瑟琳·J.柯克帕特里克著,《拉克伦特城堡》,牛津大学出版社1995年版。——原注

⑩ 缺席地主指离开产业或常居地点的地主。

⑪ 《威弗莱系列小说总序》,沃尔特·司各特著,代表作48卷本,罗伯特·卡戴尔出版社1829—1833年版——原注

⑫ 《威弗莱》第8章,沃尔特·司各特著。——原注
本章《威弗莱》译文均参考石永礼译《威弗莱》,人民文学出版社1987年版。部分译文根据上下文略有改动。——译者注

⑬ 德比是英格兰中部的一座城市,地处德文特河河畔,位于德比郡的南部。

⑭ 《威弗莱》第63章,沃尔特·司各特著。——原注

⑮ 《威弗莱》第71章,沃尔特·司各特著。——原注

⑯ 阿伯茨福德(Abbotsford)字面意思为"修道院的浅滩"。

⑰ 《威弗莱》第3章,沃尔特·司各特著。——原注
⑱ 《威弗莱》第3章,沃尔特·司各特著。对欧德巴克书房的描述持续好几页篇幅。——原注
⑲ 《苏格兰乡村》,W.S.克罗柯特著,A&C布莱克出版社1902年版。——原注
⑳ 华盛顿·欧文(1783—1859),美国作家,曾担任律师和美国驻西班牙外交官,享有"美国文学之父"的美誉。
㉑ 《追忆沃尔特·司各特爵士》,查尔斯·夏普著,《弗雷泽期刊》1836年1月刊,第113页。——原注
㉒ 高地清洗指1750—1860年苏格兰大量佃农被逐出高地和群岛的事件。
㉓ "押韵者汤姆"(Tom the rhymer)中的"rhymer"一词音译为"莱默"。
㉔ 沃尔特·司各特日记,1831年11月23日,www.online-literature.com/watler_scott/journal-of-scott/53。——原注

两家人的灾祸

① 出自莎士比亚戏剧《罗密欧与朱丽叶》第3幕第1场。
② 《1854—1870年丹蒂·加布里埃尔·罗塞蒂致威廉·阿林汉姆的信》第58页,乔治·艾伦与昂温出版社1897年版。——原注
③ 本章《呼啸山庄》译文均参考杨苡译《呼啸山庄》,译林出版社2006年版,部分译文据上下文略有改动。——译者注
④ 《呼啸山庄》第1章,艾米莉·勃朗特著,托马斯·考特利·纽比出版社1847年版。——原注
⑤ 引自艾米莉·勃朗特1846年创作的诗歌《顷刻之间,顷刻之间》(*A Little While, A Little While*)。
⑥ 拦腰法(in media res)指不遵循时间顺序,从故事中间开始叙述的写作手法。
⑦ 为表述清晰,我以凯茜指代凯茜/凯瑟琳·恩萧,以凯瑟琳指代凯茜/凯瑟琳·林惇,引用的原文除外。在那个时代,人们常为子女起父母的名

⑧ 字,但艾米莉是为了追求某种特殊效果才有意让她们同名并改变她们名字的。——原注
⑧ 财产仅限男嗣继承造成的影响和它导致的女性丧失心爱家园的结果,是19世纪小说中经常出现的情节。这个问题也存在于薇塔·萨克维尔·韦斯特和弗吉尼亚·伍尔夫那些以诺尔庄园为题材的小说背后。(见本书《最奇异的回响》一章)——原注
⑨ 《呼啸山庄》第3章,艾米莉·勃朗特著。——原注
⑩ 《呼啸山庄》第34章,艾米莉·勃朗特著。——原注
⑪ 这一点首先由C.P.桑格详细阐述,发表在他1926年为伍尔夫的霍加斯出版社编写的专著《呼啸山庄的结构》中。——原注
⑫ 《呼啸山庄》第7章,艾米莉·勃朗特著。——原注
⑬ 《呼啸山庄》第13章,艾米莉·勃朗特著。——原注
⑭ 《呼啸山庄》第33章,艾米莉·勃朗特著。——原注
⑮ 《呼啸山庄》第32章,艾米莉·勃朗特著。——原注
⑯ 艾米莉·勃朗特诗歌《忆》。——原注
译文参考杨苡版本。——译者注
⑰ 《罗布·罗伊》第14章,沃尔特·司各特著,阿奇博尔德·康斯特布尔出版社1817年版。——原注
⑱ 林德尔·戈登(1941年生),英国传记作家,著有《T.S.艾略特传——不完美的一生》。
⑲ 《夏洛特·勃朗特:充满激情的一生》第5章,林德尔·戈登著,维拉戈出版社2008年版。——原注
⑳ 《哈沃斯教堂墓园》,马修·阿诺德著。——原注
㉑ 在《呼啸山庄的缘起》(香港大学出版社1958年版)中,玛丽·威思克写到学者们"像卡索邦似的一头扎进"小说文本中。六十年后,对本书的评论与批评已是汗牛充栋。——原注

黑暗传奇

① 《七个尖角顶的宅第》第12章,纳撒尼尔·霍桑著,提克诺与菲尔兹出版社1851年版。——原注

本章《七个尖角顶的宅第》译文均参考胡允恒译《红字·七个尖角顶的宅第》,人民文学出版社1999年版。部分译文据上下文略有改动。——译者注

② 《霍桑和他的苔藓》,赫尔曼·梅尔维尔著,选自《文学界》,1850年8月17日、24日,纽约。——原注

③ 《七个尖角顶的宅第》第1章,纳撒尼尔·霍桑。——原注

④ 《七个尖角顶的宅第》第1章,纳撒尼尔·霍桑。——原注

⑤ 《叙述的历史:叙述发展研究》(新版)第14章,《霍桑与道德传奇》,亚瑟·兰塞姆著,菲利普·普尔曼作序,亚瑟·兰塞姆基金会出版社2019(1904)年版。——原注

⑥ 《七个尖角顶的宅第》第1章,纳撒尼尔·霍桑。——原注

⑦ 《七个尖角顶的宅第》第13章,纳撒尼尔·霍桑。——原注

⑧ 《七个尖角顶的宅第》第15章,纳撒尼尔·霍桑。——原注

⑨ 《七个尖角顶的宅第》第2章,纳撒尼尔·霍桑。——原注

⑩ 银版摄影是法国著名的歌剧院首席布景画家达盖尔于1839年发明的利用水银蒸汽对曝光的银盐涂面进行显影作用的方法。

⑪ "菲比"(Phoebe)这个名字来自希腊语,意为"明亮、纯净"。在希腊神话中,菲比是一位与月亮有关的提坦。

⑫ 《七个尖角顶的宅第》第5章,纳撒尼尔·霍桑。——原注

⑬ 《七个尖角顶的宅第》第7章,纳撒尼尔·霍桑。——原注

⑭ 《七个尖角顶的宅第》第9章,纳撒尼尔·霍桑。——原注

⑮ 《七个尖角顶的宅第》第18章,纳撒尼尔·霍桑。——原注

⑯ 《火之崇拜》,纳撒尼尔·霍桑著,选自《老教师住宅的青苔》,普特南出版社1846年版。——原注

⑰ 《七个尖角顶的宅第》第17章,纳撒尼尔·霍桑。——原注

⑱ 致亨利·康诺利的信,波士顿,1840年5月,见《纳撒尼尔·霍桑书

信选》第77页，乔埃尔·迈尔森著，俄亥俄州立大学出版社2001年版。——原注
⑲ 哈桑（Hathorne）加入字母"w"即成为霍桑（Hawthorne）。
⑳ 《霍桑的空中楼阁：〈七个尖角顶的宅第〉之形式与主题》，《英国文学史》第38卷，第2册，第294—317页，1971年6月。——原注

活人的坟墓

① 本章《荒凉山庄》译文均参考主万、徐自立译《荒凉山庄》，人民文学出版社2020年版。部分译文据上下文略有改动。——译者注
② 《荒凉山庄》第28章，查尔斯·狄更斯著，布拉德伯里与埃文斯出版社1853年版。——原注
③ 《从曼斯菲尔德庄园到戈斯弗斯庄园：从奥斯丁到阿特曼的英国乡间庄园》，《劝导》（北美简·奥斯丁协会期刊），2002年刊。——原注
④ 狄更斯作品《大卫·科波菲尔》中大卫的朋友，曾由于债务问题而入狱。
⑤ 《荒凉山庄》第1章，查尔斯·狄更斯著。——原注
⑥ 《荒凉山庄》第1章，查尔斯·狄更斯著。——原注
⑦ 《荒凉山庄》第7章，查尔斯·狄更斯著。——原注
⑧ 《荒凉山庄》第12章，查尔斯·狄更斯著。——原注
⑨ 《荒凉山庄》第12章，查尔斯·狄更斯著。——原注
⑩ 《荒凉山庄》第6章，查尔斯·狄更斯著。——原注
⑪ 《荒凉山庄》第45章，查尔斯·狄更斯著。在写作本书的同时，狄更斯也忙于将这类贫民窟改造成标准的工人住宅。他参观了1851年的万国工业博览会，十分欣赏阿尔伯特亲王的模范住宅。"孤独的汤姆大院"后来被改为皮博迪广场，这座广场是美国大慈善家乔治·皮博迪（1795—1869）的作品。——原注
⑫ 埃丝特的姓氏"萨默森"（Summerson）包含"夏日"（summer）一词。
⑬ 《荒凉山庄》第64章，查尔斯·狄更斯著。——原注
⑭ 《荒凉山庄》第66章，查尔斯·狄更斯著。——原注

灶台社团

① 本章《汤姆叔叔的小屋》译文均参考王家湘译《汤姆叔叔的小屋》，人民文学出版社1998年第1版，2003年重印版。部分译文据上下文略有改动。——译者注
② 《汤姆叔叔的小屋》第4章，哈丽雅特·比彻·斯托著，约翰·P.朱厄特出版社1852年版。——原注
③ 《汤姆叔叔的小屋》，乔治·桑德著，《新闻报》（法国），1852年12月17日。——原注
④ 《哈丽雅特·比彻·斯托：她一生的故事》第203页，查尔斯·爱德华·斯托著，霍顿·米夫林出版社1911年版。——原注
⑤ 《哈丽雅特·比彻·斯托的生平与书信》第132—133页，安妮·菲尔兹著，霍顿·米夫林出版社1898年版。——原注
⑥ 《汤姆叔叔的小屋》第9章，哈丽雅特·比彻·斯托著。——原注
⑦ 《汤姆叔叔的小屋》第13章，哈丽雅特·比彻·斯托著。——原注
⑧ 《汤姆叔叔的小屋》第13章，哈丽雅特·比彻·斯托著。——原注
⑨ 有人认为斯托作品一个重要缺陷就是不愿接受黑人与白人的融合；另外，她也对自己那批北方读者所持的偏见了如指掌。——原注
⑩ 《汤姆叔叔的小屋》第14章，哈丽雅特·比彻·斯托著。——原注
⑪ 伊万杰琳的昵称。
⑫ 《汤姆叔叔的小屋》第18章，哈丽雅特·比彻·斯托著。——原注
⑬ 《汤姆叔叔的小屋》第15章，哈丽雅特·比彻·斯托著。——原注
⑭ 不过罗里·阿斯克兰德却认为，正如汤姆叔叔的小屋尽管覆满鲜花却仍会"露出粗糙原木的痕迹"一样，人们总能从这本书中读到奴隶制与男权文化的痕迹，即使在书中最无忧无虑的乌托邦也是如此。《重塑〈汤姆叔叔的小屋〉中的家庭典范》，罗里·阿斯克兰德著，《美国文学》第64卷，第4册，第788页，1992年12月刊。——原注
⑮ 《汤姆叔叔的小屋》第32章，哈丽雅特·比彻·斯托著。——原注
⑯ 《汤姆叔叔的小屋》第41章，哈丽雅特·比彻·斯托著。——原注

⑰ 《走进戴娜的厨房:〈汤姆叔叔的小屋〉中的家庭政治》,《美国季刊》,第36卷,第4册,第503—523页,1984年秋季刊。另见《绝佳的设计:1790—1860美国小说中的文化机制》,简·托普金斯著,牛津大学出版社1986年版。——原注

单身汉之家

① 本章《空屋》译文均据秦白樱译《空屋》,《福尔摩斯探案全集》,新星出版社2011年版。部分译文据上下文略有改动。——译者注
② 《奇异的空间》第25—26页,罗伯特·哈比森著,安德烈·多伊奇出版社1977年版。——原注
③ "我塑造夏洛克·福尔摩斯的想法绝对要归功于您。"他在1892年5月4日致贝尔的信中写道,www.arthur-conan-doyle.com/index.php?title=Letter_to_Mr_Bell_about_Sherlock_Holmes_(4_may_1892)。——原注
④ 原书中,作者对"来自苏丹"四字使用了删除线以表示这几个字曾出现在道尔的笔记中,后被其画掉。译文保留了删除线。
⑤ 在1921—1927年间发表于《海滨杂志》的最后一系列故事《福尔摩斯案件簿》中,他表示福尔摩斯曾在蒙塔古广场有过一套公寓。——原注
⑥ 《血字的研究》第2章,阿瑟·柯南·道尔著,沃德·洛克出版社1887年版。——原注
本章《血字的研究》译文均据兴仲华译《血字的研究》,新星出版社2011年版。部分译文据上下文略有改动。——译者注
⑦ 《血字的研究》第2章,阿瑟·柯南·道尔著。——原注
⑧ 《空屋》,阿瑟·柯南·道尔著。——原注
⑨ "赫德森太太无疑是这部经典作品中的女主角。"凯瑟琳·库克赞赏地写道,这篇名为《赫德森太太:在自家开办的寄宿公寓中成为传奇》的文章刊登在2007年第55期《贝克街日报》第1页。罗伯特·哈比森对此表示赞同:"赫德森太太予人温暖、予人保护却不求任何回报。她病了,华生就给她开药。福尔摩斯病了,她就在一旁照料。"《奇异的空间》第

⑩ 约瑟夫·科斯特纳称之为"俱乐部的缩影"。《夏洛克的伙伴：男性气质、柯南·道尔与文化史》第34页，阿什盖特出版社1997年版。——原注
⑪ 《柯南·道尔：书信人生》第512页，乔恩·莱伦伯格等编，哈珀出版社2005年版。——原注
⑫ 原文"Holmes, Sweet Holmes"与习语"Home, sweet home"（家，甜蜜的家）谐音。

镇宅之神

① 《波因顿的战利品》第3章，亨利·詹姆斯著，海尼曼出版社1896年版。——原注
② 《亨利·詹姆斯》，R.S.托马斯著，选自《频率》，1978年版。——原注
③ 《一位女士的画像》前言，亨利·詹姆斯著，麦克米伦出版社1881年版。——原注
④ 《亨利·詹姆斯的笔记本》第40—41页，弗朗西斯·马西森编，牛津大学出版社1947年版。——原注
⑤ 这个名字的灵感或许来自他朋友罗伯特·路易斯·斯蒂文森创作的同名诗歌。他们在伯恩茅斯的斯凯沃里合住期间，詹姆斯曾是斯蒂文森的密友。他们空出了路易斯的父亲常坐的座位以表尊重。——原注
⑥ 《波因顿的战利品》第6章，亨利·詹姆斯著。——原注
⑦ 勒达，也译作丽达，是希腊神话中的斯巴达王后，海伦的母亲，曾受到宙斯化身的天鹅引诱。
⑧ 加雷斯夫人的教名为"阿黛拉"（Adela），亚瑟王名为Arthur。
⑨ 《波因顿的战利品》第7章，亨利·詹姆斯著。——原注
⑩ 《波因顿的战利品》第7章，亨利·詹姆斯著。——原注
⑪ 《波因顿的战利品》第21章，亨利·詹姆斯著。——原注
⑫ 《波因顿的战利品》第21章，亨利·詹姆斯著。——原注
⑬ 《波因顿的战利品》第21章，亨利·詹姆斯著。——原注

⑭ Vetch（韦奇）指野豌豆。
⑮ 《波因顿的战利品》第18章，亨利·詹姆斯著。——原注
⑯ 《波因顿的战利品》前言，亨利·詹姆斯著。——原注
⑰ 《英伦印象》，亨利·詹姆斯著，海尼曼出版社1905年版。——原注
⑱ 《波因顿的战利品》前言，亨利·詹姆斯著。——原注
⑲ 《波因顿的战利品》第10章，亨利·詹姆斯著。詹姆斯在书中明确指出这是某份杂志的创刊号，很可能是在暗示《美居》杂志，这份杂志在他写作本书期间创刊发行，致使他不得不更改书名。——原注
⑳ 威廉·莫里斯（1834—1896），英国艺术与工艺运动的领导人之一。世界知名的家具、壁纸花样和布料花纹的设计者兼画家。
㉑ 见《对物的热情》，比尔·布朗著，《亨利·詹姆斯评论》第23期，第222—223页，2002年刊。——原注
㉒ 致W.E.诺里斯的信，1907年12月23日，《亨利·詹姆斯书信集》第496页，珀西·卢柏克编，麦克米伦出版社1920年版。——原注
㉓ 乔治王时代（Georgian）指英国国王乔治一世至乔治四世在位时间，即1714—1830。
㉔ 伯恩·琼斯（Burne Jones，1833—1898），英国浪漫主义画家、图书插画家、彩色玻璃和马赛克设计师。
㉕ 詹姆斯·麦克尼尔·惠斯勒（1834—1903），著名的印象派艺术家。
㉖ 《尴尬年代》，亨利·詹姆斯著，海尼曼出版社1899年版。——原注

产业

① 本章《有产业的人》译文均参考中森译《有产业的人》，新星出版社2013年版。部分译文据上下文略有改动。——译者注
② 《有产业的人》第8章，约翰·高尔斯华绥著，海尼曼出版社1907年版。——原注
③ 《福尔赛成长小说：一处地方的传奇》，斯维特拉娜·妮基蒂娜著，载于《跨学科文学研究》第13卷，第1/2篇，2011年秋季，宾夕法尼亚州立

大学出版社。——原注
④ 约翰·高尔斯华绥，手写便条，大英图书馆索书号 Add MS.41752。——原注
⑤ 《有产业的人》第10章，约翰·高尔斯华绥著。——原注
⑥ 《有产业的人》第8章，约翰·高尔斯华绥著。——原注
⑦ 《有产业的人》第3章，约翰·高尔斯华绥著。——原注
⑧ 《福尔赛世家》前言，约翰·高尔斯华绥著，海尼曼出版社1922年版。——原注
⑨ 《有产业的人》第3章，约翰·高尔斯华绥著。——原注
⑩ 《读〈福尔赛世家〉》，乔弗里·哈维著，《英文研究年鉴26》第131页，1996年版。——原注
⑪ 《有产业的人》第5章，约翰·高尔斯华绥著。——原注
⑫ 《有产业的人》第4章，约翰·高尔斯华绥著。——原注
⑬ 格拉斯高学派指19世纪八九十年代活跃在格拉斯哥的一批水彩画家和油画家。他们受法国印象派的影响，将充满活力的画风、形式，与色彩的装饰性效果相结合。
⑭ 查尔斯·伦尼·麦金托什（1868—1928），苏格兰建筑师。他的作品属于艺术与工艺风格，他是英国新艺术运动的主要倡导者。
⑮ 该引文及本段其他引文引自《英国之家》，赫尔曼·穆特修斯著，丹尼斯·夏普编译，DSP专业图书出版社1987年版。（译自1904年的德语版）——原注
⑯ 《有产业的人》第8章，约翰·高尔斯华绥著。——原注
⑰ 《有产业的人》第13章，约翰·高尔斯华绥著。——原注
⑱ 出自莎士比亚戏剧《威尼斯商人》第4幕，第1场。
⑲ 《有产业的人》第9章，约翰·高尔斯华绥著。——原注
⑳ 《文人肖像六——高尔斯华绥先生与〈殷红的花朵〉》，福特·马多克斯·福特著，《展望》（伦敦），1913年10月18日刊发。詹姆斯·金丁在《约翰·高尔斯华绥的生活与艺术：异乡人的堡垒》中引用，见第31页，密歇根大学出版社1987年版。——原注

㉑ 《福尔赛成长小说》第61—76页,妮基蒂娜著。——原注
㉒ 《证明》第219页,弗兰克·劳埃德·赖特著,地平线出版社1987年版。——原注
㉓ 《习作与实施的建筑》,弗兰克·劳埃德·赖特著,恩斯特·沃斯穆斯出版社1910年版。——原注
㉔ 《出租》第9章,约翰·高尔斯华绥著,海尼曼出版社1921年版。——原注

心灵的依靠

① R.A.斯各特-詹姆斯,《每日新闻报》1910年11月,见《E.M.福斯特:批评的遗产》第138页,菲利普·加德纳编,劳特里奇出版社1973年版。——原注
② 《平庸之书》,E.M.福斯特著,斯科拉出版社1978年版。——原注
③ 《看得见风景的房间》周年纪念版后记,企鹅出版社1958年版。——原注
④ 《霍华德庄园》第1章,E.M.福斯特著,爱德华·阿诺德出版社1910年版。——原注
本章《霍华德庄园》译文均参考苏福忠译《霍华德庄园》,上海译文出版社2016年版。部分译文据上下文略有调整。——译者注
⑤ 多莉原文为"Dolly",指洋娃娃,暗示多莉像洋娃娃一样美丽而木讷。
⑥ 《霍华德庄园》第22章,E.M.福斯特著。——原注
⑦ 《霍华德庄园》第19章,E.M.福斯特著。——原注
⑧ 《霍华德庄园》第18章,E.M.福斯特著。——原注
⑨ 《霍华德庄园》第17章,E.M.福斯特著。——原注
⑩ 《霍华德庄园》第44章,E.M.福斯特著。——原注
⑪ 《霍华德庄园》第33章,E.M.福斯特著。——原注
⑫ 《E.M.福斯特:访谈与回忆》第81页,约翰·斯塔普著,麦克米伦出版社1993年版。——原注
⑬ 《摩根:E.M.福斯特传》第16页,尼可拉·博曼著,霍德出版社1993年版。——原注

⑭ 《玛丽安·索恩顿》，E.M.福斯特著，爱德华·阿诺德出版社1956年版。——原注
⑮ 《E.M.福斯特：一生的故事》第1卷，第16页，P.N.福尔班克著，红翼出版社1988年版。——原注
⑯ 当时我还是剑桥大学纽纳姆学院的一名本科生（1964—1967），我在国王学院的朋友约翰·库克带我去拜访福斯特，他喜欢跟学生们交谈。他谈到了记录梦境、闪念和金句的重要性。他于1970年去世，十五年后，他的《摘录簿》由斯坦福大学出版社出版。——原注

宏大的幻梦

① 《了不起的盖茨比》第3章，F.斯科特·菲茨杰拉德著，斯克里布纳之子出版社1925年版。——原注
本章《了不起的盖茨比》译文均参考巫宁坤、汤永宽、萧甘译《了不起的盖茨比》，上海译文出版社2006年版。部分译文据上下文略有改动。——译者注
② 《批评研究：了不起的盖茨比》第142页，凯瑟琳·帕金森著，企业出版社1988年版。——原注
③ 《爵士乐时代的回响》，刊载于《斯克里布纳杂志》1931年11月刊。——原注
④ 《了不起的盖茨比》第3章，F.斯科特·菲茨杰拉德著。——原注
⑤ 《了不起的盖茨比》第4章，F.斯科特·菲茨杰拉德著。——原注
⑥ 《了不起的盖茨比》第4章，F.斯科特·菲茨杰拉德著。——原注
⑦ 罗伯特·亚当（1728—1792），苏格兰新古典主义建筑、室内设计、家具设计师。
⑧ 《了不起的盖茨比》第5章，F.斯科特·菲茨杰拉德著。——原注
⑨ 《斯科特·菲茨杰拉德》，安德鲁·特恩布尔著，斯克里布纳之子出版社1962年版。——原注
⑩ 辛克莱·刘易斯创作了一部描写房地产经纪人的小说《巴比特》，于

1922年出版。——原注

⑪ "哈珀兄弟出版社曾邀请泽尔达为《名女人最爱的菜谱》撰文,她在文章中写道:'确认自己是否有培根,如有,询问厨师该用哪只平底锅煎炸。询问是否有鸡蛋,如有,请安排厨师水煮两个。最好不要尝试做吐司,因为很容易烤煳。做培根时,切勿把火开得太大,否则你会不得不离家一周。最好用瓷盘盛放,不过方便的话,亦可使用金质或木质餐盘。'"引自多萝西·拉纳尔为《亲爱的斯科特,亲爱的泽尔达:F.斯科特与泽尔达·菲茨杰拉德的情书》所作序言,第27页,J.拜耳、C.巴克斯编,圣马丁出版社2002年版。——原注

⑫ 这栋建筑于1945年被拆除。2013年的电影《了不起的盖茨比》中,盖茨比的家就是参照这里布置的。——原注

⑬ 《了不起的盖茨比》第7章,F.斯科特·菲茨杰拉德著。——原注

⑭ 《了不起的盖茨比》第8章,F.斯科特·菲茨杰拉德著。——原注

⑮ 这段描写很像康拉德的《黑暗之心》中马洛对罗马时代伦敦的想象。菲茨杰拉德承认,这部小说半客观的叙事方式借鉴自康拉德。——原注

⑯ 《作家的房子》,F.斯科特·菲茨杰拉德著,《时尚先生》,1936年7月1日。——原注

⑰ 《评〈了不起的盖茨比〉》,H.L.孟肯著,《芝加哥星期日论坛报》,1925年5月3日。——原注

最奇异的回响

① "奇异"一词的原文为"queer",也暗指伍尔夫与韦斯特之间的特殊情感。

② 见《弗吉尼亚·伍尔夫》第95页,克莱尔·汉森著,帕尔格雷夫·麦克米伦出版社1994年版。——原注

③ 《星期日泰晤士报》,奈杰尔·尼科尔森著,1966年9月4日。——原注
奈杰尔·尼科尔森(Nigel Nicolson,1917—2004),薇塔·萨克维尔-韦斯特之子。——译者注

④ 历法之宅：指设计中象征性地包含历法数字的建筑，如每年的天数、每年的月数、每月的天数等，这种设计始于伊丽莎白时代，在维多利亚时代颇为流行。

⑤ 《诺尔与萨克维尔家族》第2页，薇塔·萨克维尔－韦斯特著，海尼曼出版社1922年版。——原注

⑥ 《佩皮塔》第192页，薇塔·萨克维尔－韦斯特著，霍加斯出版社1937年版。——原注

⑦ 《继承人》第5章，薇塔·萨克维尔－韦斯特著，海尼曼出版社1922年版。——原注

⑧ 《弗吉尼亚·伍尔夫日记》第2卷，第61页，弗吉尼亚·伍尔夫著，安妮·奥利弗·贝尔编，霍加斯出版社1977年版。——原注

⑨ 同上，《弗吉尼亚·伍尔夫日记》，第236页。——原注

⑩ 薇塔的日记，1926年8月7日，见《面具背后：薇塔·萨克维尔－韦斯特的一生》第163页，马修·丁尼生著，柯林斯出版社2014年版。——原注

⑪ 致薇塔的信，1927年1月31日—2月2日，见《弗吉尼亚·伍尔夫书信》（五卷本）第3卷，第319页，奈杰尔·尼科尔森编，霍加斯出版社1975—1980年版。——原注

⑫ 《弗吉尼亚·伍尔夫：作家的一生》，林德尔·戈登著，维拉戈出版社1984年版。2018年上映的电影篡改了大量事实。——原注

⑬ "'薇塔的挚友多蒂、希尔达和弗吉尼亚'，这句话我说不出口。我受不了那种二流女校的氛围。"（《日记》第3卷第267页）英国广播公司制作人希尔达·麦基森及多蒂·威尔斯利均为薇塔的恋人。——原注

⑭ 《作家日记》1927年10月5日，弗吉尼亚·伍尔夫著，霍加斯出版社1953年版。——原注

⑮ 见《20世纪英语文学导读》第307页，哈利·布拉迈尔斯著，缪安出版社1983年版。——原注

⑯ 《弗吉尼亚·伍尔夫日记》第2卷，1924年7月5日。——原注

⑰ "谢尔默丁"（Shelmerdine）这个名字出自迈克·阿伦的《伦敦历险记》（1920），这是一部意识流小说，书中那位名叫Shelmerdine的"可爱女冒

险家"拥有众多情人。——原注
⑱ 《奥兰多：一部传记》第2章，弗吉尼亚·伍尔夫著，霍加斯出版社1928年版。——原注
本章《奥兰多》译文均采用林燕译《奥兰多》，人民文学出版社2015年版。部分译文据上下文略有改动。——译者注
⑲ 几尼是英格兰王国以及后来的大英帝国及联合王国在1663至1813年间发行的货币。
⑳ 《奥兰多》第6章，弗吉尼亚·伍尔夫著。——原注
㉑ 《爱德华七世时代》第1章，薇塔·萨克维尔-韦斯特著，霍加斯出版社1930年版。——原注
㉒ 《爱德华七世时代》第2章，薇塔·萨克维尔-韦斯特著。——原注
㉓ 《爱德华七世时代》第2章，薇塔·萨克维尔-韦斯特著。——原注
㉔ 《爱德华七世时代》第7章，薇塔·萨克维尔-韦斯特著。——原注
㉕ 《爱德华七世时代》第7章，薇塔·萨克维尔-韦斯特著。——原注

纯粹的呓语

① 本章《令人难以宽慰的农庄》译文均参考巴扬译《令人难以宽慰的农庄》，新星出版社2019年版。部分译文据上下文略有改动。——译者注
② 《令人难以宽慰的农庄》第3章、第2章，斯黛拉·吉本斯著，朗文出版社1932年版。——原注
③ "麦八阁先生的问题在于，对于那些普通的东西——即使是最优秀的人也不会将它们与'性'联系在一起——他却认为其中都有着对'性'的暗示。"他与芙洛拉一起散步时，"树木的根茎让麦八阁先生想到了阳具，芽苞则使麦八阁先生想到了乳头和处女"。他向芙洛拉指出，"他和她正在种子上行走，而它们正在地球的子宫内发芽。他说，这让他觉得，自己就像在践踏一个身材高大、肤色棕黑的女人的身体。他觉得，自己就像是某种伟大的妊娠仪式中的性伴侣"。《令人难以宽慰的农庄》第11章，斯黛拉·吉本斯著。——原注

④ 《令人难以宽慰的农庄》第1章,斯黛拉·吉本斯著。——原注
⑤ 《令人难以宽慰的农庄》第8章,斯黛拉·吉本斯著。——原注
⑥ 这句话是电报的内容,故而没有标点,原文为"Worst fears realised darling seth and reuben too send gumboots"。
⑦ 《令人难以宽慰的农庄》第3章,斯黛拉·吉本斯著。——原注
⑧ 《令人难以宽慰的农庄》第22章,斯黛拉·吉本斯著。——原注
⑨ 《令人难以宽慰的农庄》第23章,斯黛拉·吉本斯著。——原注
⑩ 我本以为这段文字也是戏仿,但我错了。H.L.曼诺德(1904—1991)是认真的,他生活在苏塞克斯郡腹地一节改装过的火车厢里,写下许多波伊斯风格和阿尔弗雷德·埃德加·科帕德风格的短篇小说。1953年,他受够了编辑的干涉和微薄的收入,放弃了文学创作,转而买下更多土地,开始自己耕种粮食、酿造果酒。——原注
⑪ 她在1966年应《笨拙》杂志之邀撰文谈论《令人难以宽慰的农庄》的创作时写道:"玛丽·韦伯小说中那些痛苦的大脸惹恼了我。我压根儿不相信赫里福德郡人会比卡姆登人更绝望。"吉本斯指的可能是罗兰德·希尔德尔和诺曼·赫普尔为凯普出版社1930年出版的韦伯小说创作的插图,画中人都有千篇一律的生硬表情。——原注
⑫ 这段押头韵的话的原文是:Small feckless clouds were hurried across the vast untroubled sky— shepherdless, futile, imponderable—and were torn to fragments on the fangs of the mountains, so ending their ephemeral adventures with nothing of their fugitive existence left but a few tears.
⑬ 《谪仙记》第3章,玛丽·韦伯著,康斯特布尔出版社1917年版。——原注
⑭ 《爱玛》开篇第一句话是:爱玛·伍德豪斯又漂亮,又聪明,又有钱,加上有个舒适的家,性情也很开朗,仿佛人生的几大福分让她占全了。译文据孙致礼译本。——译者注
⑮ 汉普斯特德为伦敦最高端的住宅区之一,这里以众多文化艺术名人及商业精英而闻名。
⑯ 《韦斯特伍德》第4章,斯黛拉·吉本斯著,朗文出版社1964年版。——原注

⑰ 《令人难以宽慰的农庄大会》,斯黛拉·吉本斯著,朗文出版社1949年版。——原注
⑱ 《令人难以宽慰的农庄、D.H.劳伦斯与两次大战之间的英语文学》,费伊·汉密尔著,《现代小说研究》2001年冬季第4期,第4卷,第831—854页。《是文学作品,还是"纯粹的呓语"?斯黛拉·吉本斯的〈令人难以宽慰的农庄〉》,费伊·汉密尔著,《女性、名流与两次大战之间的文学》,得克萨斯大学出版社2007年版。《论斯黛拉·吉本斯的〈令人难以宽慰的农庄〉中的文明开化运动、女权主义与喜剧》,《现代小说研究》2013年第1期,第43卷,第30—49页。——原注

秘密之宅

① 《秘密之宅》,达芙妮·杜穆里埃著,《蝴蝶梦笔记及其他回忆录》第135页,格兰茨出版社1981年版。——原注
② 《蝴蝶梦》后记,萨莉·博曼著。——原注
③ 达芙妮·杜穆里埃的祖父乔治·杜穆里埃是漫画家和小说家;母亲缪丽尔·博蒙特是演员。
④ 《秘密之宅》第134页,达芙妮·杜穆里埃著。——原注
⑤ 《达芙妮·杜穆里埃》第58页,玛格丽特·福斯特著,查托出版社1993年版;《达芙妮:为达芙妮·杜穆里埃画像》第80页,朱迪丝·库克著,班坦图书1991年版。——原注
⑥ 《蝴蝶梦》后记,萨莉·博曼著。——原注
⑦ 麦克斯:马克西姆的昵称。
⑧ 本章《蝴蝶梦》译文均据林智玲、程德译,陆谷孙校《蝴蝶梦》,上海译文出版社1996年版。部分译文据上下文略有改动。——译者注
⑨ 《蝴蝶梦》第7章,达芙妮·杜穆里埃著,格兰茨出版社1938年版。——原注
⑩ 《蝴蝶梦》第14章,达芙妮·杜穆里埃著。——原注
⑪ 《蝴蝶梦》第1章,达芙妮·杜穆里埃著。——原注

⑫ 《蝴蝶梦》第16章，达芙妮·杜穆里埃著。——原注
⑬ 《蝴蝶梦》第17章，达芙妮·杜穆里埃著。——原注
⑭ 《蝴蝶梦》第21章，达芙妮·杜穆里埃著。——原注
⑮ 《蝴蝶梦》第23章，达芙妮·杜穆里埃著。——原注
⑯ 《蝴蝶梦》第27章，达芙妮·杜穆里埃著。——原注
⑰ 《蝴蝶梦》第1章，达芙妮·杜穆里埃著。——原注
⑱ 上海文艺出版社2010年出版的中文版将书名译为《移魂屋》。

虔信之家

① 本章《故园风雨后》译文均据王一凡译《故园风雨后》，人民文学出版社2018年版。部分译文据上下文略有改动。——译者注
② 《〈故园风雨后〉的真与美》，罗德尼·德拉桑塔、马里奥·L.达方索著，《现代小说研究》1965年夏季刊，第2卷，第2册，第145页。——原注
③ 《故园风雨后：查尔斯·赖德上尉神圣和渎神的回忆》前言，伊夫林·沃著，企鹅出版社1959年版。——原注
④ 写于1945年1月7日，选自《南西·米特福德与伊夫林·沃书信集》，夏洛特·莫斯利编，霍顿·米夫林出版公司1996年版。——原注
⑤ 《故园风雨后》第1部，第1章，伊夫林·沃著，企鹅出版社1945年版。——原注
⑥ 《故园风雨后》第1部，第1章，伊夫林·沃著。——原注
⑦ 《故园风雨后》第1部，第2章，伊夫林·沃著。——原注
⑧ 《故园风雨后》第1部，第4章，伊夫林·沃著。——原注
⑨ 乔凡尼·巴蒂斯塔·皮拉内西（Giovanni Battista Piranesi，1720—1778），意大利雕刻家、建筑师。
⑩ 《一点秩序：新闻报道选》第4章，伊夫林·沃著，多南特·加拉格尔编，企鹅出版社2000年版。——原注
⑪ 《故园风雨后》第1部，第4章，伊夫林·沃著。——原注
⑫ 莎士比亚戏剧《李尔王》中善良的三女儿科迪莉娅。

⑬ 玛奇曼夫人的教名是"特蕾莎"（Teresa）。
⑭ 《故园风雨后》第1部，第5章，伊夫林·沃著。——原注
⑮ 《故园风雨后》第2部，第1章，伊夫林·沃著。——原注
⑯ "黎凡特"是历史上一个模糊的地理名称，泛指"东方"。
⑰ 《故园风雨后》第3部，第1章，伊夫林·沃著。1960年的修订版增加了对财产的明确指涉。——原注
⑱ 《故园风雨后》第2部，第3章，伊夫林·沃著。——原注
⑲ 吉尔伯特·基思·切斯特顿（1874—1936），英国作家、文学评论者及神学家。
⑳ 见《疯狂的世界：伊夫林·沃与布赖兹赫德的秘密》，保拉·伯恩著，哈珀·科林斯出版社2010年版。——原注
迫克：莎士比亚剧作《仲夏夜之梦》中的精灵，喜欢恶作剧。——译者注
㉑ 至福直观（Beatific vision）在基督教神学中指人对神最终的直接沟通。
㉒ 《故园风雨后》第1部，第4章，伊夫林·沃著。——原注
㉓ 《故园风雨后》第3部，第5章，伊夫林·沃著。——原注
㉔ 《故园风雨后》后记，伊夫林·沃著。——原注
㉕ 《故园风雨后》后记，伊夫林·沃著。——原注

巫师的塔楼

① 《感恩回望》附录第271页，多迪·史密斯著，穆勒出版社1985年版。——原注
② 《我的秘密城堡》第15章，多迪·史密斯著，海尼曼出版社1948年版。——原注
本章《我的秘密城堡》译文均据王臻译《我的秘密城堡》，南海出版公司2012年版。部分译据上下文略有改动。——译者注
③ 萨克雷小说《名利场》中的女主角。
④ 《我的秘密城堡》第10章，多迪·史密斯著。——原注

⑤ 埃德加·爱伦·坡的恐怖小说《厄舍府的崩塌》中的主要建筑。
⑥ 《我的秘密城堡》第3章,多迪·史密斯著。——原注
⑦ 莫特梅恩原文为Mortmain,mort和main都是拉丁词根,分别指"死亡"和"手"。
⑧ 《我的秘密城堡》第1章,多迪·史密斯著。——原注
⑨ 五旬节是犹太教节日,相当于基督教的圣灵降临日,在复活节后第五十天庆祝。
⑩ 1943年,它被帕克伍德的阿什男爵救下,他(像詹姆斯·莫特梅恩一样)签订了四十年的租约(租自亚岱尔家族),在那里一直住到1980年去世。如今,作为私人产业的城堡依然浪漫至极,处在护城河静谧的环绕之中,维护也相当到位。——原注
⑪ 《惊奇回望》,多迪·史密斯著,W.H.艾伦出版社1979年版。——原注
⑫ 《兰开夏女巫》第234页,W.H.安斯沃斯著,亨利·科尔本出版社1849年版。——原注
⑬ 《我的秘密城堡》第12章,多迪·史密斯著。——原注
⑭ 《我的秘密城堡》第5章,多迪·史密斯著。——原注

庞大的废墟

① 《歌门鬼城》第52章,马尔文·皮克著,艾尔与斯波蒂斯伍德出版社1950年版。——原注
本章《歌门鬼城》译文均据赖慈芸译《歌门鬼城》,上海译文出版社2014年版。部分译文据上下文略有改动。——译者注
② 《黑暗马戏场:借精选诗歌散文审视马尔文·皮克的世界》,莱斯利·格林恩·马克斯著,开普敦大学硕士论文,1983年。——原注
③ 《歌门鬼城》第9章,马尔文·皮克著。——原注
④ 《泰忒斯诞生》第78章,马尔文·皮克著,艾尔与斯波蒂斯伍德出版社1946年版。——原注
本章《泰忒斯诞生》译文均据唐文、陈韵琴译《泰忒斯诞生》,上海译文

出版社2014年版。部分译文据上下文略有改动。——译者注
⑤ 《泰忒斯诞生》第1章，马尔文·皮克著。——原注
⑥ 《歌门鬼城》第15章，马尔文·皮克著。——原注
⑦ 《泰忒斯诞生》第69章，马尔文·皮克著。——原注
⑧ 英国广播公司广播剧《泰忒斯诞生》与《歌门鬼城》，马尔文·皮克著，1956年2月。感谢彼得·温宁顿为我扫描这段文字，它发表在1987年的《马尔文·皮克评论》上。——原注
⑨ 城主夫人与莎士比亚戏剧《哈姆莱特》中的王后同名。
⑩ 《歌门鬼城》第39章，马尔文·皮克著。——原注
⑪ 《歌门鬼城》第76章，马尔文·皮克著。——原注
⑫ 《歌门鬼城》第78章，马尔文·皮克著。——原注
⑬ 《泰忒斯诞生》第60章、第61章的创作草稿，见《不朽的幽暗长影：皮克、狄更斯、托尔金和那座"名叫伦敦的幽暗蜂巢"》，哈达斯·埃尔伯-艾维瑞姆著，《皮克研究》2015年第2期，第14卷，第9页。——原注
⑭ 《泰忒斯诞生》第20章，马尔文·皮克著。——原注
⑮ 梅芙·吉尔莫为马尔文·皮克作品《不知所云》所作序言，第10页，彼得·欧文出版社1972年版。——原注
⑯ 《歌门鬼城》第76章，马尔文·皮克著。——原注
⑰ 《马尔文·皮克致梅芙·吉尔莫的信》，彼得·温宁顿著，《皮克研究》2013年10月第3期，第13卷，第17页。——原注
⑱ 《泰忒斯独行》第122章，马尔文·皮克著。——原注
⑲ 皮克为该系列第4部作品所做的笔记于1992年出版，作为对非完整版《泰忒斯独行》的增补（彼得·温宁顿编）。这些笔记也出现在《无尽的追寻》第1章，这是梅芙·吉尔莫创作的充满个人色彩的续篇，将泰忒斯与皮克本人联系在一起，最后为泰忒斯安排了一处岛上的避难所，显然是以萨克岛为原型创作的。2011年，马尔文·皮克一百周年诞辰之际，这部小说由经典出版社编辑出版，定名为《泰忒斯独行：歌门鬼城系列的终章》。——原注

深深扎根

① 本章《魔戒》译文均据邓嘉宛、石中歌、杜蕴慈译《魔戒》，上海人民出版社2013年版。部分译文据上下文略有改动。——译者注
② 《魔戒同盟》第1卷，第2章，J.R.R.托尔金著，乔治·艾伦与昂温出版社1994年版。——原注
③ 《全部的慰藉：〈霍比特人〉与〈魔戒〉中"家"的概念》，韦恩·哈蒙德著，《神话传说》1987年秋季第51期。——原注
④ 在《霍比特人》中，托尔金给袋底洞（Bag End）加了连字符，或许是为了强调它与独头巷道（cul-de-sac）的关联。不过，在《魔戒》中，他去掉了连字符。我决定从头到尾只用不带连字符的"袋底洞"。——原注

cul-de-sac，法语，意为"袋底"。——译者注
⑤ 《霍比特人：去而复返》第1章，J.R.R.托尔金著，乔治·艾伦与昂温出版社1937年版。——原注
⑥ 《霍比特人》第1章，J.R.R.托尔金著。——原注
本章《霍比特人》译文均据吴刚译《霍比特人》，上海人民出版社2014年版。部分译文据上下文略有改动。——译者注
⑦ 《霍比特人》第3章，J.R.R.托尔金著。——原注
⑧ 《霍比特人》第7章，J.R.R.托尔金著。——原注
⑨ 《霍比特人》第9章，J.R.R.托尔金著。——原注
⑩ 致柯林斯出版社弥尔顿·沃尔德曼的信（第131号），写于1951年左右，选自《J.R.R.托尔金书信集》，汉弗莱·卡彭特编，乔治·艾伦与昂温出版社1981年版。——原注
⑪ 《嬉乐不再的小屋》（1915），J.R.R.托尔金著，选自《失落的传说之书》第1卷，克里斯托弗·托尔金编，哈珀·柯林斯出版社2015年版。——原注
⑫ 致柯林斯出版社弥尔顿·沃尔德曼的信（第131号）。——原注
⑬ 《时代与潮流》，C.S.刘易斯著，1954年8月14日。——原注

⑭ 《J.R.R.托尔金传》第5部，第2章，汉弗莱·卡彭特著，乔治·艾伦与昂温出版社1977年版。——原注

⑮ 《全部的慰藉:〈霍比特人〉与〈魔戒〉中"家"的概念》，韦恩·哈蒙德作，《神话传说》1987年秋季第51期，第29—33页（加州神话协会）。——原注

⑯ 致H.柯顿·明钦的信，写于1956年4月16日，选自《书信集》。——原注

⑰ 《魔戒同盟》第2卷，第4章，J.R.R.托尔金著。——原注

⑱ 《王者归来》第5卷，第8章，J.R.R.托尔金著，乔治·艾伦与昂温出版社1955年版。——原注

⑲ 《J.R.R.托尔金传》第2部，第2章，汉弗莱·卡彭特著。——原注

⑳ J.R.R.托尔金语，出自约翰·埃扎尔德所做访谈，《卫报》，1966年12月28日。——原注

㉑ 致迈克尔·托尔金的信，写于1941年3月18日（第44号），选自《书信集》。编辑卡彭特以方括号标示出"伍斯特郡"字样。然而，尽管萨利洞曾是伍斯特郡的一部分，但它不抵伯明翰的城市扩张，在1911年被并入了沃里克郡，这解释了托尔金在下文那封1955年写给出版商的信中为什么会提到沃里克郡，而不是伍斯特郡。——原注

㉒ 维多利亚女王钻禧纪念时代：指19世纪90年代。维多利亚女王在1897年庆祝登基钻禧周年（登基六十周年）。

㉓ 萨克维尔，即sac+ville，两个单词均为法语，sac指"袋子"，ville指"城市"。

㉔ 致狄波拉·韦伯斯特的信，1958年10月25日（第213号），选自《书信集》。——原注

㉕ 《J.R.R.托尔金传》第4部，第3章，汉弗莱·卡彭特著。——原注

㉖ 甘道夫语，《魔戒同盟》第1卷，第10章，J.R.R.托尔金著。——原注

古老魔法的堡垒

① 《〈哈利·波特〉中的文学典故》第16页,比阿特丽斯·格罗夫斯著,劳特里奇出版社2017年版。——原注

② 《麻瓜、魔怪与魔法师:对哈利·波特系列作品的文学分析》第115页,克劳迪娅·芬斯克著,兰培德出版社2008年版。——原注

③ 邓布利多语,出自《哈利·波特与混血王子》第20章,J.K.罗琳著,布鲁姆斯伯里出版社2005年版。——原注

④ 《哈利·波特与魔法石》第6章,J.K.罗琳著,布鲁姆斯伯里出版社1997年版。——原注
《哈利·波特与魔法石》译文均据苏农译《哈利·波特与魔法石》,人民文学出版社2000年版。部分译文据上下文略有改动。——译者注

⑤ 《哈利·波特与魔法石》第7章,J.K.罗琳著。——原注

⑥ 海格对他照管的神奇动物也充满母爱。在他那座舒适的小木屋里,床铺上铺着碎布拼接的被褥,他还会烤完美的岩皮饼。他甚至在送走一头小龙时,贴心地往运送它的箱子里塞了一只泰迪熊,"免得它孤单"。——原注

⑦ 感谢比阿特丽斯·格罗夫斯让我意识到,罗琳是有意要做这个类比。《〈哈利·波特〉中的文学典故》第64页,劳特里奇出版社2017年版。——原注

⑧ 《哈利·波特与魔法石》第8章,J.K.罗琳著。——原注

⑨ 这是罗琳对古典神话的指涉之一。这头被海格欢快地唤作"毛毛"的怪兽显然是刻耳柏洛斯,希腊神话中看守地狱大门、防止亡灵逃脱的地狱看门犬。——原注

⑩ 引自www.accio-quote.org/articles/2005/1205-bbc-fry.html。——原注

⑪ 《为哈利而狂热》,珍妮·伦顿著,《坎迪斯》杂志2001年11月刊。——原注

⑫ 《哈利·波特与混血王子》第20章,J.K.罗琳著。——原注
本章《哈利·波特与混血王子》译文均据马爱农译《哈利·波特与混血

王子》，人民文学出版社2005年版。部分译文据上下文略有改动——译者注

⑬ 格里莫广场（Grimmauld Place）的名字与"grim old"（严峻而古老）谐音。

⑭ 《哈利·波特的书架：霍格沃茨冒险背后的巨著》第213页，约翰·格兰杰著，波克里出版社2009年版。——原注

⑮ 《哈利·波特与死亡圣器》第34章，J.K.罗琳著，布鲁姆斯伯里出版社2007年版。——原注

本章《哈利·波特与死亡圣器》译文均据马爱农译《哈利·波特与死亡圣器》，人民文学出版社2007年版。部分译文据上下文略有改动。——译者注

⑯ 引自www.accio-quote.org/articles/2005/1205-bbc-fry.html。——原注

⑰ 《〈哈利·波特〉中的文学典故》第xiii页、第129页，比阿特丽斯·格罗夫斯著。《埃斯库罗斯题诗》，约翰·格兰杰著，www.hogwartsprofessor.com/the-aeschylus-epigraph-in-deathly-hallows。——原注

⑱ 《苏格兰先驱报》，2012年9月26日。——原注

⑲ 罗琳远非围绕这个主题创作虚构作品的第一人，但她无疑是最成功的一位。这一题材还出现在奥诺德·巴尔扎克的《长寿药水》（1830）、W.H.安斯沃斯的《奥里奥尔》（1844）、爱德华·布威-利顿的《奇异故事》（1845）、纳撒尼尔·霍桑的《赛普蒂莫斯·费尔顿》（1872）、H.赖德·哈格德的《她》（1886）和亚瑟·兰瑟姆的《长生不老药》（1915）中。——原注

⑳ 摘自www.harrypotterforseekers.com/alchemy/alchemy.php。网站将它比作玫瑰十字会，讲述死而复生的经典作品《克里斯蒂安·罗森克鲁兹的魔法婚礼》（1616）。——原注

㉑ 梅瑞狄斯·维埃拉所做采访，美国全国广播公司《今日秀》节目，2007年7月31日播出，www.nbcnews.com/id/20001720/print/I/displaymode/1098。——原注

延伸阅读

综合

Bachelard, Gaston, *The Poetics of Space*, trans. Marie Jolas, Penguin, 2014.

Briganti, Chiara, *The Domestic Space Reader*, Toronto University Press, 2012.

Frank, Ellen Eve, *Literary Architecture: Essays toward a Tradition: Walter Pater, Gerard Manley Hopkins, Marcel Proust, Henry James*, California University Press, 1979.

Gill, Richard, *Happy Rural Seat: The English Country House and the Literary Imagination*, Yale University Press, 1972.

Harbison, Robert, *Eccentric Spaces*, André Deutsch, 1977.

Humble, Nicola, *The Feminine Middlebrow Novel*, Oxford University Press, 2001.

Kelsall, Malcolm Miles, *The Great Good Place*, Harvester, 1993.

Kelsall, Malcolm Miles, *Literary Representations of the Irish Country House*, Palgrave Macmillan, 2002.

Lutwack, Leonard, *The Role of Place in Literature*, Syracuse University Press, 1984.

McEntyre, Marion Chandler, *Dwelling in the Text Houses in American Fiction*, California University Press, 1991.

Page, Judith W., *Women, Literature, and the Domesticated Landscape*, Cambridge University Press, 2014.

Richardson, Phyllis. *The House of Fiction: From Pemberley to Brideshead, Great British Houses in Literature and Life*, Kindle edn, 2017.

Romines, Ann, *The Home Plot: Women, Writing and Domestic Ritual*, Massachusetts University Press, 1992.

Saggini, Francesca, *The Houses of Fiction as the House of Life: Representations of the House from Richardson to Woolf*, Cambridge Scholars, 2012.

Smith, Warren Hunting, *Architecture in English Fiction*, Yale University Press, 1970.

Tindall, Gillian, *Countries of the Mind: The Meaning of Place to Writers*, Hogarth Press, 1991.

Tristram, Philippa, *Living Space in Fact and Fiction*, Routledge, 1989.

Whitehead, Christiania, *Castles of the Mind: A Study of Medieval Architectural Allegory*, University of Wales Press, 2003.

《奥特兰多城堡》

Davison, Carol Margaret, *Gothic Literature, 1764–1824*, University of Wales Press, 2009.
Harney, Marion, *Place-making for the Imagination: Horace Walpole and Strawberry Hill*, Ashgate, 2013.
Ketton-Cremer, Robert Wyndham, *Horace Walpole*, Methuen, 1964.
Lewis, Wilmarth Sheldon, *The Genesis of Strawberry Hill*, Metropolitan Museum of Art, New York, 1934.
Walpole, Horace, *The Castle of Otranto and The Mysterious Mother*, ed. Frederick S. Frank, Broadview Press, 2002.

《曼斯菲尔德庄园》

Austen, Caroline, *My Aunt Jane Austen: A Memoir*, Jane Austen Society, 1867.
Baker, William, *Critical Companion to Jane Austen: A Literary Reference to Her Life and Work*, Facts on File, 1944.
Barcas, Janine, *Matters of Fact in Jane Austen*, Johns Hopkins University Press, 2012.
Faye, Deirdre, *Jane Austen's Letters*, 4th edn, Oxford University Press, 2011.
Grey, David, et al., *The Jane Austen Companion*, Macmillan, 1986.
Nokes, David, *Jane Austen: A Life*, University of California Press, 1998.
Slothouber, Linda, *Jane Austen, Edward Knight, & Chawton: Commerce & Community*, Woodpigeon Publishing, 2015.
Tomalin, Claire, *Jane Austen: A Life*, Viking, 1997.

《威弗莱》

Brown, Iain Gordon, *Abbotsford and Sir Walter Scott: The Image and the Influence*, Society of Antiquaries, 2003.
Buchan, John, *Sir Walter Scott*, Cassell, 1932.
Crockett, William Shillinglaw, *The Scott Country*, A & C Black, 1902.
Daiches, David, *Sir Walter Scott and his World*, Thames & Hudson, 1971.
Kelly, Stuart, *Scott-Land: The Man Who Invented a Nation*, Polygon, 2010.
Leslie, Charles Robert, *Autobiographical Recollections*, ed. Tom Taylor, Ticknor & Fields, 1855.
Lockhart, John Gibson, *Memoirs of the Life of Sir Walter Scott*, Robert Cadell, 1848.

Reed, James, *Sir Walter Scott: Landscape and Reality*, Athlone, 1990.
Scott, Walter, *Waverley*, ed. Peter Garside, Edinburgh University Press, 2007.

《呼啸山庄》

Barker, Juliet, *The Brontës*, Abacus, 1994.
Barnard, Robert, *Emily Brontë*, British Library, 2000.
Brontë, Charlotte, et al., *Tales of Glass Town, Angria and Gondal: Selected Writings*, Oxford University Press, 2010.
Brontë, Emily, *Wuthering Heights*, ed. Richard Dunn, 4th edn, Norton, 2003.
Dry, Florence Swinton, *The Sources of "Wuthering Heights"*, W.Heffer and Sons, 1937.
Gordon, Lyndall, *Charlotte Brontë: A Passionate Life*, Virago, 2008.
Sanger, Charles Percy, *The Structure of Wuthering Heights*, W.Hogarth Press, 1926.
Turner, Joseph Horsfall, *Brontëana: The Rev. Patrick Brontë, A.B., His Collected Works and Life. The Works; and the Brontës of Ireland*, T. Harrison, 1895.
Visick, Mary, *The Genesis of Wuthering Heights*, Hong Kong University Press, 1965.

《七个尖角顶的宅第》

Hawthorne, Nathaniel, *Mosses from an Old Manse*, Putnam, 1846.
Hawthorne, Nathaniel, *Selected Letters of Nathaniel Hawthorne*, ed. Joel Myerson, Ohio State University Press, 2001.
Mellow, James Robert, *Nathaniel Hawthorne in His Times*, Houghton Mifflin, 1980.
Stokes, Edward, *Hawthorne's Influence on Dickens and George Eliot*, University of Queensland Press, 1985.

《荒凉山庄》

Ackroyd, Peter, *Dickens*, HarperCollins, 1990.
Armstrong, Frances, *Dickens and the Concept of Home*, University of Michigan Press, 1990.
Dickens, Charles, *The Letters of Charles Dickens*, ed. Graham Storey and Kathleen Tillotsen, Clarendon Press, 1995.
Jordan, John O., *Supposing Bleak House*, University of Virginia Press, 2011.
Tomalin, *Charles Dickens: A Life*, Penguin, 2012.

《汤姆叔叔的小屋》

Fields, Annie, *Life and Letters of Harriet Beecher Stowe*, Houghton Mifflin, 1898.

Gates, Henry Louis, Jr, *The Annotated Uncle Tom's Cabin*, W.W. Norton, 2007.

Stowe, Charles Edward, *Harriet Beecher Stowe: The Story of Her Life*, Houghton Mifflin, 1911.

Tompkins, Jane, *Sensational Designs: The Cultural Work of American Fiction 1790–1860*, Oxford University Press, 1986.

《夏洛克·福尔摩斯》

Baring-Gould, William S., *Sherlock Holmes of Baker Street: A Life of the World's First Consulting Detective*, Random House, 1995.

Bell, Harold Winnering, *Baker Street Studies*, Constable, 1934.

Doyle, Adrian Conan, and John Dickson Carr, *The Exploits of Sherlock Holmes*, Sphere, 1978.

Doyle, Arthur Conan, *Through the Magic Door*, Thomas Nelson & Sons, 1918.

Kestner, Joseph, *Sherlock's Men: Masculinity, Conan Doyle and Cultural History*, Ashgate, 1997.

Lellenburg, Jon L., *Arthur Conan Doyle: A Life in Letters*, Harper, 2007.

Starrett, Vincent, *The Private Life of Sherlock Holmes*, George Allen & Unwin, 1961.

Starrett, Vincent, ed., *221B: Studies in Sherlock Holmes*, Kessinger Publishing, 2007.

《波因顿的战利品》

Cohen, Deborah, *Household Gods: The British and their Possessions*, Yale University Press, 2006.

Gordon, Lyndall, *Henry James: His Women and His Art*, Virago, 2012.

Hyde, Harford Montgomery, *Henry James at Home*, Methuen, 1969.

James, Henry, *English Hours*, ed. and intro. Alma Louise Lowe, Heinemann, 1960.

Stallman, Robert Wooster, *The Houses that James Built and Other Literary Studies*, Michigan State University Press, 1961.

《福尔赛世家》

Dupré, Catherine, *John Galsworthy, A Biography*, Collins, 1976.

Gindin, James Jack, *John Galsworthy's Life and Art: An Alien's Fortress*, Macmillan, 1987.

Marrot, Harold Vincent, *The Life and Letters of John Galsworthy*, Heinemann, 1935.
Nikitina, Svetlana, "Forsytes' Bildungsroman: A Saga of a Place," *Interdisciplinary Literary Studies* (Penn State University Press), vol. 13, no. 1/2, Fall 2011.
Sternlicht, Sanford, *John Galsworthy*, Twayne, 1987.

《霍华德庄园》

Beauman, Nicola, *Maurice: A Biography of the Novelist E.M. Forster*, Hodder, 1993.
Forster, E.M., *Commonplace Book*, Scolar Press, London, 1978.
Forster, E.M., *Howards End*, ed. Alistair M. Duckworth, Bedford/St. Martin's, 1997.
Forster, E.M., *Selected Letters of E.M. Forster*, ed. Mary Dago, 2 vols, Collins, 1983–85.
Furbank, Philip Nicholas, *E.M. Forster: A Life*, Cardinal, 1988.
Gardner, Philip, *E.M. Forster: The Critical Heritage*, Routledge, 1973.
Stape, John, ed., *E.M. Forster: Interviews and Recollections*, Macmillan, 1993.

《了不起的盖茨比》

Fitzgerald, Francis Scott, *The Letters of F. Scott Fitzgerald*, ed. Andrew Turnbull, Bodley Head, 1964.
Fitzgerald, Francis Scott, *Dear Scott, Dear Zelda: The Love Letters of F. Scott and Zelda Fitzgerald*, ed. J. Bryer and C. Barks, St Martin's Press, 2002.
Fitzgerald, Francis Scott, *My Lost City: Personal Essays, 1920–1940*, ed. James W. West, Cambridge University Press, 2005.
Mizener, Arthur, *Scott Fitzgerald and His World*, Thames & Hudson, 1972.
Parkinson, Kathleen, *Critical Studies: The Great Gatsby*, Penguin, 1988.
Turnbull, Andrew, *Scott Fitzgerald*, Bodley Head, 1962.

《奥兰多》与《爱德华七世时代》

Bell, Anne Oliver, ed., *The Diary of Virginia Woolf*, 5 vols, Hogarth Press, 1977–84.
Dennison, Matthew, *Behind the Mask: The Life of Vita Sackville-West*, Collins, London, 2014.
Gordon, Lyndall, *Virginia Woolf: A Writer's Life*, Oxford University Press, 1984.

Harris, Alexandra, *Virginia Woolf*, Thames & Hudson, 2011.
Lee, Hermione, *Virginia Woolf*, Chatto, 1996.
Nicolson, Nigel, *Portrait of a Marriage*, Weidenfeld & Nicolson, 1990.
Sackville-West, Vita, *Knole and the Sackvilles*, Heinemann, London, 1922.
Sackville-West, Vita, *The Letters of Vita Sackville-West to Virginia Woolf*, ed. Louise DeSalvo and Mitchell A. Leaska, Hutchinson, 1984.
Woolf, Virginia, *The Letters of Virginia Woolf*, 5 vols. ed. Nigel Nicolson, Hogarth Press, 1975–80.

《令人难以宽慰的农庄》

Hammill, Faye, "Literature or 'just sheer flapdoodle'? Stella Gibbons's *Cold Comfort Farm*," in *Women, Celebrity, and Literary Culture between the Wars*, University of Texas Press, 2007.
Oliver, Reggie, *Out of the Woodshed: A Portrait of Stella Gibbons*, Bloomsbury, 1998.
Reisman, Mara, "Civilizing Projects, Feminism, and Comedy in Stella Gibbons's *Cold Comfort Farm*," *Modern Language Studies*, vol. 43, no.1, 2013.

《蝴蝶梦》

Cook, Judith, *Daphne: A Portrait of Daphne du Maurier*, Bantam, 1991.
Du Maurier, Daphne, *Letters from Menabilly: Portrait of a Friendship*, ed. Oriel Malet, Weidenfeld & Nicolson, 1993.
Du Maurier, Daphne, *Rebecca*, afterword Sally Beauman, Virago, 2002.
Du Maurier, Daphne, *The Rebecca Notebook and Other Memories*, Gollancz, 1981.
Forster, Margaret, *Daphne du Maurier*, Chatto, 1993.

《故园风雨后》

Byrne, Paula, *Mad World: Evelyn Waugh and the Secrets of Brideshead*, Harper, 2009.
Davie, Michael, *The Diaries of Evelyn Waugh*, Penguin, 1997.
Garnett, Robert Reginald, *From Grimes to Brideshead: The Early Novels of Evelyn Waugh*, Bucknell, 1990.
Hastings, Selina, *Evelyn Waugh*, Capuchin, 2013.
Heath, Jeffrey, *Picturesque Prison: Evelyn Waugh and His Writing*, McGill–Queen's University Press, 1982.
Waugh, Evelyn, *Brideshead Revisited*, rev. edn, intro. Frank Kermode, Campbell, 1993.

Waugh, Evelyn, *A Little Order: Selected Journalism*, ed. Donat Gallagher, Penguin, 2000.

《我的秘密城堡》

Grove, Valerie, *Dear Dodie: The Life of Dodie Smith*, Chatto, 1996.
Smith, Dodie, *Look Back in Astonishment*, W.H. Allen, 1979.
Smith, Dodie, *Look Back with Gratitude*, Muller, 1985.

《歌门鬼城》

Batchelor, John, *Mervyn Peake: A Biographical and Critical Exploration*, Duckworth, 1974.
Gilmore, Maeve, *A World Away: A Memoir of Mervyn Peake*, Gollancz, 1970.
Gilmore, Maeve, *Peake's Progress: Selected Writings and Drawings of Mervyn Peake*, Penguin, 2000.
Moorcock, Michael, "Architect of the Extraordinary: The Work of Mervyn Peake," *Vector*, no.9, June 1960.
Peake, Claire, *Under a Canvas Sky: Living Outside Gormenghast*, Constable, 2011.
Smith, Gordon, *Mervyn Peake*, Gollancz, 1984.
Watney, John, *Mervyn Peake*, Michael Joseph, 1976.
Winnington, G. Peter, *Mervyn Peake's Vast Alchemies: The Illustrated Biography*, Peter P. Owen, 2009.
Winnington, G. Peter, ed., *Miracle Enough: Papers on the Works of Mervyn Peake*, Cambridge Scholars, 2013.
Yorke, Malcolm, *Mervyn Peake: My Eyes Mint Gold,* John Murray, 2000.

《霍比特人》与《魔戒》

Blackman, Robert S., *The Roots of Tolkien's Middle Earth*, Tempus, 2006.
Carpenter, Humphrey, *J.R.R. Tolkien: A Biography*, George Allen & Unwin, 1977.
Eaglestone, Robert, ed., *Reading The Lord of the Rings: New Writings on Tolkien's Classic*, Continuum, 2005.
Hammond, Wayne G., and Christina Scull, "All the Comforts: The Image of Home in *The Hobbit* and *The Lord of the Rings*," *Mythlore* 51 (Mythopoeic Society, California), Autumn 1987.
Hammond, Wayne G., and Christina Scull, *The Lord of the Rings: A Reader's Companion*, Harper, 2005.
Tolkien, J.R.R., *Letters of J.R.R. Tolkien*, ed. Humphrey Carpenter, George Allen & Unwin, 1981.

Tolkien, J.R.R., *The Annotated Hobbit*, intro. and notes Douglas A. Anderson, Harper, 2002.

《哈利·波特》

Berndt, Katrin, *Heroism in the Harry Potter Series*, Ashgate, 2011.
Colbert, David, *The Magical World of Harry Potters: A Treasury of Myths, Legends and Fascinating Facts*, Puffin, 2007.
Fenske, Claudia, *Muggles, Monsters and Magicians: A Literary Analysis of the Harry Potter Series,* Peter Lang, 2008.
Granger, John, *Harry Potter's Bookshelf: The Great Books behind the Hogwarts Adventures*, Berkley, 2009.
Groves, Beatrice, *Literary Allusion in Harry Potter*, Routledge, 2017.
Reagan, Nancy Ruth, *Harry Potter and History*, Wiley, 2011.
Weiss, Shira Wolosky, *The Riddles of Harry Potter: Secret Passages and Interpretive Quests*, Palgrave Macmillan, 2010.

致谢

用一本书深度刻画二十栋著名虚构建筑,这个想法来自我与伯德利图书馆出版社的萨缪尔·范诺斯、珍妮特·菲利普之间的讨论。我要感谢诸位专家,包括韦恩·哈蒙德(托尔金专家)、彼得·温宁顿(马尔文·皮克专家)和比阿特丽斯·格罗夫斯(J.K.罗琳专家),感谢他们阅读相关章节并提出建议;我还要感谢几位普通读者,为了支持我,他们不辞辛劳地给全部二十篇文章冗长、散乱的初稿提出了修改建议,他们是:休·格里夫斯、马丁·梅瑞狄斯、格莱姆·斯通斯、彼得·斯诺,尤其是建筑师菲尔·塔博尔——他与基里安·克兰普顿·史密斯共享的威尼斯顶层公寓,是我最钟爱的异乡归处。最重要的是,我必须感谢林德尔·戈登,是他让我有勇气闯入连明智的天使也必须小心翼翼、蹑手蹑脚的领域。

图片及引文来源

ILLUSTRATIONS

3   *The Castle of Otranto*, 1796. Oxford, Bodleian Library, 12 theta 521
5   Strawberry Hill, engraving 1792. Courtesy of The Lewis Walpole Library, Yale University, SH Views Sa5 no. 4 Impression 1 Box 120
20 Joan Hassall frontispiece from The Folio Society edition of *Mansfield Park*, 1959 (reprinted 1975). Courtesy of The Folio Society
27 Painting by Mellichamp, *c*.1740. Courtesy of Chawton House
35 *The Selected Edition of The Waverley Novels*, *Waverley*, 1885–6. Oxford, Bodleian Library, 25438 d.4, opp. p. 44
40 Courtesy of Haddo House/National Trust for Scotland
44 Bear fountain from *The Selected Edition of The Waverley Novels*. Oxford, Bodleian Library, 25438 d.4, p. 49
47 *Wuthering Heights*, 1858. Courtesy of Bauman Rare Books
57 Photograph by Fay Godwin. © British Library Board. All Rights Reserved/Bridgeman Images BL3290640
60 *The House of the Seven Gables*, 1913 edition. Author's collection
68 The Miriam and Ira D. Wallach Division of Art, Prints and Photographs, New York Public Library
74 Bleak House, 1853. Oxford, Bodleian Library, Arch. AA d.40/3
81 © National Portrait Gallery, London
85 Granger/Bridgeman Images
93 Wikimedia Commons
99 *A Study in Scarlet*, 1887. Oxford, Bodleian Library, Arch. AA e.155
100 *The Strand Magazine*, 1950
108 © National Portrait Gallery, London
111 Photo by author
117 Courtesy of Rye Castle Museum
122 © National Portrait Gallery, London
131 © British Library Board. All Rights Reserved/Bridgeman Images British Library MS 41752
135 E.M. Forster, sketch map showing the layout of rooms and design of the garden in the autograph manuscript memoir of Rooks Nest, Stevenage, 1894–1947. Provost and Scholars of King's College, Cambridge, and The Society of Authors as the E.M. Forster Estate, Forster Papers EMF/11/14
144 © National Portrait Gallery, London
151 Private Collection/Photo © Christie's Images/Bridgeman Images

157 Beacon Towers, photographed 1922 by Harris & Ewing. Library of Congress, Prints and Photographs Collection LC-H27-A-4662
164 © Victoria & Albert Museum, London, 1037-1873
166 Houghton Library, Harvard, MS. Thr 560, (100)
170 Courtesy of Peter Harrington, London
182 Author's collection
184 *The Sketch*, 21 September 1932. Oxford, Bodleian Library, N. 17078 c.32, p. 522
193 *Rebecca*, Doubleday, 1939. Oxford, Bodleian Library, Harding K 325
200 *The Tatler*, 4 July 1945. Oxford, Bodleian Library, N. 2289 c.1, p. 18
205 Courtesy of Blackwell's Rare Books
212 Photograph by Howard Coster, 1942. © National Portrait Gallery, London
219 Courtesy of Shapero Rare Books
224 Photo by author
238 Cover of *Titus Groan* by Mervyn Peake reprinted by permission of Peters Fraser & Dunlop, www.petersfraserdunlop.com, on behalf of the Estate of Mervyn Peake. Photo Maggs Bros Ltd
240 Photo of Mervyn Peake, 1930s, By permission of the Estate of Mervyn Peake
244 J.R.R. Tolkien, "The Hill: Hobbiton-across-the Water", 1937. © The Tolkien Estate Limited 1937. Oxford, Bodleian Library, MS. Tolkien Drawings 26
256 Photo of Tolkien, 1974 © Billett Potter
262 *Harry Potter and the Philosopher's Stone*, 1997. © Thomas Taylor, used by permission of Bloomsbury Publishing Plc
264 © National Portrait Gallery, London

TEXT

Excerpt from *The Poetics of Space* by Gaston Bachelard, translated by Maria Jolas, copyright © 1958 by Presses Universitaires de France; translation copyright © 1964 by Penguin Random House LLC. Used by permission of Viking Books, an imprint of Penguin Publishing Group, a division of Penguin Random House LLC. All rights reserved

Excerpt from Frederick S. Frank's Introduction to *The Castle of Otranto* and *The Mysterious Mother*, by Horace Walpole. Copyright © 2003 by Frederick S. Frank. Broadview Press, Peterborough ON, 2003

Excerpt from E. M. Forster, *Commonplace Book* (1978) reproduced by permission of The Provost and Scholars of King's College, Cambridge and The Society of Authors as the E.M. Forster Estate

Excerpt from R.S. Thomas, "Henry James", from *Collected Poems* reprinted by permission of The Orion Publishing Group. © 1993 by R.S. Thomas

Excerpt from *Gormenghast* by Mervyn Peake, reprinted by permission of Peters Fraser & Dunlop, www.petersfraserdunlop.com on behalf of the Estate of Mervyn Peake

Excerpt from *The Lord of the Rings* by J.R.R. Tolkien, © The Tolkien Estate Limited, 1954, 1966

Excerpt from Svetlana Nikitina, "Forsytes' Bildungsroman: A Saga of a Place", *Interdisciplinary Literary Studies*, vol. 13, no. 1/2 (2011) reproduced by permission of Pennsylvania State University Press

Excerpt from Claudia Fenske, *Muggles, Monsters and Magicians: A Literary Analysis of the Harry Potter Series* (2008) reproduced by permission of Peter Lang

Excerpt from Peter W. Graham, "From Mansfield Park to Gosforth Park: The English Country House from Austen to Altmann", *Persuasions, the Journal of the Jane Austen Society of North America* (2002), reproduced by permission of Peter W. Graham

Excerpt from Rodney Delasanta and Mario L. D'Avanzo, "Truth and Beauty in Brideshead Revisited", *Modern Fiction Studies*, vol. 11, no. 2, Summer 1965, pp. 140–52 reproduced by permission of Johns Hopkins University Press

Excerpt from Robert Harbison, *Eccentric Spaces*, André Deutsch (1977), reproduced by permission of Robert Harbison

Excerpt from Christopher Isherwood, letter to Dodie Smith, 26 October 1949, reproduced by permission of the Estate of Christopher Isherwood

Excerpt from Beatrice Groves, *Literary Allusion in Harry Potter*, Routledge, 2017, reproduced by permission of Beatrice Groves

图书在版编目（CIP）数据

文学之家：那些被经典小说创造的传奇建筑 /（英）克里斯蒂娜·哈迪曼特著；齐彦婧译. -- 福州：海峡文艺出版社，2022.6
ISBN 978-7-5550-2954-0

Ⅰ.①文… Ⅱ.①克… ②齐… Ⅲ.①小说研究－世界 Ⅳ.①I106.4

中国版本图书馆CIP数据核字（2022）第059460号

Novel Houses: Twenty Famous Fictional Dwellings
by Christina Hardyment
First published in 2020 by the Bodleian Library
Text © Christina Hardyment, 2019
All images, unless specified on pp. 316–7,
© Bodleian Library, University of Oxford, 2019
Simplified Chinese translation copyright © 2022 by United Sky (Beijing) New Media Co., Ltd.
All rights reserved.

著作权合同登记号：图字13-2022-007号

文学之家：那些被经典小说创造的传奇建筑

[英] 克里斯蒂娜·哈迪曼特 著；齐彦婧 译

出　　版：	海峡文艺出版社
出 版 人：	林　滨
责任编辑：	蓝铃松
编辑助理：	张琳琳
地　　址：	福州市东水路76号14层 邮编350001
电　　话：	（0591）87536797（发行部）
发　　行：	未读（天津）文化传媒有限公司
选题策划：	联合天际·文艺生活工作室
特约编辑：	刘小旋　黄蕊　张雅洁
装帧设计：	孙晓彤
美术编辑：	程阁
印　　刷：	北京雅图新世纪印刷科技有限公司
经　　销：	新华书店
开　　本：	787毫米×1092毫米 1/32
印　　张：	10.5
字　　数：	209千字
版次印次：	2022年6月第1版　2022年6月第1次印刷
书　　号：	ISBN 978-7-5550-2954-0
定　　价：	75.00元

本书若有质量问题，请与本图书销售中心联系调换
电话:（010）52435752

未经许可，不得以任何方式
复制或抄袭本书部分或全部内容
版权所有，侵权必究